쉽게 읽는
열하일기 ❷

쉽게 읽는 열하일기 2

변화하는 시대를 읽은 자, 연암 박지원의 청나라 여행기

초판 1쇄 인쇄 2021년 9월 1일
초판 1쇄 발행 2021년 9월 10일

지은이 박지원
옮긴이 한국고전번역원
엮은이 김흥식
펴낸이 이영선

편집 이일규 김선정 김문정 김종훈 이민재 김영아 김연수 이현정 차소영
디자인 김회량 이보아
독자본부 김일신 정혜영 김민수 박정래 손미경 김동욱

펴낸곳 서해문집 | 출판등록 1989년 3월 16일(제406-2005-000047호)
주소 경기도 파주시 광인사길 217(파주출판도시)
전화 (031)955-7470 | 팩스 (031)955-7469
홈페이지 www.booksea.co.kr | 이메일 shmj21@hanmail.net

ISBN 979-11-90893-91-6 04810
ISBN 979-11-90893-89-3 (세트)

쉽게 읽는
열하일기 ❷

박지원 지음 한국고전번역원 옮김 김홍식 엮음

서해문집

일러두기

1) 이 책의 밑바탕은 한국고전번역원의 《열하일기》 번역본이다.

2) 《열하일기》에는 무수히 많은 옛이야기와 인물, 중국과 한국의 역사가 등장한다. 《열하일기》를 이해하기 위해서는 이 내용을 알아야 하는데, 따로 떼어 각주로 붙이면 읽어 내려가는 데 걸림돌이 될 수 있다. 따라서 이 책에서는 모든 내용을 본문 안에 간주間注로 넣었으니, 가능하면 한 번에 이해할 수 있도록 하기 위함이다. 원주는 박지원, 역주는 이가원의 주다. 그 외에는 모두 엮은이 주다.

3) 《열하일기》 본문에서 연도나 날짜를 나타낼 때는 그 시대에 사용하던 중국 연호나 간지를 사용했다. 1780년은 '숭정 156년', 8월 10일은 '병진丙辰일'로 표기한 것이다. 그러나 이러한 표기법은 21세기 대한민국 독자에게는 혼란만 줄 뿐이다. 이 책에서는 특별히 본래 표기를 나타내야 할 때를 제외하고는 오늘날 우리가 사용하는 연도, 날짜로 바꾸었다.

4) 《열하일기》는 중국을 오가며 쓴 글이라 우리에게 낯선 지명이 무수히 등장한다. 이러한 지명 가운데 독자가 반드시 알아야 할 곳은 얼마 되지 않는다. 따라서 필수적인 지명을 제외하고는 한자 표기를 하지 않았다. 너무 많은 한자가 등장하는 것은 독자에게 불편함만을 안겨준다고 여기기 때문이다.

5) 《열하일기》에는 낯선 지역과 건물, 도시, 산물에 대한 이야기가 자주 나온다. 그러나 이 모든 것에 대한 그림 자료를 넣으면 그 또한 독자들이 책의 전체를 이해하는 데 방해가 될 수 있다. 책을 이해하는 데 핵심이 되는 자료만 넣어 독자들이 그림과 내용에 집중할 수 있도록 했다.

6) 《열하일기》 본문에는 책의 핵심이 되는 일기 외에도 〈호질〉, 〈허생전〉 등 단편소설과 중국의 수레제도, 이런저런 장소의 유람기 등 다양한 내용이 담겨 있다. 그러나 몇 편의 단편소설, 중국 제도에 대한 논평 외에 대부분의 내용은 오늘날 독자에게 크게 의미를 갖지 못하는 게 사실이다. 엮은이는 그러한 내용마저 완역본이라는 의미에 매달려 담는 것이 오히려 《열하일기》를 독자로부터 멀어지게 만든다고 여긴다. 따라서 새로운 세대뿐 아니라 모든 시민이 반드시 읽어야 할 내용과 먼 티베트 불교 이야기, 중국 선비들과 나눈 여러 이야기는 과감히 생략했다. 감히 말씀드리지만 이 책에 수록하지 않은 《열하일기》의 내용을 읽지 않는다고 해도 연암 박지원의 사상과 의도 그리고 그가 이 책을 집필하던 시기의 조선과 동아시아를 이해하는 데는 전혀 지장이 없을 것이라고 확신한다.

등장인물

박명원朴明源   정사正使(사신의 대표자)

정원시鄭元始   부사副使(사신의 부대표자)

조정진趙鼎鎮   서장관書狀官(정사, 부사와 함께 삼사三使라고 불리는 중요 직책. 주로 사건을 기록하
                여 임금에게 보고하거나 외교 문서에 관한 일을 담당했음)

홍명복洪命福   수역首譯(통역관 가운데 으뜸)

박지원朴趾源   정사 박명원의 자제군관子弟軍官(사신의 자제나 친척의 일원을 개인 수행원 자격
                의 군관으로 데려가 앞선 문물을 견학하도록 기회를 제공하는 제도) 자격으로 청나
                라에 다녀옴

정각鄭珏   부사의 자제군관으로, 진사進士(과거의 예비 시험인 소과의 복시에 합격한 사람에게
                주던 칭호)

노이점盧以漸   참봉參奉(조선시대 각 관서의 종9품 관직), 상방 비장神將(조선시대에 감사監司·유수
                留守·병사兵使·수사水使·견외사신遣外使臣을 따라다니며 일을 돕던 무관 벼슬)

창대   연암의 마부

장복   연암의 하인

쉽게 읽는 열하일기 ❷

쉽게 읽는 열하일기 ❶

열하일기 여정도

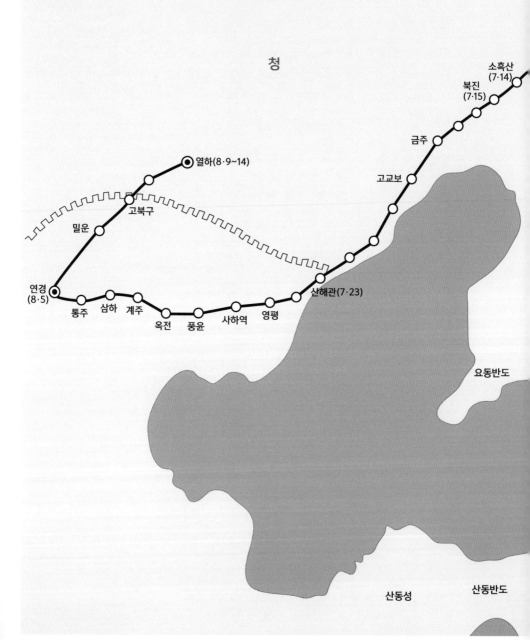

청

소흑산
(7·14)

북진
(7·15)

금주

고교보

열하(8·9~14)

고북구

밀운

산해관(7·23)

연경
(8·5)

통주   삼하 계주

옥전 풍윤 사하역 영평

요동반도

산동성   산동반도

길림성

거류하
심양(7·10)
백탑보
요양(7·9)
태자하
연산관
통원보
봉황성
책문
구련성
의주(6·24)

요녕성

압록강

평양

사리원

조선

해주

개성

한양

황해

사막 북쪽을 다녀온 기록

8월 5일에 시작하여 9일에 끝났다.
모두 닷새 동안이다. 연경으로부터 열하에 이르기까지다.

막북행정록 漠北行程錄

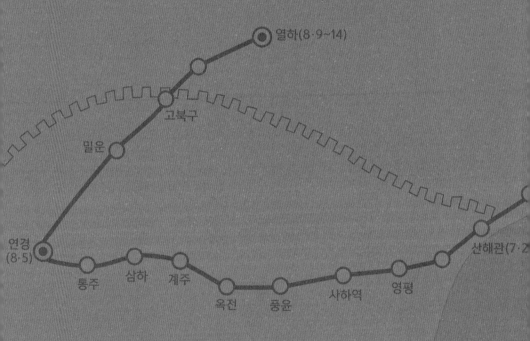

청

열하(8·9~14)

고북구

밀운

연경
(8·5)

통주

삼하

계주

옥전

중윤

사하역

영평

산해관(7·2

막북행정록 서漠北行程錄序

열하熱河는 황제의 행재소임금이 임시로 머무는 곳가 있는 곳이다. 옹정황제 때 승덕주承德州를 두었는데, 이제 건륭황제가 승격해 부府로 삼았으니, 곧 연경燕京, 북경(베이징)의 옛 이름에서 동북쪽으로 사백이십 리에 있고, 만리장성에서는 이백여 리에 있다.

《열하지熱河志》열하에 관한 지리지. 건륭황제의 칙명에 따라 엮었음를 상고해보면 다음과 같다.

"한나라 때 요양·백단의 두 현縣으로 어양군에 속했고, 원위元魏, 북조의 한 나라. 386~534 때는 밀운·안락, 두 군의 경계가 됐다. 당나라 때는 해족奚族, 북쪽의 소수민족의 땅이 됐으며, 요나라10~12세기 중국 북방에서 거란족이 세운 왕조 때는 흥화군이라 하여 중경에 소속됐고, 금나라 때는 영삭군으로 개칭돼 연경에 소속됐으며, 원나라 때는 다시 상도로에 소속됐다가 명나라에 이르러 타안위의 땅이 됐다."

이것이 열하의 연혁이다.

그 후 청나라가 천하를 통일하고는 비로소 열하라 했는데, 참으로 만리장성 밖의 요충지다. 강희황제청나라의 제4대 황제. 묘호는 성조. 재위

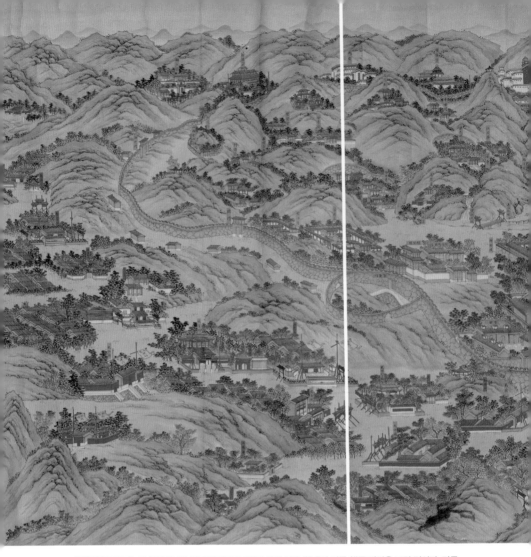

〈열하행궁전도〉 강희황제부터 건륭황제까지 4대에 걸쳐 지은 황제의 여름 행궁 전경을 그린 것이다. 미국 의회도서관 소장

1662~1722 때부터 늘 여름이면 이곳에 거둥하여 더위를 피했다. 그의 궁 전들은 채색이나 장식이 없었고, 피서산장이라고 불렸다. 이곳에서 책을 읽고 때로는 숲과 냇물 가를 거닐며 천하의 일을 다 잊고는 평민으로 지 내겠다는 뜻이 담긴 듯하다.

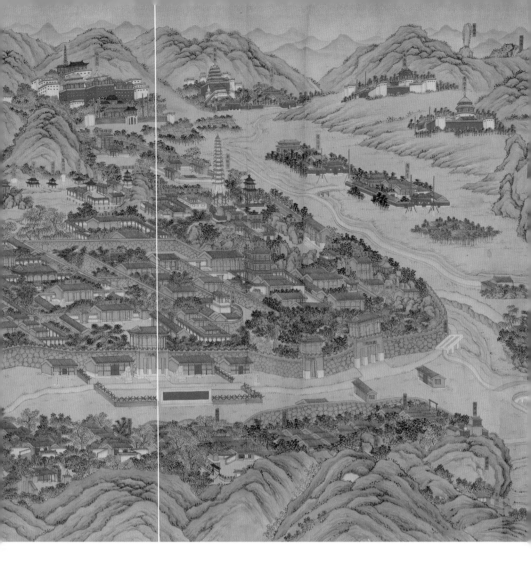

　　그러나 실상은 북쪽 변경 깊숙한 곳으로, 매우 험한 요새여서 몽골의
숨통을 죄는 곳이다. 그래서 이름은 비록 '피서避暑'라 붙였으나, 실제로
는 천자 스스로 북쪽 오랑캐를 막겠다는 속셈이다. 이는 마치 원나라 때
해마다 풀이 푸르면 수도를 떠났다가, 풀이 마르면 남쪽으로 돌아오는
것과 같은 것이다.

일반적으로 천자가 북쪽 가까이 머무르면서 자주 거둥을 하면 북방의 모든 오랑캐가 함부로 남쪽으로 내려와 말을 방목하지 못한다. 그래서 천자의 순행 시기를 늘 풀이 푸르고 마른 상태로 정했으니, 피서라는 명칭도 이를 가리키는 것이다. 올봄에도 황제가 남방을 순행했다가 바로 북쪽 열하로 돌아왔다.

열하의 성과 연못, 궁전은 나날이 더하여, 그 화려하며 단단하고 웅장함이 창춘원중국 북경에 있는 청나라 황실의 별장이라든가 서산원중국 북경에 있는 정원보다 뛰어나다. 그 산수의 경치 역시 연경보다 나으므로 해마다 이곳에 와서 머무르다 보니, 애초에는 외적을 막고자 했던 곳이 도리어 방탕한 놀이터로 변하고 말았다.

지금 우리나라 사신들에게 갑자기 열하로 오라는 명이 떨어져 밤낮 없이 달려 닷새 만에야 겨우 다다랐으니, 그 거리를 짐작하건대 사백여 리가 넘는 듯하다. 열하에 와서 산동 도사 혁성과 함께 여정이 얼마나 되는지를 이야기했는데, 그 역시 열하에 처음 온 모양이었다.

"열하에서 연경까지 칠백여 리이나, 강희황제 이후 황제들이 해마다 이곳으로 피서하여 황제의 아들·사위와 각부 대신들이 닷새마다 한 번씩 조회하러 와야 했습니다. 그러나 오는 길에는 물살이 센 여울, 사나운 큰물, 높은 고개, 험한 언덕이 많아서 모두들 이곳으로 산 넘고 물 건너오기를 꺼렸습니다. 그래서 강희황제가 일부러 역참을 줄여 사백여 리로 만들었습니다만, 사실은 칠백 리가 넘습니다. 그러나 모든 신하가 늘 말을 달려와서 국사를 보고하므로, 이 거칠고 먼 곳을 문 앞처럼 여길 뿐 아니라 몸이 안장 위를 떠날 겨를이 없으니, 이는 성군聖君이 평안할 때 오히려 위태로움을 잊지 않으려는 뜻입니다."

그의 말이 그럴듯하다.

고염무顧炎武, 명나라 말에서 청나라 초의 사상가. 1613~1682의 〈창평산수기昌平山水記〉에 "고북구역에서 북쪽으로 오십육 리를 가면 청송이 나오고, 또 오십 리를 가면 고성古城이 나오며, 또 육십 리를 가면 회령이 나오고, 또 오십 리를 가면 난하가 나온다."라고 했으니, 난하를 건너서 열하까지 사십 리인즉, 고북구로부터 이곳에 이르기까지는 총 이백오십육리다. 이를 보더라도 벌써 오십육 리가《열하지》에 기록된 것보다 길다.

만리장성 밖에서 열하까지의 노정이 이렇게 어긋나니 장성 안이야 미루어 짐작할 수 있겠다. 이제 이곳을 내딛는 걸음은 우리나라 사람으로서는 처음이다. 게다가 밤낮을 헤아리지 않고 달리니 마치 장님이 걷는 것이나 꿈결에 지나치는 것 같아서, 일행 가운데 역참이며 돈대를 자세히 본 사람이 아무도 없다. 그러나《열하지》를 참고해보니 사백이십 리라고 하는데, 그것을 믿을 수밖에 없다.

신해辛亥
8월 5일

날이 맑고 덥다.

아침 사시오전 9시에서 11시 사이에 사은겸진하정사謝恩兼進賀正使, 황제의 은혜에 감사하며 생일을 축하하러 가는 정식 사신. 박명원을 말함를 따라 연경에서 열하를 향해 길을 떠날 때 일행은 부사, 서장관과 역관 세 사람, 비장 네 사람, 하인 등 모두 일흔네 명이고, 말이 모두 쉰다섯 필이다. 그 나머지는 모두 서관에 머물러 있게 됐다.

처음 국경에 들어선 뒤로 길에서 자주 비를 만나고 물이 막혀 통원보에서는 앉은 채 대엿새를 허비했으므로 정사가 밤낮으로 근심했다. 때마침 정사의 건너편 방에 묵고 있던 나는 빗소리가 들리는 밤이면 불을 밝히고 밤을 새우며 함께 말을 나눴다. 정사가 휘장 넘어 나에게 걱정스레 말한다.

"천하의 일은 알 수 없는 것일세. 만일 우리 일행을 열하까지 오라고 하는 일이 있다면 날짜가 모자랄 것인즉, 그때는 어떻게 할 것인가. 설사 열하로 가는 일이 없다 하더라도 만수절萬壽節, 황제의 탄신일에는 대어 가야 할 것인데, 다시 심양과 요양 사이에서 비에 막힌다면 이야말로 '밤새

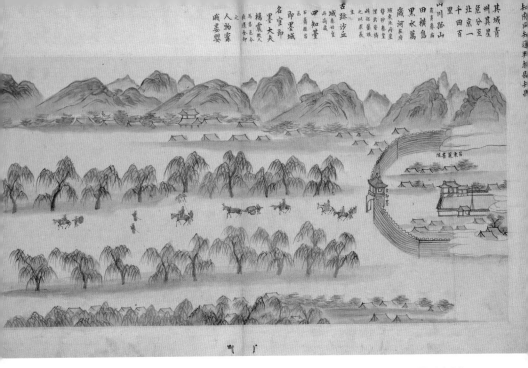

〈항해조천도〉(부분)에 묘사된 사절단 〈항해조천도〉는 1624년 인조의 책봉을 요청하기 위해 명나라에 파견된 이덕형 일행의 사신 행차 길을 담은 그림이다. 모두 25점이며, 그림의 끝부분에는 훗날 바닷길을 이용해 사행할 자들에게 도움을 주기 위해 자신의 여정을 그림으로 그리게 했다는 이덕형의 글이 적혀 있다. 국립중앙박물관 소장

도록 가도 문에 닿지 못했다.'는 속담에 딱 들어맞는 게 아니겠는가."

그러다가 날이 밝아 백방으로 물 건널 계책을 세울 때 여러 사람이 이를 말리면, 그는 이렇게 말한다.

"나는 나랏일로 왔다. 물에 빠져 죽는 한이 있더라도 내 직분이니, 또한 어찌하겠는가."

그 후부터는 누구도 물이 많아서 건너지 못하겠다는 말을 감히 하지 못했다. 때마침 더위가 심하고 또 이곳은 비가 오지 않는 날에도 마른 땅이 갑자기 물바다를 이루기 일쑤인데, 천 리 밖에서 폭우가 쏟아지기 때문이다. 물을 건널 때면 모두 몸이 떨리고 앞이 캄캄해지니, 얼굴이 파랗

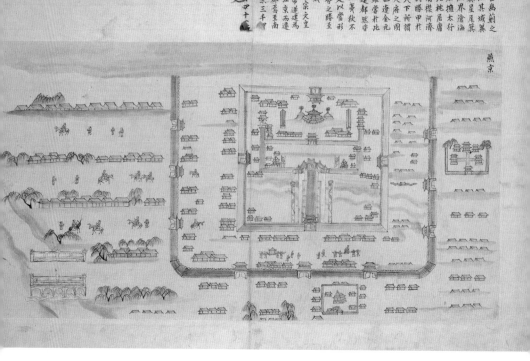

古薊
地其城蓟之
其星尾箕其
北星尾箕
左澄海
右擁太
南襟河濟居庸
飛勝甲北
天下所謂
天府之國
也建金元
難營北北
建都然至
我黄形不
是以當秋
以黄秋不
勢之勝至
太宗交皇
業遂爲遠
都蓋西南
京萬至南
宗三千
百甲十
宗三千

燕京

〈항해조천도〉에 묘사된 연경의 모습

게 질린 채 하늘을 우러러 잠깐이라도 목숨을 빌지 않는 자가 없었다. 그렇게 건너편에 도달하고 나면 서로 돌아보며 축하의 말을 나누는 것이 마치 죽을 고비를 겪고 난 사람을 만난 듯이 했다. 그러나 다시 앞에 놓인 물이 건너온 물보다 더하다는 말을 들으면 더욱 놀라서 서로 바라보며 아득할 뿐이었다. 그러면 정사는 말한다.

"여러분은 걱정 마시게. 이 역시 신령이 도우실 테니."

그런데 불과 몇 리도 못 가서 다시 물을 건너게 된다. 어떤 때에는 하루에 여덟 번이나 건너기도 했다. 이리하여 역참을 건너뛰기도 하며 쉴 새 없이 달리니 말이 더위에 쓰러지는 일도 많았고, 사람 역시 모두 더위를 먹어서 토하고 설사를 하게 된다. 그러면 사신을 원망하면서 이렇게들

투덜거린다.

"열하에 갈 일이 있을 리 없는데, 이렇듯 한더위에 쉬지도 않고 가는 것은 전례에 없는 일입니다."

"나랏일이 아무리 중하다 해도 정사께선 늙고 쇠약하신 분인데, 이렇게 몸을 가벼이 하시다가 만일 덧나시기라도 하면 도리어 일을 그르치는 법입니다."

"지나치게 서두르면 도리어 더딘 법이라오."

또 옛일까지 끌어와서 이렇게 말하는 이도 있다.

"앞서 장계군長溪君, 1763년 진향사로 중국을 다녀온 종실 이병을 가리킴이 진향사進香使, 중국에 국상이 나면 향과 제문을 가지고 가던 사절로 왔을 때 국경 밖에서 물에 막혀 잠자던 침상을 쪼개어 불을 때 밥을 지어 먹으면서 열이레를 묵었어도 역을 건너뛴 적은 없었습니다."

그리하여 8월 초하룻날 연경에 들어와 사신은 예부에 가서 표문과 자문을 바치고 서관에서 나흘을 묵었다. 하지만 별다른 지시가 없었다. 그러자 모두들 빈정거렸다.

"별일 없겠지. 사신께서 매번 우리 말을 곧이듣지 않으셨지만 결과는 어떠한가. 아무튼 일이야 우리가 더 잘 알지. 역참을 다 거쳐 왔어도 열사흗날 만수절에는 넉넉히 대어 왔을 것을."

사람들은 열하는 염두에도 두지 않았으며, 사신도 차츰 열하로 가야 할지 모른다는 걱정을 접기 시작했다.

초나흗날, 구경을 나갔던 나는 저녁 때 취하여 돌아와서 이내 곤히 잠들었다가 밤중에야 잠깐 깨었다. 다른 사람들은 이미 깊이 잠든 상태였다. 나는 목이 몹시 마르기에 상방上房, 주인이 거처하는 방에 가서 물을 찾았다. 방 안에는 촛불을 밝혔는데, 내가 들어오는 기척을 들은 정사가 말한다.

"아까 잠깐 졸았는데 꿈결에 열하를 향해 길을 떠났네. 짐 보따리까지 역력하게 보이데그려."

"길을 떠나신 뒤로 열하가 늘 염두에 있었는데, 이제 편안히 마음을 먹으니 오히려 꿈에 나오는가 보지요."

내가 이렇게 말하고는 물을 마시고 돌아와서 이불에 들어 곧 코를 골았다. 그런데 꿈결에 별안간 여러 사람의 벽돌 밟는 발자국 소리가 담이 무너지고 집이 가라앉듯 요란스레 들린다. 이에 벌떡 일어나 앉으니 머리가 어지럽고 가슴이 두근거린다.

하루 종일 나가 돌아다니다가 밤에 돌아와 누우면 매번 서관 문이 군게 잠긴 것을 생각할 때 마음이 울적하여 황당한 생각에 사로잡히곤 했다. 즉 옛날 원나라 순제원나라의 마지막 황제가 북쪽으로 도망가면서 그제야 고려의 사신을 본국으로 돌아가게 했다. 사신은 관문을 나선 후에야 비로소 명나라 군대가 온 천하를 점령한 사실을 알았고, 가정嘉靖, 명나라 세종, 곧 가정황제의 연호. 1522~1566 연간에는 엄답타타르족의 추장이 갑자기 수도를 에워싼 일도 있었던 것이다.

어젯밤에도 이런 이야기를 변 군, 내원과 나누면서 웃었다. 그런데 이렇게 요란스러운 발자국 소리가 나니, 큰 변고가 일어난 것이 틀림없는 듯싶다. 급히 옷을 주워 입는데 시대가 달려와 말한다.

"이제 곧 열하로 떠나게 됐답니다."

그제야 내원과 변 군도 놀라 깨어나며 묻는다.

"객관에 불이라도 났는가요?"

나는 장난으로 말한다.

"황제가 열하에 거둥하여 연경이 비어 있는 틈을 노려 몽골 기병 십만 명이 쳐들어왔다오."

그랬더니 다들 놀란다.

"아이고."

즉시 상방으로 가보니 온 객관이 물 끓듯 한다. 통관 오림포, 박보수, 서종현 등이 모두 얼굴이 새하얗게 질린 채 달려와서 가슴을 치기도 하고 제 뺨을 치기도 한다. 심지어 제 목을 끊는 시늉도 하며 외치고 울면서 말한다.

"이제 카이카이요, 카이카이!"

'카이카이'는 목이 달아난다는 말이었다. 또 펄펄 뛰면서 말한다.

"아까운 목숨 달아날 판이구나."

아무도 왜 그러느냐고 묻지는 못했지만, 그 하는 짓거리는 몹시 흉측하고 정신이 하나도 없었다.

알고 보니 황제가 하루하루 조선 사신을 기다렸는데, 우리가 올린 표문과 자문만이 황제에게 올라갔다. 그러자 조선 사신을 열하로 보낼지 말지도 묻지 않고 표문과 자문만 보낸 사실에 화가 치민 황제가 예부 담당자들에게 감봉 처분을 내린 것이다. 이에 상서 이하 예부 관원들이 어쩔 줄을 모르면서 우리에게 얼른 간단한 짐만을 꾸리고 필수 인원만이라도 빨리 열하로 떠나라고 독촉했던 것이다.

이에 부사와 서장관이 모두 상방에 모여 데리고 갈 비장을 선발했다. 정사는 주부 주명신을, 부사는 진사 정창후와 낭청 이서구를 지명하고, 서장관으로는 낭청 조시학을 데려가기로 했다. 또 수역으로는 홍명복과

판사 조달동, 판사 윤갑종이 수행하기로 했다.

나는 함께 가고 싶은 마음은 간절했으나, 여러 이유로 머뭇거리고 있었다. 우선 먼 길을 막 와서 피곤이 채 가시지 않았는데, 다시 먼 길을 떠난다는 것이 참으로 견딜 수 없었다. 또 만일 사신 일행을 열하에서 바로 본국으로 돌아가도록 황제가 명을 내린다면 연경 구경을 못하게 되니 그 또한 낭패가 아닐 수 없었다. 최근에 황제가 우리나라 사행을 각별히 생각하여 빨리 돌아가도록 특별한 은전을 내린 적이 있었으니, 이번에도 바로 돌려보낼 가능성이 컸다.

그렇게 내가 주저하고 있는데, 정사가 내게 말한다.

"자네가 만 리 연경을 멀다 않고 온 것은 널리 구경하고자 하는 뜻이 아니었던가? 그런데 열하는 앞서 다녀간 사람들도 보지 못한 곳이네. 게다가 돌아간 뒤에 열하가 어떻더냐고 묻는 이가 있다면 무어라 대답할 것인가? 연경이야 중국을 다녀온 사람이라면 누구나 다 보겠지만, 열하야말로 좀처럼 얻기 어려운 기회이니 꼭 가야만 할 것이 아닌가?"

이 말을 들은 나는 마침내 가기로 결정했다.

정사 이하 일행의 직함과 성명을 적어서 예부로 보내면 역말 편으로 황제에게 알리기로 했는데, 내 이름은 명단 속에 넣지 않았다. 혹시라도 황제가 특별히 상이라도 내릴까 걱정해서 그런 것이다.

떠날 사람과 말을 점검하면서 보니 사람은 모두 발이 부르트고 말은 여위고 병들어서 제 날짜에 갈 수 있을지 의문이 들었다. 이에 일행 모두 마두는 제외하고 경마잡이만 데리고 가기로 했다. 나도 장복을 두고 창대만 데리고 갈 수밖에 없었다. 변 군과 노 참봉, 정 진사, 건량판사 조학동 등과 서관 문 밖에서 손을 잡고 서로 작별했다. 여러 역관도 다투어 와서 손을 잡으며 무사히 다녀오시라고 한다. 남아 있고 떠나고 하는 이 마당에 자못 처연함을 금치 못했다. 함께 외국에 왔는데 그 외국에서 또다시 헤어지니 사람 마음이 그럴 수밖에 없을 것이다.

마두들이 다투어 능금과 배를 사서 주므로 각기 한 개씩을 받았다. 모두 첨운패루 앞까지 따라와 말 머리에서 절하고 작별하며 말하는데, 눈물짓지 않는 이가 없었다.

"귀중하신 몸 조심하소서."

지안문에 들어가니 지붕에는 누런 유리기와를 얹었다. 문안 좌우에는 시장이 번화하면서도 웅장하여 수레바퀴끼리 서로 부딪치고 사람들의 어깨가 서로 스친다.

땀이 비 오듯 흐른다. 옷소매가 장막을 이루었다는 말이 과장이 아니었다. 문을 나서서 다시 구부러져 북쪽으로 자금성을 끼고 돌아 칠팔 리를 갔다. 자금성은 담 높이가 두 길이며, 밑바닥에는 돌을 깔고 벽돌로 쌓아올린 후 누런 기와를 이고 주홍빛 석회를 칠했다. 벽은 마치 대패로 민 듯 반듯하고, 그 윤기가 왜칠倭漆, 일본에서 하는 옻칠을 한 것 같았다. 길 가운데 대여섯 발 정도 되는 높은 돈대가 있고 그 위에는 삼 층 다락이 있는데, 그 형식이 정양문루보다도 뛰어나다. 돈대 밑에는 붉은 난간을 둘렀으며, 문이 있으나 모두 잠긴 상태로 병졸들이 지키고 섰다. 누군가 말한다.

"이것이 곧 종루종을 달아두는 누각입니다."

그곳에서 삼사십 리를 더 가서 동직문을 나서니 그곳까지 따라온 내원이 슬피 울며 작별하고는 돌아선다. 장복 또한 말등자말을 탔을 때 두 발로 디디는 물건를 붙잡고 흐느껴 울며 차마 헤어지기 어려워한다. 내가 그만 돌아가라 타이른즉, 또 창대의 손목을 붙잡고 서로 슬피 우는데, 눈물이

동직문 본래 자금성의 동북쪽 성문이었으나 중화인민공화국이 성립된 후 도시계획으로 철거되었다. 오늘날 동직문 일대는 북경의 중심 상업지구이자 교통의 요지다.

마치 비 내리듯 한다. 만 리를 함께 와서 하나는 가고 하나는 남으니, 인정이 그럴 수밖에 없겠다. 나는 말 등에서 생각한다.

　인간의 가장 괴로운 일은 이별이요, 이별 중에서도 생이별보다 괴로운 것은 없을 것이다. 사실 한 사람은 살고 다른 사람은 죽는 순간의 이별이야 구태여 괴로움이라 할 것이 못 된다. 왜냐하면 예로부터 인자한 아버지와 효자 아들, 믿음 있는 남편과 아름다운 아내, 정의로운 임금과 충성스러운 신하, 피로 맺은 벗과 마음 통하는 친구가 죽음을 앞에 두고 임종할 때 마지막 가르침이나 부탁을 받으면서 서로 손을 잡고 눈물지으며 뒷일을 부탁하는 것은 천하의 부자·부부·군신·붕우가 다 한가지로 겪는 것이다. 또한 이 세상 사람의 인자함과 효도, 믿음과 아름다움, 정의와 충성, 진심에서 우러나온 정성과 나를 알아주는 벗에게서 솟아나온 마음은 한결같은 것이다. 이것이 사람마다 겪는 일이요, 사람마다 한결같이 솟는 정이라면, 이는 곧 천하의 순리일 것이다. 그리고 그 순리를 따르는 방법은 삼 년 동안 아버지의 길을 따르라거나, 저승에서 다시 태어났으면 하는 것에 불과하다.

또 살아남은 자들이 얼마나 괴로운지 살핀다면, 부모를 따라서 죽으려는 효자, 아들을 여의고 눈이 멀어버린 이_{공자의 제자 자하}, 물동이를 두들기며 노래 부르는 이_{장자는 아내가 세상을 떠나자 물동이를 치며 노래를 불렀음}, 거문고 줄을 끊어버린 이_{춘추전국시대에 백아는 자신의 소리를 알아주던 친구 종자기가 죽자 거문고 줄을 끊고 더 이상 연주를 하지 않았음}, 숯을 머금고 벙어리가 된 이_{자신을 알아준 인물의 원수를 갚기 위해 숯을 삼켜 벙어리 행세를 한 예양이라는 인물}, 슬피 울어 성을 무너뜨린 이_{춘추시대에 기량이 전사하자 그의 아내가 남편 시신을 붙잡고 통곡했는데 성이 무너졌다고 함}뿐 아니라, 나라를 위하여 몸을 던져 죽음에 이른 이_{제갈공명}까지 있었다.

그러나 이런 일은 모두 죽은 이와는 아무런 관계가 없으니, 죽은 이에게 괴로움이 있을 리 없다.

그리고 역사에 남는 임금과 신하의 사이로는 부견_{5호 16국 가운데 하나인 전진前秦의 제3대 임금. 처음에는 왕맹을 기용해 국세를 크게 떨치고 강북 지역을 통일했으나, 그의 유언을 지키지 않고 남쪽의 진晉을 치다가 패했음}과 왕경략_{부견의 재상}, 당 태종_{공신 위징이 죽은 뒤 당 태종은 몹시 슬퍼했다. 그러나 고구려 정벌을 반대했다 하여 나중에는 그의 묘비를 넘어뜨렸다가, 고구려 정벌에 실패하고 돌아오는 길에 이를 뉘우쳐 다시 세웠음}과 위징_{당나라 초기의 공신이자 학자. 시호는 문정을 드는데, 나는 경략이 죽자 부견의 눈이 멀었다는 말도, 당 태종}

이 위문정을 위하여 거문고 줄을 끊었다는 말도 듣지 못했다. 오히려 부견은 경략의 무덤에 잔디가 나기도 전에 출정하여 나라를 멸망에 이르게 했고, 당 태종은 위문정의 비석마저 넘어뜨리고 고구려 정벌에 나섰다가 패했다. 그리하여 저승에 있는 이에게 부끄럽게 됐으니, 이를 보면 살아남은 자 가운데도 괴로움을 느끼지 못하는 이도 없지 않을 것이다.

또 사람들은 흔히 죽고 사는 문제에 대하여 위안하는 말로 '순리대로 사는 것'이라고들 한다. 그 순리대로 산다는 말은 곧 이치를 따르라는 말이다. 만일 이치를 따를 줄 안다면 이 세상에 괴로움이란 없을 것이다. 그러므로 나는 "한 사람은 살고 또 다른 사람은 죽는 그 순간의 이별이야 구태여 괴로움이라 할 것이 못 된다."라고 하는 것이다.

그러므로 이별의 괴로움 가운데 가장 큰 것은 한 사람은 가고 다른 한 사람은 남는 생이별의 괴로움일 것이다. 이러한 이별을 할 때는 그 장소가 괴로움을 더욱 키우는데, 그곳은 정자도 아니고 누각도 아니며 산도 아니고 들판도 아니다. 다만 물을 만나야만 제격이라 할 것이다. 그 물이란 반드시 강이나 바다처럼 클 필요도 없고 도랑이나 개천과 같이 작을 필요도 없다. 다만 흘러가버려 돌이킬 수 없는 것이라면 모두 물이라 할 것이다.

그러므로 천고에 이별하는 자 무한히 많겠지만, 유독 저 하량河梁의 이별 한나라의 충신 소무는 흉노족에게 사신으로 갔다가 모함을 받아 붙잡히는 신세가 됐다. 한편 이릉은 흉노족과의 전투에서 크게 이겼으나 결국은 중과부적으로 포로로 잡히고 말았다. 그러나 그의 용기를 가상히 여긴 흉노 왕은 이릉을 사위로 삼았다. 세월이 흘러 19년간 억류됐던 소무는 결국 한나라와 흉노 사이의 약조를 통해 귀국하게 됐다. 그리하여 흉노 땅에서 동고동락한 소무와 이릉은 하량에서 눈물의 이별을 했다고 함을 일컫는 것은 무슨 까닭일까? 결코 소무와 이릉만이 천하에 정이 깊은 사람들이기 때문은 아닐 것이다. 그저 그 하량이란 곳이 이별하기에 알맞았던 것이며, 그 이별이 그 땅에서 이루어졌으니 더욱 괴로움이 심했던 것이다.

하량은 나도 아는데, 얕지도 않고 깊지도 않으며 잔잔하지도 않고 거세지도 않다. 그 물결이 돌을 끌어안고 흐느껴 우는 듯하며, 바람도 불지 않고 비도 내리지 않을 뿐 아니라, 어둡지도 않고 그렇다고 햇빛이 환한 땅도 아니다. 그저 햇빛이 땅을 감돌며 어슴푸레하게 해미 바다 위에 긴 아주 짙은 안개가 끼어 있다. 또 물 위의 다리는 오랜 세월에 막 허물어지려한다. 물가의 나무는 늙어서 가지조차 떨어진 채 고목이 되려 한다. 물 언덕 모래톱은 앉기에 좋을 뿐 아니라 거닐기에도 알맞고, 물에서는 물새가 떴다 잠겼다 노닌다. 이런 곳에서 넷도 아니요, 셋도 아니며, 오직 두 사람이 서로 묵묵히 말없이 나누는 이별이라니! 이야말로 천하의 가장 큰 괴로움이 아닐 수 없으리라. 그러므로 강엄은 〈별부別賦〉남북조시대의 유명한 문학가 강엄이 이별의 슬픔을 묘사한 작품에서 이렇게 이른다.

말없이 마음 아픔
이별에서 더할쏜가

어찌 표현이 이렇게 멋없을까. 천하의 그 어떤 이별이 말없지 않으며, 마음 아프지 않으리오. 이는 다만 '별別, 이별 별'이라는 글자에 대한 해설에 지나지 않는 것이니, 그다지 괴로움이 될 것도 없으리라.

이별하지 않고 이별하는 마음을 아는 자로는 천고에 오직 시남료市南

僚, 장자가 지은 도가서인 《남화경》에 나오는 인물 한 사람이 있을 뿐이다.

  그대를 보내는 이 강둑에서 돌아서니
  그대 모습 이로부터 멀어졌구나

이는 천고에 남을 애끊는 말이다. 왜냐하면 이는 곧 물가에 이르러 이별함이니, 그야말로 이별이 땅을 얻은 까닭이다. 옛날 유우석劉禹錫, 당나라 때의 시인. 772~842이 상수 강가에서 유종원柳宗元, 당나라 때의 시인. 773~819. 당송팔대가의 한 사람과 헤어졌다. 그 뒤 5년이 지나 유우석은 다시 앞서 이별하던 곳에 이르러 시를 읊으며 유종원을 기렸다.

  내 말은 구슬피 숲 가린 채 울건마는
  임 싣고 감돈 배는 산 너머 아득하구나

천고에 귀양살이 가는 자는 무한히 많았겠지만, 이 시가 가장 애달픈 것은 오로지 물가에서 이별한 까닭이리라. 그런데 우리나라는 땅이 좁아 생이별하는 일이 별로 없으므로 그리 심한 괴로움을 겪을 일이 없다. 다만 뱃길로 중국에 들어갈 때가 가장 괴로운 모습이었을 것이다.

우리나라의 전통 음악 가운데 〈배따라기〉라는 게 있는데, 뜻인즉 '배가 떠난다'는 것이다. 그 곡조가 몹시 구슬퍼서 애가 끊어지는 듯하다. 자리 위에 그림으로 만든 배를 놓고 동기童妓, 아직 정식 기생이 되지 않은 어린 기생 한 쌍을 뽑아서 어린 장교처럼 꾸민다. 붉은 옷에 주립·패영산호·호박·밀화·대모·수정 따위를 꿰어 만든 갓끈을 걸고, 호수범의 수염와 백우전흰 깃을

주립 군복을 입을 때 쓰던 붉은색 갓. 국립민속박물관 소장

단 화살을 꽂고, 왼손엔 활시위, 오른손에 채찍을 쥐게 한다.

먼저 군례軍사 의식에 관한 예절를 마치고 첫 노래를 부르면 뜰 가운데에서 북과 나팔이 울리고, 배 좌우의 여러 기생이 채색 비단에 수놓은 치마를 입은 채 일제히 〈어부사漁父辭〉'어부의 노래'라는 뜻으로, 이름난 문인들이 지은 〈어부사〉가 많음를 부르면 음악이 반주를 한다. 이어서 둘째 곡, 셋째 곡을 부르되, 처음과 같이 한 뒤에 또 어린 장교처럼 꾸민 동기가 배 위에 서서 배 떠날 때 대포를 쏘라고 노래한다. 그럼 이내 닻을 거두고 돛을 올리는데, 여러 기생이 일제히 축원의 노래를 부른다. 그 노래는 이렇다.

　　닻 들자 배 떠난다
　　이제 가면 언제 오리
　　만경창파에 가는 듯 돌아오소서

이때야말로 우리나라에서는 가장 눈물이 나는 순간이다.

장복과 나는 어버이와 아들 같은 친한 사이도 아니요, 임금과 신하처럼 의로 맺어진 사이도 아니다. 또 남편과 아내처럼 정이 든 사이도 아니요, 동창이나 친구같이 사귀는 사이도 아니다. 그런데도 살아서 헤어지는 괴로움이 이와 같으니, 오로지 강이나 바다 또는 하수河水의 다리에서 이별할 때만이 괴로운 것은 아닌 듯하다. 실로 이국이나 타향치고 이별에 어울리지 않는 땅은 없을 것이다.

아아, 참으로 슬프다. 앞서 소현세자昭顯世子, 인조의 맏아들. 1612~1645. 병자호란 때 청나라에 볼모로 잡혀갔음께서 심양에 계실 때 당시 신료들이 중국에 머물렀다가 떠날 즈음이나 사신이 오가는 무렵이면 그 심회가 어떠했겠는가. 임금이 욕을 당하면 신하 된 자는 마땅히 죽어야 한다는 것도 이 경지에 이르면 오히려 한가한 말에 불과할 테니, 어찌 머물고 어찌 떠나며, 어찌 참고 보내며, 어찌 참고 놓아주었겠는가. 이때야말로 우리나라 백성이 가장 통곡하던 때다.

아아, 슬프도다. 내 비록 이나 벼룩같이 미천한 신하에 불과하지만, 백년이 지난 오늘날 생각해보더라도 정신이 서늘해지고 뼈가 저리어 부러질 것 같은데, 하물며 그 당시 자리에서 일어나 절을 올리고 하직할 무렵에야 더 말해 무엇 하겠는가. 더욱이 당시에는 걸리는 것이 많고 의심 또한 깊어서 눈물도 제대로 떨어뜨리지 못하고 울음소리 역시 속으로 머금어야 했으며, 얼굴엔 슬픈 표정조차 드러낼 수 없을 때 아니던가. 게다가 당시 소현세자와 함께 머무르던 신하들이 아득히 떠나가는 이들의 행색을 바라본다면 어떠했겠는가.

저 요동의 넓은 들판은 끝이 없고 심양의 우거진 나무들은 아득한데, 사람은 팥알만 해지고 말은 지푸라기처럼 가늘어져, 시력이 다하는 곳에 보이는 땅의 끝, 물의 마지막이 하늘에 닿도록 아련할 지경마저 사라져 가니, 해가 저물어 관문을 닫을 때에 그 애끊는 심경이 어떠했으리.

이런 이별일진대 어찌 반드시 물가만이 이별에 알맞은 땅이 되리오. 정자도 좋고 누각도 좋고 산도 좋고 들판도 어울릴지니, 어찌 저 흐느껴 우는 물결과 해미 낀 어슴푸레한 햇빛만이 우리의 괴로운 심정을 자아낼 것이며, 저 무너지려는 다리나 쓰러질 듯한 고목만이 이별의 마당이 될 것인가. 이 경지에 이르면 푸른 봄철의 밝은 날씨에 저 화려한 기둥의 현란한 문 앞이라도 애끊는 이별의 장소가 될 수 있겠고, 가슴 치고 통곡할 때가 될 수 있을 것이다. 이런 때를 만난다면 비록 돌부처라도 머리를 돌릴 것이요, 쇠로 된 간장일지라도 다 녹고 말 것이니, 이는 우리가 정에 겨워 죽기에 가장 알맞은 때일 것이다.

이런 생각에 잠겨 있는 동안 나도 모르게 이십여 리를 갔다. 성문 밖은 꽤 쓸쓸한 편이어서 눈에 띄는 산천이 없다. 해는 이미 저물었는데 길을 잘못 들어서 수레바퀴를 쫓아간다는 것이 서쪽으로 너무 치우쳐서 벌써 수십 리나 돌아가고 있었다.

길 양편에 옥수수가 하늘에 닿을 듯 아득하여 길이 궤짝 속에 든 것 같은데, 웅덩이에 고인 물에 무릎이 빠진다. 스며든 물이 흐르도록 일정하게 구덩이를 파놓았는데, 물이 그 위를 덮어서 보이지 않는다. 빠지지 않도록 마음을 가다듬고 조심하여 길을 따라 소경처럼 용을 쓰고 앞으로 나아간즉, 밤이 벌써 깊었다.

손가장에서 저녁을 먹고 머물렀다. 동직문에서 오는 지름길이 있는데도 오히려 수십 리 길을 돌아왔다.

임자壬子
8월 6일

아침에는 갰다가 차츰 더워지더니, 낮에는 비바람이 세져 천둥 번개가 치다가, 저녁나절에 다시 갰다.

새벽에 길을 떠났다. 역 표지판에 순의현 경계라 쓰여 있고, 또 수십 리를 가니 회유현 경계라 쓰였는데, 그 현성縣城은 이곳에서 십여 리 혹은 칠팔 리 떨어져 있다고 한다.

수隋나라 개황開皇, 수 문제의 연호 연간에 말갈수나라·당나라 때 동북 지방에서 한반도 북부에 걸쳐 거주한 퉁구스족 계통의 여러 민족이 고구려와 싸워서 패하자, 그 부장 돌지계말갈족 추장으로 수나라에 귀화하여 순주도독이 됨가 부여성에서 여덟 부락을 모두 이끌고 나와 귀순했다. 이에 새로이 순주順州를 설치하고 이에 수용했다.

당 태종 때는 오류성을 주의 중심으로 하고 돌리극한동돌궐족 추장을 우위대장군右衛大將軍으로 삼아서 그 무리를 거느리고 순주를 다스리도록 했다.

개원開元, 당 현종의 연호 때는 탄한주를 두었다가 천보天寶, 당 현종의 연호 이후로는 귀화현歸化縣이라 고쳤다.

후당後唐, 923년 이존욱이 후량後梁을 멸하고 세운 나라. 936년 후진後晉의 석경당에게 망했음 장종莊宗, 이존욱 때 주덕위후당의 명장가 유수광오대십국시대 연의 황제. 재위 911~914을 쳐서 순주를 점령했다 하니, 생각하건대 순의와 회유 두 고을은 곧 옛날의 순주인 듯싶다.

우란산이 그 서북쪽 삼십 리에 걸쳐 뻗어 있는데, 옛 노인들에게 이런 말이 전해온다.

"옛날에는 금송아지가 그 골짜기에서 나오고 신선이 이를 타고 노닐었다. 또 구유처럼 생긴 돌이 있는데, 이름을 음우지飮牛池, 소가 물을 마시는 연못라 하고, 이 산을 또한 영적산이라고 부른다."

그 산 동쪽에서는 조하潮河와 백하白河가 합류하여 흐른다. 동북쪽에 호노산이 있고, 또 서북쪽에는 도산의 다섯 봉우리가 깎아지른 듯 서 있는 것이 마치 손가락을 세운 것처럼 보인다.

다시 수십 리를 가서 백하를 건너는데, 백하는 변경 밖에서 비롯한다. 이후 석당령에서 만리장성을 뚫고 지나 황화의 진천, 창평의 유하楡河 등 변경 밖의 온갖 물과 합하여 밀운성 밑을 지나간다. 원나라의 승상 탈탈이 일찍이 물 관리에 뛰어난 자를 뽑아서 둑을 쌓고 논을 관리해 해마다 곡식 백만여 섬을 거두었다. 그러자 뒤에 명나라의 태감太監 조길상이 그 땅을 국영 농장으로 삼았다. 이에 영세한 백성이 땅을 잃고, 백하의 수리 시설도 마침내 폐지됐다.

금金, 퉁구스족 계통의 여진족이 건립한 왕조. 1115~1234. 창건자는 완안부의 추장 아골타 나라의 알리불금 태조 아골타의 둘째 아들이 순주에 들어와서 곽약사요나라의 장수를 백하에서 깨뜨렸다 하니, 바로 이곳이다.

백하의 물살은 세고 물빛이 탁한데, 변경 너머의 물은 모두 황토색이다. 강에는 작은 배 두 척밖에 없는데, 모래톱에서 서로 건너려는 자들의 수레가 수백 대요, 사람과 말이 수도 없이 서 있다. 올 때 길에서 보니 막대를 옆으로 꿰어 누런 궤짝 수십 개를 나르고 있는데, 뾰족한 것, 넓적한 것, 길쭉한 것, 높다란 것 등 여러 종류다. 이 궤짝들에는 모두 옥그릇을 실었는데, 회자국回子國, 중앙아시아에 위치한 이슬람 국가에서 바치는 것이다. 연경에서 짐꾼을 고용하여 나르는 것으로, 회족回族, 돌궐을 달리 이르는 말. 대부분 회교回教(이슬람교)를 믿었던 까닭에 이렇게 이름 너덧 사람이 이들을 인솔하고 가는 중이다. 그들의 생김새를 보면 벼슬아치인 듯한데, 그중 한 사람은 회자국의 태자라고 한다. 모습이 용감하고 건장한데, 사나워 보인다.

누런 궤짝들을 배 안에 실은 후 삿대를 저어서 떠나려 하는 순간 사행 가운데 주방과 말몰이꾼들이 펄쩍 배에 뛰어오르더니 포개어놓은 궤짝 위에 말을 세웠다. 배는 이미 떠났고 언덕에 있던 회족 사람들은 놀라서 소리를 치고 발을 구른다. 그래도 주방과 말몰이꾼들은 아랑곳하지 않은 채 먼저 건너려고만 한다. 내가 수역에게 말하니 수역이 크게 놀라서 호통을 친다.

"빨리 내려!"

회족 사람들 역시 마구 지껄여대면서 배를 돌리게 하더니 그 궤짝을 모두 메어서 내렸으나, 우리나라 사람들과는 한마디도 다투지 않았다. 배가 중류에 이르렀을 때 갑자기 한 조각 검은 구름이 거센 바람을 품고 남쪽에서부터 굴러온다. 그러고는 삽시간에 모래를 날리고 티끌을 자아올려 연기와 안개처럼 하늘을 덮으니 지척을 분변하지 못할 지경이다. 배에서 내린 후 하늘을 쳐다보니, 검으락푸르락 하고 여러 겹 구름이 주름 잡히듯 했다. 독기를 품은 듯 노여움을 피우는 듯 번갯불이 그 사이에 얽혀 올올이 번쩍이는 금실이 천 송이, 만 떨기를 이루었으며, 천둥벼락이 휘감고 겹겹이 싸고 있어 마치 검은 용이라도 뛰쳐나올 듯싶다.

밀운성을 바라보니 겨우 몇 리밖에 남지 않았으므로 채찍을 날려서 빨리 말을 몰았다. 그러나 바람과 우레는 더욱 거세지고 빗발이 치는 것이 마치 사나운 주먹으로 후려갈기는 듯하여 견딜 수가 없어 재빨리 길가의 낡은 사당으로 뛰어들었다. 동쪽 행랑에 두 사람이 책상을 사이에 놓고 의자에 걸터앉아서 바쁘게 문서를 쓰고 있다. 알고 보니 밀운의 역참 관리들이 오가는 역말을 기록하는 것이었다. 한 사람은 한자로 쓰고 다른 사람은 만주 글자로 번역하는데, 그중 내 눈에 얼핏 조선이라는 글자가 들어온다. 자세히 들여다보니 이런 내용이다.

"황제의 명령을 받들어 연경에 있는 병부兵部로부터 조선 사신들에게 건장한 말을 주어서 어려움이 없게 하며, 그들의 여행에 필요한 물품을 공급하라."

이윽고 사신이 비를 피하여 뒤이어 들어왔으므로 내가 수역을 끌고 가 그 종이를 보게 했다. 그러자 수역이 사신에게로 가져갔다. 이에 그 사람들에게 물었더니 그들이 말한다.

"저희는 모르는 일입니다. 저희는 다만 오가는 문서를 장부와 견주어 맞춰볼 따름입니다."

그 문서에 나오는 건장한 말은 찾아볼 수도 없거니와, 설령 그 말을 준다 한들 쓸모도 없다. 그 말들은 모두 날쌔고 건장해서 한 시간에 무려 칠십 리를 달리니, 이른바 비체법飛遞法, 날아갈 듯 번갈아 가는 방식이라는 것이다. 길에서 역말이 달리는 모습을 보니, 앞에서 노래하듯 소리치면 뒤에서 응하기를 마치 범을 쫓듯이 한다. 그 소리가 산골과 벼랑을 울리면 말이 일시에 굽을 떼어 바위, 시내, 숲, 덩굴을 가리지 않고 훌훌 뛰며 달린다. 그 달리는 소리 또한 어찌나 요란한지 마치 북을 치는 듯, 소낙비가 퍼붓는 듯하다.

우리나라에서는 들쥐처럼 여린 과하마果下馬, 나무에 열린 과일 아래를 지나갈 만큼 작은 말 따위를 탈 때도 경마남이 탄 말의 고삐를 잡고 모는 일를 잡게 하고 부축해주어도 오히려 떨어질까 봐 두려워하는데, 하물며 이렇게 날쌘 말을 누가 감히 탈 수 있겠는가. 만일 황제가 명령을 내려 억지로 타라고 하면 도리어 걱정일 것이다. 아마도 황제가 근신임금을 가까이 모시는 신하을 보내어 우리 사신을 영접하게 한 일행이 이곳을 지나친 듯한데, 길이 서로 어긋난 모양이다.

비가 좀 멎기에 곧 길을 떠났다. 밀운성 밖을 돌아서 칠팔 리를 갔다. 별안간 건장한 만주인 몇 사람이 당당히 나귀를 타고 오다가 손을 내저으며 말한다.

"가지 마시오. 앞으로 오 리쯤에 시냇물이 크게 불어서 우리도 모두 되돌아오는 길이오."

또 채찍을 이마에까지 들어 보이며 말한다.

"이만큼 높으니 당신네들에게 두 날개가 있다면 모르겠소만."

우리는 서로 돌아보며 얼굴빛이 하얘진 채 길 가운데서 말을 내렸다. 그러나 하늘에서는 비가 내리고 땅은 질어서 잠시 쉴 곳도 없다. 중국 측 통관과 우리 역관들을 시켜서 물이 어느 정도인지 가보게 했다. 그들이 돌아오더니 말한다.

"물 높이가 두어 발이나 되어 어찌할 수 없습니다."

버드나무 그늘이 촘촘하고 바람이 몹시 서늘하여 하인들의 홑옷이 모두 젖어서 덜덜 떨지 않는 자가 없다. 비가 잠깐 개자 길 왼편 버드나무

밖에 새로 지은 조그만 행전行殿, 임금이 머물던 임시 궁전으로, 행궁보다 작음이 보인다. 이에 곧 말을 달려 그리로 들어가서 물이 빠지기를 기다리기로 했다.

연경에서부터는 삼십 리마다 반드시 행궁이 하나씩 있는데, 곳간과 창고까지도 다 갖추고 있다. 그런데 밀운성 밖에 이미 행궁이 있는데도 십 리도 안 되는 이곳에 또 행전을 둔 것은 무슨 까닭인가? 그 형식이 얼마나 거대하고 사치스러우며 눈이 부신지 웬만한 장인의 솜씨는 아닌 듯한데, 내 몸이 춥고 배가 고파 두루 구경할 경황이 없다.

때마침 해는 홍라산으로 지는데, 온 산의 봉우리마다 겹겹이 쌓인 푸른빛이 한 덩이 붉은빛으로 물들고, 아계산·서곡산·조왕산 등 여러 산이 금빛 구름과 수은빛 안개 사이에 삥 둘러섰다.

《삼국지》에는 "조조가 백단을 지나 오환을 유성에서 쳐부수었으므로 그 산 이름을 조왕曹王이라 했다."라고 기록돼 있는데, 바로 이곳이다. 유향한나라의 학자로《전국책》의 저자로 유명함의 《별록別錄》에서는 "연燕 나라에 서곡이라는 땅이 있으나 추워서 오곡이 나지 않았는데, 추연鄒衍, 고대 중국의 사상가. 음양오행설을 제창함이 피리를 불어서 따스한 기운이 생겼다."라고 했고, 《오월춘추》춘추시대 말기 패권을 다퉜던 오나라와 월나라의 분쟁을 중심으로 다룬 역사서에서는 "북쪽으로 한곡을 지나갔다."라고 했는데, 바로 이곳을 가리킨다.

내가 어렸을 때 과체시科體詩, 과거를 볼 때 짓는 시의 체제를 짓다가 '서곡에서 피리를 불다.'라는 옛이야기를 소재로 삼았는데, 이제 직접 눈으로 바로 그 산을 바라보게 됐다.

역관이 제독提督, 통관과 함께 의논하며 말한다.

20세기 초의 밀운성(왼쪽)과 밀운성 내 거리(오른쪽) 모습 밀운성은 북경 북쪽에 거주하던 이민족들과 가까운 곳에 위치해 있으며, 만리장성 가운데 가장 아름답고 험준하다고 알려진 사마대장성 구간이 자리한 곳이다.

"앞으로 나아가면 물을 건널 수 없고 물러난다 해도 밥 지을 곳이 없는데, 해가 또한 저무니 어찌하면 좋을까?"

그러자 오림포가 말한다.

"여기는 밀운성에서 오 리밖에 안 되는 곳이니 부득불 도로 성으로 들어가서 물이 빠지기를 기다리는 수밖에 없소."

나이가 일흔이 넘은 오림포는 춥고 배고픔을 견디기 힘든 모양이다. 변경 북쪽 길은 제독 이하 여러 사람도 가본 일이 없단다. 그래서 길도 모르고 해는 저물어 사람의 그림자도 보이지 않자 갈 길을 몰라하는 모양이 우리 일행과 다르지 않다.

내가 먼저 밀운성에 이르렀는데, 길가의 물이 벌써 말의 배에 닿을 정도다. 성문에서 말을 세우고 일행을 기다려서 함께 들어가니, 뜻밖에 쌍등과 쌍촛불을 들고 와서 맞이하는 이가 있다. 또 기병 십여 명이 앞에 와서 환영하는 듯하다. 알고 보니 우리를 맞이하려고 몸소 나온 밀운의 지현知縣, 현의 행정 책임자 일행이었다. 통관이 앞서 가서 몇 마디 말을 전했는데, 그 말이 채 끝나기도 전에 빠르게 대처한 것이다. 중국의 법이 비록 왕자나 공주의 행차라도 민가에 머무르지 못하므로 객관 아니면 사당에 머물러야 한다.

이곳에서 우리 일행의 숙소로 정해진 곳은 관묘關廟였다. 그런데 지현은 문까지 안내하고는 이내 돌아갔다. 관묘에는 아랫사람과 말을 들일 수는 있으나 사신이 머물 만한 곳은 없었다. 이때는 밤이 이미 깊어서 집집마다 문을 닫아걸었다. 이에 오림포가 동분서주하며 백번 천번 두드리고 부르고 한 끝에 겨우 나와서 응대하는 이가 있으니, 소씨蘇氏의 집이었다.

소씨는 이 고을의 아전으로서 집이 행궁만큼이나 훌륭했다. 그러나 주인은 이미 죽고 열여덟 살 난 아들이 있었는데, 눈매가 맑고 뛰어나 속세의 어려움을 겪지 않은 사람 같았다.

정사가 불러서 청심환 한 개를 주니 무수히 절하면서도 몹시 놀라서 두려워하는 기색이다. 알고 보니 아들이 마침 잠이 들었을 때 문을 두드리는 이가 있어 나가 보니, 사람 떠드는 소리와 말 우는 소리가 요란한데 모두 생전 처음 듣는 소리요, 문을 열자 벌 떼처럼 사람들이 뜰에 가득한 것이 아닌가. 게다가 이들은 조선 사람이라는데 한 번도 본 일이 없으니, 월남 사람인지 일본 사람인지 유구琉球, 조주 또는 천주의 동쪽에 있었다고 하

는 나라. 지금의 타이완이나 오키나와라는 설이 있음 사람인지 섬라태국 사람인
지 분간도 하지 못했을 것이다.

그뿐 아니라 그들이 쓴 모자는 둥근 테가 몹시 넓어서 머리 위에 검은
우산을 받친 것 같으니, 이 또한 처음 보는 것이라 "이 무슨 모자일까? 이
상하다." 했을 것이다. 몸에 걸친 도포 또한 소매가 몹시 넓어서 너풀거리
는 품이 마치 춤추는 듯하니, 이 또한 처음 보는 것이라 "이 무슨 옷이지?
참 이상하구나." 했을 것이다. 게다가 그 말소리 역시 냠냠거리기도 하고
"네네." 하거나 "까까." 하니, 이 역시 처음 듣는 소리라 "이게 무슨 이상한
소리지?" 했을 것이다.

처음 본다면 비록 예법을 만든 주공周公, 주 왕조를 세운 문왕의 아들이며
정치가. 예악과 법도를 제정해 제도와 문물을 창시함의 의관이라도 놀라울 텐데,
하물며 우리나라의 옷차림은 몹시 거창하고 고색이 창연하니 당연한 것
아닌가. 또한 사신 이하의 복장이 모두 달라서 역관의 복장, 비장의 복장,
군뢰의 복장이 제각각이고, 역졸과 마두는 맨발에 가슴을 풀어헤치고 얼
굴은 햇볕에 그을리고 옷은 해져서 엉덩이를 다 내놓을 정도에, 왁자지
껄하며 대령하는 소리는 길게 빼니 이 모두 처음 접했을 것이다.

그러니 그는 한 나라의 사람이 함께 온 것인 줄 모르고 아마 세상 오랑
캐가 모두 제 집에 들어온 줄로 알았을 테니, 어찌 놀랍고 떨리지 않았겠
는가. 비록 훤히 밝은 대낮이라도 넋을 잃을 텐데, 하물며 한밤중에 자다
가 당했으니 어떻겠는가. 이런 상황이라면 세상만사를 겪은 여든 노인이
라도 분명 놀라서 와들와들 떨며 졸도했을 텐데, 고작 열여덟 살 약관의
어린 사내이니 더욱 놀랐을 것이다.

역관이 와서 말한다.

"밀운 지현이 밥 한 동이와 채소·과일 다섯 쟁반, 돼지·양·거위·오리 고기 다섯 쟁반, 차·술 다섯 병을 보내왔고, 또 땔나무와 말먹이도 보내왔습니다."

정사가 말한다.

"땔나무나 말먹이는 받지 않을 이유가 없겠지마는, 밥과 고기는 주방이 있으니 남에게 폐를 끼칠 게 있겠는가. 받고 안 받고는 부사님과 서장관 나리께 여쭈어 결정하는 게 옳을 게야."

수역이 말한다.

"중국에 들어오면 동팔참東八站, 동쪽 여덟 곳의 역참에서는 으레 음식을 제공하는 것이 관례입니다. 다만 이렇게 익힌 음식을 제공하지는 않을 뿐입니다. 이제 밀운성에 되돌아온 것이 비록 뜻밖의 일이라 해도, 저들이 이곳의 주인으로서 이를 제공했으니 무슨 이유로 그를 물리칠 수 있으리까?"

이러한 차에 부사와 서장관이 들어와서 말한다.

"황제의 명령도 없는데 어찌 받을 수 있겠어요? 마땅히 돌려보냄이 옳겠습니다."

정사도 말한다.

"그렇겠소."

정사는 곧 명령을 내려 받기 어렵다는 뜻을 전하게 했다. 그러자 짐을 지고 온 여남은 명의 인부들이 끽 소리도 못하고 다시 지고 가버렸다. 서장관이 다시 하인들에게 엄격히 단속하며 말한다.

"만일 한 줌의 땔나무나 말먹이라도 받는다면 반드시 무거운 매를 내릴 것이다."

잠시 후 조달동이 와서 여쭙는다.

"군기대신軍機大臣 복차산이 당도했답니다."

황제가 특별히 군기대신을 파견하여 사신을 맞게 한 것이다. 그들은 정해진 길로 와 덕승문으로 들어간 반면, 우리 일행은 동직문으로 통과했으므로 서로 길이 어긋났던 것이다. 이에 복차산이 밤낮을 헤아리지 않고 우리 뒤를 쫓아왔다.

"황제께옵서 사신을 고대하고 계시오니 반드시 초아흐렛날 아침 일찍 열하에 도착하십시오."

복차산은 두세 번 거듭 부탁하고 가버린다.

군기軍機 란 마치 한漢 나라의 시중侍中, 한나라 때의 벼슬로, 천자의 좌우에서 여러 가지 일을 받들고 고문에 응했음과 같아서 늘 황제를 곁에서 모시고 앉아 있다. 그러다가 황제가 군기에게 명령을 내리면 군기가 하나하나를 의정대신에게 전달하곤 한다. 그래서 비록 계급은 낮으나 황제 가까이 있는 직책이므로 '대신大臣'이라 일컫는 것이다.

복차산의 나이는 스물 대여섯쯤 되는데, 키는 거의 한 길쯤이고 허리가 날씬하고 눈매가 가늘어서 멋있어 보인다. 그는 말이 끝난 뒤에 화고떡의 일종 하나를 먹고는 곧 말을 달려 떠나버렸다.

이 집의 벽돌이 깔린 대청은 넓고도 탁 트였으며, 탁자 위의 모든 물건은 잘 정돈되어 있었다. 하얀 유리그릇에 불수감佛手柑, 불수감나무의 열매. 유자보다 훨씬 크고 길며, 향이 매우 좋음 세 개가 담겼는데, 맑은 향내가 코를 찌른다. 십여 개의 의자는 모두 무늬 있는 나무로 꾸몄으며, 서편 바람벽방이나 칸살의 옆을 둘러막은 벽 밑에는 등나무로 만든 자리와 꽃방석·양털보료 등이 깔려 있고, 구들 위에 놓인 붉은 털방석은 길이나 너비가 맞춤

했다. 침대 위에 펴놓은 자리는 말총으로 쌍룡을 수놓았는데, 오색이 찬란했다.

두 하인이 그 위에 누워 자고 있는 것을 보고 시대에게 깨우라고 했다. 그러나 일어나지 않자 시대가 크게 호통하여 쫓아 버렸다. 나 역시 하도 피로하기에 잠깐 그 위에 누웠더니 별안간 온몸이 가려워 견디기 어렵다. 이에 한번 긁자 굶주린 이가

불수감 중국 남부에서 많이 나는 과일. 불수감이란 부처님 손가락이라는 뜻이다. 생김새가 닮았을 뿐 아니라 그만큼 귀한 것이라서 붙은 이름이다.

온몸에 더덕더덕했다. 곧 일어나 옷을 털고 나서 시대에게 묻는다.

"밥은 이미 익었느냐?"

"애초부터 밥을 지은 일이 없답니다."

시대가 대답하면서 빙그레 웃는다.

이미 밤이 지나 곧 닭이 울 때가 되니 한 그릇 물이나 한 움큼 땔나무도 사올 곳이 없다. 그러니 저 사자어금니힘들여 하는 일에 없어서는 안 될 사람이나 물건을 비유적으로 이르는 말 같은 흰 쌀과 산더미만큼 은이 쌓여 있다 하더라도 밥을 지을 수는 없었다.

게다가 부사의 주방은 비가 내리기 전에 이미 시내를 건너간 상태다. 그래서 정사의 건량고지기간편한 양식을 담당하는 사람 영돌이 부사와 서장관의 주방을 겸했으나, 밥을 지을 기약은 아득했다.

하인들이 모두 춥고 굶주린 나머지 다들 정신을 잃고 쓰러져 있다. 나

는 그들을 채찍으로 갈겨 깨웠으나 일어났다가 곧 쓰러지곤 한다. 하는 수 없어서 몸소 주방에 들어가 살펴보니 영돌이 홀로 앉아 공중을 쳐다보면서 긴 한숨만 짓고 있다. 남은 사람들은 모두 종아리에 말고삐를 맨 채 뻗고 누워서 코를 곤다. 간신히 수숫대 한 움큼을 얻어서 밥을 지으려 했으나 한 가마솥의 쌀에 반 통도 안 되는 물을 부었으니 밥이 될 리 없다. 밥을 먹어보니 익고 안 익고는 따질 필요도 없이 쌀이 물에 불지도 않았다.

밥 한 숟갈도 채 들지 못한 채 정사와 함께 술 한 잔씩을 마시고 곧 길을 떠났다. 그제야 닭이 서너 번 홰를 친다.

창대가 어제 백하를 건너다 말굽에 밟혀서 쇠가 깊이 박혀 쓰리고 아프다고 우는소리를 한다. 그러나 그 대신 경마를 잡을 자도 없으니 일이 참으로 어렵게 됐다. 그렇다고 한 걸음도 제대로 걷지 못하는 그를 도중에 버리고 갈 수는 없는 일이다. 비록 잔인하기 짝이 없을지라도 하는 수 없어서, 기어서라도 뒤를 따라오라고 한 후 내가 직접 고삐를 잡고 성을 나섰다.

사나운 물살이 길을 휩쓸고 간 나머지 어지러이 돌들이 이빨처럼 날카롭게 서 있다. 손에는 등불 하나를 들었으나 거센 새벽바람에 이내 꺼져 버렸다. 할 수 없이 동북쪽에서 빛나는 한 줄기 별빛만을 바라보며 전진했다. 앞 시냇가에 이른즉, 물은 많이 빠졌으나 아직도 말 배꼽에 닿을 정도였다. 창대는 몹시 춥고 굶주린데다 발병까지 나고 졸음도 견디지 못하고 있었다. 그런데 다시 차가운 물을 건너게 됐으니 걱정되기 짝이 없었다.

계축癸丑
8월 7일

아침에 비가 조금 뿌리다가 곧 갰다.

목가곡에서 아침 식사를 끝내고 남천문을 나섰다. 성은 큰 재 마루턱에 있고 그 후미진 곳에 문을 내었는데, 이름은 신성新城이라고 한다.

옛날 오호五胡, 중국 북부에서 활동한 흉노·갈(흉노의 별종)·선비(터키계라는 설이 있음)·저氏(티베트계)·강羌(티베트계)의 다섯 이민족을 가리킨다. 304년 유연의 건국에서 439년 북위北魏의 통일까지 중국 화북 지방에서 일어났다 사라진 5호와 중국인이 세운 나라들 및 그 시대를 가리켜 오호십육국시대라고 함 때 석호石虎, 후조後趙의 임금가 단요를 추격하자, 단요가 모용황북연北燕의 임금과 함께 반격하여 석호의 장수 마추를 쳐서 죽인 곳이 곧 이곳이다.

여기서부터는 잇달아 높은 고개를 넘게 됐는데, 오르막은 많으나 내리막이 적은 것을 보면 고도가 점차 높아짐을 알겠고 물결은 더욱 사나워졌다.

이곳에 이를 때쯤 창대가 통증을 견디지 못하여 부사의 가마에 매달려 울면서 하소연하고 또 서장관에게도 호소했다고 한다. 이때 나는 이미 고북하에 이르렀는데, 잠시 후 부사와 서장관이 오더니 창대의 딱하고 민망한 꼴을 얘기하면서, 나에게 처리할 좋은 방도를 생각해보라고 하

석갑성의 1940년대 모습

나, 나도 어쩔 수가 없었다. 이윽고 창대가 엉금엉금 기다시피 따라왔다. 도중에 말을 얻어 탈 수 있어서 여기까지라도 올 수 있었던 듯하다. 나는 돈 이백 닢과 청심환 다섯 알을 내어서 나귀를 빌린 후 뒤를 따르게 했다.

　드디어 냇물을 건넜다. 이 물의 또 다른 이름은 광형하로, 백하의 상류였다. 변방에 이를수록 물길이 더욱 사나운 까닭에 건너고자 하는 수레들이 모두 웅기중기 서서 배 오기만을 기다린다. 그러자 제독과 예부낭중이 채찍을 휘두르면서 이미 배에 오른 사람들까지 내리게 하고는 우리 일행을 먼저 건너게 했다.

　저녁나절에 석갑성 밖에서 밥을 지어 먹었다. 이 성의 서쪽에 궤짝처럼 생긴 돌이 있다 하여 역 이름까지도 '석갑石匣, 돌 석, 작은 상자 갑'이라고 했다 한다. 옛날 유수광劉守光, 오대십국시대(당나라가 망하고 송나라가 건국하기까지 혼란했던 시기)에 대연황제를 칭했음이 도망쳤다가 사로잡힌 곳이 바로 이곳이다.

식사가 끝나자 곧 떠났는데, 날은 이미 어두워지기 시작했다. 산길은 매우 꼬불꼬불했다. 왕기공송나라의 문인으로 이름은 왕증이 일찍이 거란에 올린 서한 중에 이런 내용이 있다.

"금구전에 이르러 산을 감돌아들어 오르고 또 오르되, 이정표나 척후병도 없습니다. 다만 말이 달리는 시간을 따져보니 대체로 구십 리쯤 가서 고북관에 이르렀습니다."

지금 금구전은 어디인지 알 길이 없을뿐더러 변방 북쪽의 노정路程, 목적지까지의 거리 또는 목적지까지 걸리는 시간이 얼마나 되는지에 대해서는 옛사람도 역시 아리송한 모양이었다.

때마침 대추가 반쯤 익었다. 마을마다 대추나무가 울타리를 이루었거나 대추나무 밭이 보이니 우리나라의 청산현재의 충북 옥천·보은과 같은데, 대추는 모두 한 숨이 넘을 만큼 컸다. 밤나무 역시 숲을 이루었으나 밤톨이 극히 자잘하여 우리나라 상주의 것만이나 했다. 옛날 소진전국시대의 유세가. 진秦 나라에 대항하여 나머지 여섯 나라인 연燕, 조趙, 한韓, 위魏, 제齊, 초楚의 합종책을 주장했음이 연문공燕文公, 전국시대 연나라 임금. 소진의 말을 들어서 6국을 연합하여 종장이 됐음을 설득하며 "연나라 북쪽에 밤과 대추 생산지가 있는데, '천부天府, 하늘이 내린 비옥한 땅'라 할 만큼 기름집니다."라고 했으니, 고북구를 두고 이른 듯싶다.

마을의 거리를 지날 때마다 남녀 불문하고 구경꾼이 몰려들었다. 나이가 지긋한 여인치고 목에 혹이 달리지 않은 자가 없었는데, 큰 것은 뒤웅박만 하다. 더러는 서너 개가 달린 이도 없지 않아서 대개 열 명 중에 일고여덟 명은 그러하다. 젊고 예쁜 여인들은 흰 분을 발랐으나 목에 달린 혹을 가릴 수는 없다. 남자 중에도 늙은이는 가끔 커다란 혹을 달고 있다. 옛말에 "진晉나라에 사는 사람은 이가 누렇고, 험한 곳에 사는 사람들 목에는 혹이 달린다."라고 했고 또 "안읍은 진晉나라 땅으로 대추가 잘 되는데, 그들은 단것을 많이 먹어서 이가 모두 누렇다."라고 했다. 그런데 이곳에는 대추나무 밭이 무성한데도 여인들의 이가 마치 박씨를 쪼개 세운 듯 하야니 알 수 없는 일이다.

의서에 이르기를 "산골짜기 물은 흔히들 급히 흘러내리므로 오래도록 마시면 혹이 많이 생긴다." 했으니, 이곳 사람들에게 혹이 많은 것이야 험한 곳에 살기 때문일 것이다. 그런데 유독 여인들에게서 많이 보이는 것은 무슨 까닭인지 알 수가 없다.

잠시 성안에서 말을 쉬게 했다. 시장과 거리가 제법 번화하긴 했으나 집집마다 문이 닫혀 있다. 문밖에는 양각등羊角燈, 양의 뿔을 고아서 만든, 투명하고 얇은 껍질을 씌운 등을 달아 오롱조롱 별빛과 함께 잘 어울린다. 이미 밤이 깊었으므로 두루 구경하지는 못하고 술을 사서 조금 마신 후 곧 만리장성을 나섰다.

어둠 속에서 군졸 수백 명이 나타났다. 이들은 아마 검문을 하기 위해 지키고 있던 듯싶다. 삼중으로 된 관문을 나온 후 곧 말에서 내려 만리장성에 이름을 쓰기 위해 패도佩刀, 칼집이 있는 작은 칼를 뽑아 벽돌 위의 짙은 이끼를 긁어냈다. 그런 다음 붓과 벼루를 행탁여행용 전대나 자루 속에서 꺼내어 성 밑에 벌여놓고 사방을 살펴보았으나 물을 얻을 길이 없었다. 아까 관내關內, 산해관 안쪽. 만리장성 안쪽에서 잠시 술을 마실 때 밤새워 마시고자 준비한 술이 몇 잔 있었다. 어쩔 수 없이 이 술을 모두 쏟아 밝은 별빛 아래 먹을 갈고, 찬 이슬에 붓을 적시어 여남은 글자를 썼다.

이때는 봄도 아니요 여름도 아니요 겨울도 아닐뿐더러 아침도 아니요 낮도 아니요 저녁도 아닌 곧 금신金神, 도교나 음양도에서 제사를 모시는 신의 하나이 때를 만난 가을에다 닭이 막 울려는 새벽이니, 이 어찌 우연한 일이겠는가.

이곳에서 다시 한 고개에 올랐다. 초승달은 이미 졌는데, 시냇물 소리는 더욱 요란히 들려온다. 어지러이 늘어선 봉우리들은 우중충하여 언덕마다 범이 나올 듯, 구석마다 도적이 숨은 듯하고, 때로는 바람이 불어와 머리카락을 나부낀다.

물가에 다다르니 길이 끊어졌다. 물은 넓고 아득하여 어디로 가야 할지 알 수 없는데, 다만 허물어진 집 너덧 채가 언덕에 의지하여 서 있다. 제독이 달려가더니 말에서 내려 손수 문을 두드리며 수백 번 거듭 주인을 불러 호통을 친다. 주인이 그제야 대답하며 문을 나와 자기 집 앞에서 건널 곳을 가르쳐준다. 오백 닢을 주고 그를 고용한 후 정사의 가마를 인도하도록 하여 마침내 물을 건넜다.

매우 구불구불한 강을 아홉 번이나 건너야 했는데, 물속 돌에 이끼가 끼어서 몹시 미끄럽다. 물이 말의 배까지 넘실거려 다리를 옹송그리고 발을 모아 한손으로는 고삐를 잡고 또 다른 손으로는 안장을 꽉 잡고 건너는데, 경마잡이도 없고 부축해주는 이도 없건마는 그래도 떨어지지 않는다. 나는 비로소 말을 다루는 데도 방법이 있음을 깨달았다.

우리나라의 말 다루는 방법은 몹시 위험하다. 옷소매는 넓고 한삼손을 가리기 위하여 두루마기나 여자의 저고리 같은 윗옷 소매 끝에 흰 헝겊으로 길게 덧대는 소매 역시 길어서 그것에 두 손이 휘감긴다. 그러면 고삐를 잡거나 채찍을 칠 때 거추장스러우니 이것이 첫 번째 위태로움이다. 그래서 부득이 다른 사람에게 경마를 잡히니, 온 나라의 말이 벌써 병신이 되어버린다.

또한 고삐를 잡은 자가 항상 말의 한쪽 눈을 가려서 말이 제멋대로 달릴 수 없으니, 이것이 두 번째 위태로움이다.

말이 길에 나서면 그 조심하는 태도가 사람보다 더한데도 사람과 말은 서로 마음이 통하지 않는다. 마부는 자기가 편한 땅을 디디면서 말을 늘 위태로운 곳으로 몰아넣는다. 말이 피하려 하지만 마부는 억지로 디디게 하고, 말이 디디고 싶어 하는 곳으로 가면 끌어당긴다. 이러다 보니 말이 머리를 가로젓는 것은 다름이 아니라 사람에게 화가 났기 때문이다. 바로 이것이 세 번째 위태로움이다.

한 눈은 이미 사람에게 가려졌고 남은 한 눈으로는 사람의 눈치를 살피느라 온전히 길만 보고 걷기가 어려운 말은 잘 넘어지기 쉽다. 이는 말의 허물이 아닌데도 채찍을 함부로 내리치는데, 이것이 네 번째 위태로움이다.

우리나라의 안장과 뱃대끈마소의 안장이나 길마를 얹을 때 배에 걸쳐서 졸라매는 줄은 워낙 둔하고 무겁다. 게다가 끈과 띠가 너무 많이 얽혀 있다. 말이 이미 한 사람을 태우고 있는데 입에 또 한 사람이 걸려 있는 셈이니, 이는 말 한 필이 두 필의 힘을 쓰는 것과 마찬가지다. 그래서 힘에 겨워 쓰러지게 되니, 이는 다섯 번째 위태로움이다.

사람이 몸을 쓸 때도 오른쪽이 왼쪽보다 나은 것을 보면 말 역시 그러할 것이다. 그런데도 사람이 고삐를 끌어당겨 오른쪽 귀가 눌리니 말은 아픔을 참을 수 없어서 어쩔 수 없이 목을 비틀어 옆으로 걸으며 채찍을 피하려 한다. 사람은 말이 목에 힘을 주어 비틀면서 옆으로 걷는 것을 사

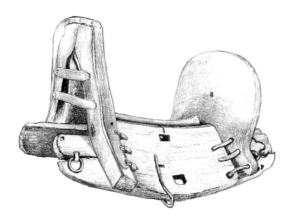

조선의 안장 나귀나 말의 등에 얹어 사람이 타기에 편리하도록 만든 기구

납고도 날래다 하여 기뻐하지만 실은 말의 본 모습이 아니니, 이는 여섯 번째 위태로움이다.

말이 채찍을 늘 오른쪽에만 맞다 보니 그 오른쪽 다리가 아플 것이다. 말을 탄 사람이 무심히 안장에 앉아 있을 때 경마잡이가 갑자기 채찍질을 하면 말이 몸을 뒤틀어서 사람이 떨어지기 쉬운데, 이때도 도리어 말을 책망한다. 그러나 이 역시 말의 본뜻이 아니니, 이것이 일곱 번째 위태로움이다.

문관이건 무관이건 벼슬이 높으면 반드시 왼쪽에서 경마를 잡게 하는데, 이는 무슨 법인지 모르겠다. 오른쪽에서 경마를 잡는 것도 좋지 않은데, 하물며 왼쪽에서 잡는 것이야 두말할 나위도 없다. 짧은 고삐도 불가한데, 긴 고삐야 말해 무엇 하겠는가. 사삿집개인의 집을 출입할 때에는 혹시 위엄을 갖춘다고 그럴 수도 있거니와, 심지어 임금의 어가를 모시는 신하가 다섯 길이나 되는 긴 고삐로써 위엄을 보이려는 것은 옳지 않은 일이다. 게다가 이는 문관도 불가한 일인데, 하물며 출진하는 무장이야 어떻겠는가. 이야말로 스스로 올가미를 차는 격이니, 이것이 여덟 번째 위태로움이다.

무장이 입는 옷을 철릭무관이 입던 공식 복장. 허리에 주름이 잡히고 큰 소매가 달렸는데, 당상관은 남색이고 당하관은 분홍색임이라 하는데, 곧 군복이다. 명색이 군복이면서 소매가 중의 장삼처럼 넓으니 이게 무슨 말인가. 이처럼 이 여덟 가지의 위태로움이 모두 넓은 소매와 긴 한삼 때문이거늘, 오히려 이러한 위태로움에 기대어 편안히 지내려 하니, 아아, 슬프구나. 이러니 백락주나라 때의 말 전문가을 오른편에서 경마 잡게 하고 조보고대 중국에서 말을 잘 몰던 사람를 왼편에서 따르도록 한들 이 여덟 가지 위태로움을 그대로 둔다면 비록 준마가 여덟 필일지라도 배겨내지 못할 것이다.

옛날 이일李鎰, 조선 중기의 무신으로, 임진왜란 때 명나라 원병과 함께 평양을 수복함이 상주에 진을 칠 때 멀리 숲 사이에서 연기가 오르는 모습을 보고는 군관 한 사람을 보냈다. 그 군관이 좌우 양쪽에 경마를 잡게 하고 거들먹거리며 가다가 뜻밖에 다리 밑에서 왜병 둘이 내달아 말의 배를 칼로 찌르고 군관의 목을 베어갔으니, 임진년 왜구가 왔을 때의 일이다.

어진 정승 서애西厓 류성룡柳成龍, 조선 선조 때의 재상. 1542~1607. 도학·문장·덕행·서예로 이름을 떨쳤음은 《징비록》을 지을 때 이 일을 기록하여 비웃은 적이 있다. 그런데 그런 난리와 어려움을 겪고도 잘못된 풍습을 고치지 못했으니, 관습을 고치는 것이 이처럼 힘들다.

내가 이 밤에 물을 건너고 있으니 세상에서 가장 위태로운 일이다. 그러나 나는 말만을 믿고, 말은 제 발을 믿고, 발은 땅을 믿어서 경마 잡히지 않은 보람이 이와 같다. 수역이 주부에게 말한다.

"옛사람이 위태로운 것을 가리켜서 소경이 애꾸눈 말을 타고 밤중에 깊은 물가에 서 있는 것이라고 하지 않았소? 정말 우리가 오늘 밤 한 일이 그러하구려."

내가 곧이어 말한다.

"그게 위태롭긴 위태로운 일이지만, 위태로움을 잘 아는 것이라곤 할 수 없소."

그 둘이 묻는다.

"어째서 그렇단 말씀이오?"

"소경을 볼 수 있는 자는 눈 있는 사람이라 소경을 보고 스스로 위태롭게 여기는 것이지, 소경은 위태로운 것을 알 수 없소. 소경의 눈에는 어떠한 위태로움도 보이지 않는데 무엇이 위태롭단 말이오?"

내가 말하자 서로 껄껄대고 웃는다.

갑인甲寅
8월 8일

날이 갰다.

새벽에 반간방半間房에서 밥을 지어 먹고, 삼간방三間房에서 잠깐 쉬었다.

가끔 산기슭에 화려한 사당과 절이 보이는데, 구십구 층짜리 백탑白塔도 있다. 그 탑과 사당 자리를 살펴보아도 특별히 아름다운 곳은 아닌데, 그저 산등성이 또는 물이 흐르는 곳에 엄청난 돈을 허비한 까닭을 도무지 모르겠다. 이런 것이 헤아릴 수 없을 만큼 많았으며, 그 제작의 웅장함과 조각의 정교함, 단청의 찬란함이 모두 같은 수법이어서 하나만 보면 다른 것은 미루어 짐작할 수 있으니, 일일이 기록할 것조차 없다.

차츰 열하에 가까워지니 사방에서 조공 행렬이 모여든다. 수레·말·낙타 등이 밤낮으로 끊이지 않고 우르릉대고 쿵쿵거리니, 수레바퀴 울리는 소리가 마치 비바람 치듯 한다. 창대가 별안간 말 앞에 나타나더니 절을 한다. 몹시 반가웠다.

저 혼자 뒤처질 무렵 창대가 고개 위에서 통곡을 하고 있자 부사와 서장관이 측은히 여겨 말을 멈추고 주방에게 물었다.

"혹시 가벼운 짐을 실은 수레가 있으면 저 아이를 태울 수 있겠느냐?"

그러나 하인들은 없다고 했다. 부사와 서장관도 어쩔 수 없어 민망하

〈직공도〉 중국에 조공하는 외국 사신들의 복식과 외양을 그린 풍속화. 명나라 화가 구영이 그린 것이다.

게 여기고 그저 지나갔다. 그 뒤 제독을 만난 창대는 더욱 서럽게 울부짖었다. 그러자 제독이 말에서 내려 위로하고는 함께 머물러 있다가 지나가는 수레를 세내어 타고 오게 했다. 어제는 입맛이 없어 먹지 못했는데, 제독이 친히 먹을 것을 권했다. 또 오늘은 제독이 자기가 타던 나귀를 창대에게 주고, 자신은 창대가 타던 수레를 타고 이곳까지 왔단다. 그 나귀가 매우 날쌔어서 타면 귓가에 바람 소리가 일 뿐이라고 했다.

"그 나귀는 어디다 두었느냐?"

내가 물었다.

"제독이 저더러, '너 먼저 나귀를 타고 가서 공자를 따라가거라. 만일 도중에 내리고 싶거든 지나가는 수레 뒤에 나귀를 매어두어라. 그러면 내가 뒤에 가면서 찾을 테니 염려 말아라.' 하더이다. 그리하여 삽시간에 오십 리를 달려 고개 위에서 지나가는 수레 수십 대를 만났습니다. 그래서 나귀에서 내려 맨 끝의 수레 뒤에 매어두었습니다. 수레 모는 자가 영문을 묻기에, 멀리 고개 남쪽의 지나온 길을 가리켜 보였더니, 웃으면서 고개를 끄덕이더이다."

제독의 마음씨가 매우 아름다우니 고마운 일이다. 그의 벼슬은 회동사역관 예부정찬사낭중 홍려시소경會同四譯官禮部精饌司郎中鴻臚寺少卿이요, 품계는 정사품 중헌대부로, 나이는 이미 예순에 가까웠다. 그의 직분이 우리 일행을 보호하는 것이라고 하더라도 외국의 일개 마부를 위하여 이토록 극진한 마음씨를 보이며 직무에 충실한 것은 가히 대국의 풍모를 엿볼 수 있는 것이라 하겠다. 창대의 병이 조금 나아서 경마를 잡을 수 있게 된 것 또한 다행한 일이 아닐 수 없다.

삼도량에서 잠깐 쉰 후 합라하를 건너고 황혼 무렵에 큰 고개 하나를 넘었다. 조공 가는 수많은 수레가 길을 재촉하며 달린다. 나는 서장관과 고삐를 나란히 하며 가는데, 산골짝에서 갑자기 호랑이의 울음소리가 두세 마디 들려온다. 그러자 많은 수레가 모두 길을 멈추고서 함께 고함을 치니, 소리가 천지에 진동하는 듯하다.

이곳에 오는 나흘 밤낮 동안 눈을 붙이지 못한 까닭에 가다가 발길을 멈추면 하인들이 모두 서서 존다. 나 역시 졸음을 이길 수 없어 눈시울이 구름장처럼 무겁고 하품이 파도 밀려오듯 한다. 눈을 뻔히 뜨고 물건을 보는데도 이상한 꿈속에 잠긴 듯하고, 다른 이가 말에서 떨어질까 걱정되어 깨워주면서도 나 자신은 안장에서 기울어지고는 한다. 포근포근 잠이 엉기고 아롱아롱 꿈이 짙을 때는 지극한 즐거움이 그 사이에 스며들어 있는 듯도 했다. 그리하여 때로는 온몸이 날아갈 듯하고 두뇌가 맑아지는데, 그 견줄 곳 없는 묘한 경지야말로 취중의 세상이요, 꿈속의 산하였다.

계절은 가을 매미 소리가 가느다란 실오리를 뽑고 허공에 흩어진 꽃봉오리가 어지러이 떨어질 무렵이니, 그 아늑함은 도교의 명상에 잠긴 듯하고, 놀라서 깰 때는 선가禪家, 참선하는 승려의 깨달음과 다름없었다. 팔십일난八十一難, '중생이 도를 이루는 데 방해가 되는 81가지 어려움'이라는 뜻의 불교 용어이 삽시간에 걷히고, 사백사병四百四病, 사람의 몸에 생기는 404가지 병이 순식간에 지나간다.

이런 순간이 오면 비록 추녀가 몇 자나 되는 화려한 고대광실에 높게 괸 큰 상을 받고 예쁜 계집 수백 명이 모시는 즐거움이나, 뜨겁지도 차갑지도 않은 아랫목에 높지도 낮지도 않은 베개를 베고 두껍지도 얇지도 않은 이불을 덮고 깊지도 얕지도 않은 술잔을 받으면서 장자인지 나비인지 모를 꿈나라중국 장자의 고사에서 유래한 이야기. 장자가 나비가 되어 나는 꿈을 꾸고 난 후, 장자가 꿈에 나비가 된 것인지, 나비가 꿈에 장자가 된 것인지 모르겠다고 한 이야기를 노니는 그 즐거움과도 결코 바꾸지 않을 것이다.

길가의 돌을 가리키며 내가 말한다.

"내 나중에 우리 연암燕巖 골짜기에 돌아가면, 천 하고도 하루를 더 자서 옛 희이 선생希夷先生, 오대십국시대의 은자로, 공기만을 마시면서 한 번에 100일씩 잠을 잤다고 함보다 하루를 능가할 것이다. 또 우레와 같이 코를 골아 천하의 영웅으로 하여금 젓가락을 놓치도록 하고유비가 조조와 밥을 먹다가 우레 소리에 일부러 젓가락을 떨어뜨려 자신을 겁 많은 인간으로 인식시켰다는 이야기에서 나온 표현, 미인들을 놀라게 할 것이다. 그러지 못한다면 이 돌과 같이 되리라."

그런데 한 번 꾸벅하면서 깨니 이 또한 꿈이었다.

창대도 가면서 이런저런 이야기를 하는데 이에 대꾸하다 가만히 살펴보니 자주 헛소리다. 여러 날을 굶주린데다 크게 추위에 떨다 보니 학질에 걸린 듯 인사불성이 된 것이다.

밤은 이미 이경二更, 밤 9시부터 11시 사이 즈음이다. 마침 수역과 동행했는데, 그의 마부 역시 벌벌 떨며 크게 앓았다. 다행히 역참이 오 리밖에 남지 않았다기에 우리는 말에서 내려, 병든 두 마부를 각기 말에 실었다. 그런 다음 흰 담요를 꺼내 창대의 온몸을 둘러싸고 띠로 꼭꼭 묶어서 수역의 마두더러 부축하여 먼저 가라고 한 후, 수역과 더불어 걸어서 역참에 이르니 밤이 이미 깊었다.

이곳에는 행궁이 있고 여염집과 시장도 매우 번화했으나, 그 역의 이름은 잊었다. 아마 화유구가 아닌가 싶다.

객사에 이르니 곧 밥을 내어왔으나 심신이 피로하여 수저가 천 근이나 되는 듯 무겁고, 혀는 백 근인 양 움직이기조차 거북하다. 상에 가득한 채소나 고기구이가 모두 잠으로 보일뿐더러, 촛불마저 무지개처럼 뻗어나가고 광채가 사방으로 퍼지곤 한다. 이에 청심환 하나를 소주와 바꾸어서 마셨다. 술맛이 어찌나 좋은지 마시자마자 곧 기분 좋게 취하여 쓰러지듯 베개를 끌어당긴 채 잠이 들었다.

을묘乙卯
8월 9일

날이 갰다.

아침나절 사시오전 9시에서 11시 사이에 열하에 들어가 태학에서 머물렀다.

그날 닭이 울 무렵 수역과 먼저 떠났다. 길에서 난하를 건너는 것이 어렵다는 말을 듣자, 수역이 오는 사람마다 붙잡고 난하의 소식을 물었다. 그들은 모두 말한다.

"예니레는 기다려야 겨우 건널 수 있을 것입니다."

강가에 이르니 구름처럼 모여 있는 수레가 천 대인지 만 대인지 모를 정도다. 물은 넓고 거세다. 흙탕물이 소용돌이치며 흘러 특히 행궁 앞 물살이 가장 세다. 난하는 독석구에서 나와 옛 흥주의 경계를 거쳐 북예로 들어간다.

《수경水經》중국의 물줄기를 기록한 지리서의 주註에는 이렇게 나온다.

"유수는 어융진에서 나와 사야를 거치며 굽이굽이 돌아서 천오백 리쯤 흘러 만리장성에 든다."

강에는 겨우 작은 배 너덧 척만이 있었다. 사람은 많고 배는 작으므로 건너기 어려운 것이다. 말을 탄 사람들은 모두 얕은 물길을 골라서 건너지만, 수레는 그럴 수 없다.

〈만수원사연도〉 피서산장에 마련된 연회장으로 들어서는 하객들을 묘사한 그림. 중국 고궁박물원 소장

석갑에서 가마 탄 자 하나를 만났는데, 말을 타고 따르는 사람이 십여 명이다. 네 사람이 어깨에 가마채를 메고 오 리에 한 번씩 교대하는데, 말 탄 사람이 내려서 서로 바꾸어 메곤 했다. 우리와 앞서거니 뒤서거니 가는데, 병부시랑의 행차라 한다. 가마는 녹색 우단거죽에 곱고 짧은 털이 촘촘히 돋게 짠 비단으로 가리고 삼면에 유리를 붙여서 창을 냈으나, 탄 사람은

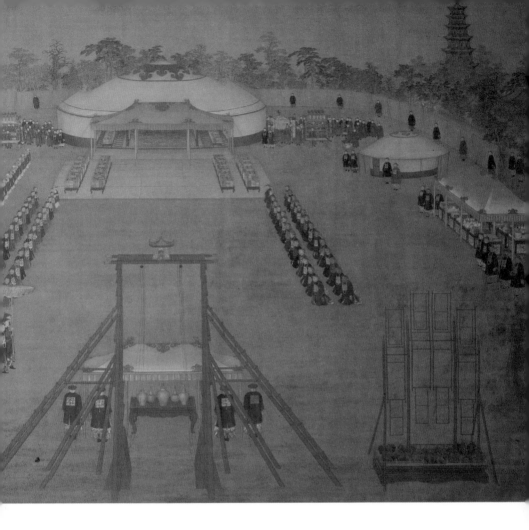

늘 깊이 들어앉아 있으므로 얼굴은 볼 수 없었다. 모자를 벗어 창 한구석
에 걸어놓고 종일토록 책을 읽고 있다.

어제는 시종을 부르자 그가 상자 속에서 책 하나를 꺼내어 바쳤는데,
제목이 《오자연원록五子淵源錄》주자가 편찬한 책이었다. 창 안에서 손을
내밀어 이를 받는데, 그 팔뚝이나 손가락이 옥같이 희다. 창 안에서 《이아
익爾雅翼》《이아》는 중국에서 가장 오래된 자전字典이며, 《이아익》은 송나라의 나
안이 《이아》를 해석한 책임 한 권을 내주는데, 목소리나 손길이 모두 여인 같다.

이곳에 이르자 가마에서 내리더니 가마 안의 책을 꺼내어 종자들에게 나누어준다. 그러자 시종들이 나누어 품속에 간직하고, 그는 다시 말을 타는데, 참으로 미남자였다. 눈매가 시원하고 몇 줄기 흰 수염이 듬성듬성하다. 가마는 휘장을 걷고, 시종을 태우고 온 말들은 모두 물에 둥둥 떠서 건넌다.

모자에 푸른 깃을 꽂은 사람이 언덕 위에 서서 채찍을 들어 지휘하면서 우리 일행을 건너게 하는데, 짐짝에 '진공進貢'이니 '상용上用, 황제 사용품'이니 하는 글자를 쓴 기를 꽂은 것이라도 먼저 건너지 못하게 했다. 또 관원인 듯한 자가 배에 먼저 뛰어올라도 채찍으로 몰아내버린다. 그 사람은 행재낭중行在郎中으로, 황제의 명을 받들어 나루터 건너는 일을 맡은 자다. 그때 집채만 한 네 대의 쌍교말 두 마리가 각각 앞뒤 채를 메고 가는 가마. 쌍가마를 바로 배 안으로 메고 들어가는데, 마치 무거운 산으로 달걀을 누르는 듯싶다. 그 위세에 낭중들도 채찍을 거둔 채 한걸음 물러선다. 그 가마꾼들의 눈에는 하늘도 없고 땅도 없고 물도 없을뿐더러 사람도 들어오지 않는 모양이다. 외국 사람이야 말할 것도 없고, 다만 자기들이 멘 가마만이 있을 뿐. 도무지 모르겠다. 그 가운데 무슨 귀한 보물이 들어 있기에 가마꾼들의 위세가 그리 센지.

강을 건너 십여 리를 가니, 환관 셋이 와서 박보수와 함께 말 머리를 대고는 몇 마디 이야기를 나누더니 곧 말을 돌려 가버린다. 또 한 환관이 오림포와 나란히 말을 타고 가면서 무언가 이야기를 나누는데, 오림포의 낯빛이 가끔 변하고 놀란 표정이다. 박보수와 서종현이 말을 달려서 옆으로 가자 오림포가 가까이 오지 못하게 손짓을 하는 것으로 보아 무슨 비밀 이야기라도 나누는 듯싶다. 그 환관 역시 말을 달려 가버린다.

쌍탑산(왼쪽)과 봉추산(오른쪽)

한 산모롱이를 지나니, 언덕 위에 돌을 깎아 세운 듯한 봉우리가 탑처럼 마주 서 있는데, 하늘이 기교한 솜씨를 보이는 듯 높이가 백여 길이나된다. 그 생김새 때문에 쌍탑산雙塔山이라는 이름이 붙었다. 연달아 환관이 와서, 사행이 지금 어디까지 왔는지 알아보고는 돌아간다. 예부에서우리 일행에게 태학에 들어가 묵으라는 뜻을 먼저 알리러 왔다.

며칠 동안 산골길을 다니다가 열하에 들어가니 궁궐이 웅장하고 화려하다. 좌우에 시장이 십 리에 걸쳐 뻗어 있으니 실로 변경 북쪽의 매우 큰도시다. 바로 서쪽에 봉추산의 한 봉우리가 우뚝 솟았는데, 마치 다듬이방망이처럼 생긴 모양새에 높이가 백여 길이다. 꼿꼿이 하늘로 솟은 봉우리에 석양이 옆으로 비치니 찬란한 금빛을 내뿜는다. 강희황제가 '경추산'이라는 이름을 새로 붙였다 한다.

열하성熱河城은 높이가 세 길이 넘고, 둘레가 삼십 리다. 강희 52년 1713에 온갖 돌을 섞어서 얼음무늬로 쌓아올리니, 이른바 가요문잘게 갈라진 것처럼 보이는 도자기의 무늬이다. 인가의 담도 모두 이 방식으로 만들었다.

성 위에 비록 성가퀴성 위에 낮게 쌓은 담. 여기에 몸을 숨기고 적을 감시하거나 공격하거나 함를 쌓긴 했으나 여느 담과 다름이 없는데, 지나온 여러 고을의 성곽만도 못했다.

이곳에는 삼십육경三十六景이 있다고 한다. 열하는 한나라의 옛 요양·백단·활염이라는 세 고을의 땅이다. 한 경제漢景帝, 한나라의 제6대 황제. 재위 기원전 157~기원전 141가 이광한나라의 장수로 흉노를 물리치는 데 큰 공을 세움에게 조칙을 내려 "장군은 군사를 거느리고 동으로 달려 백단에서 깃발을 멈추라." 하고 말했다는데, 바로 이곳이다.

거란의 아보기요나라의 초대 황제. 재위 916~926. 성은 야율, 아보기는 이름가 활염의 허물어진 성을 고쳐 쌓았는데, 사람들은 이를 '대흥주'라 했다. 명나라의 상우춘명나라의 개국공신. 북방 정벌에 나서 원나라 수도를 함락한 다음 원나라의 순제를 북쪽으로 몰아냄. 1330~1369이 먀속원나라의 장수을 전녕으로 몰아내 쳐부수고 대흥주로 나아가 머물렀다고 하는 바로 그곳이다.

지난해에 태학太學, 국립 교육기관을 새로 지었는데, 그 형식은 연경과 다름없다. 대성전과 대성문이 모두 겹처마에 누런 유리기와를 이었고, 명륜당은 대성전의 오른편 담 밖에 있다. 명륜당 앞 행각궁궐이나 절 따위의 정당 앞 또는 좌우에 지은 줄행랑에는 일수재·시습재 등의 편액이 붙어 있고, 그 오른편에는 진덕재·수업재 등이 있다. 뒤에는 벽돌로 쌓은 대청이

있고, 그 좌우에 작은 재실무덤이나 사당 옆에 제사를 지내기 위하여 지은 집이
있다.

　오른쪽에는 정사가 들고 왼쪽엔 부사가 들었다. 서장관은 행각의 별재
別齋, 따로 있는 재각에 들고 비장과 역관은 한 재실에 모두 들었으며, 두 주
방은 진덕재에 나누어 들었다. 대성전 뒤와 좌우에 둘려 있는 별당·별재
는 이루 다 기록하기 어려울 만큼 많고도 화려하기 그지없는데, 우리나
라의 주방 사람들로 인해 많이 더럽혀졌으니 애석한 일이 아닐 수 없다.

태학에 머무르며 쓴 기록

전편前篇에 서술한 9일에 계속하여 14일에 끝났다.
모두 엿새 동안이다.

태학유관록 太學留館錄

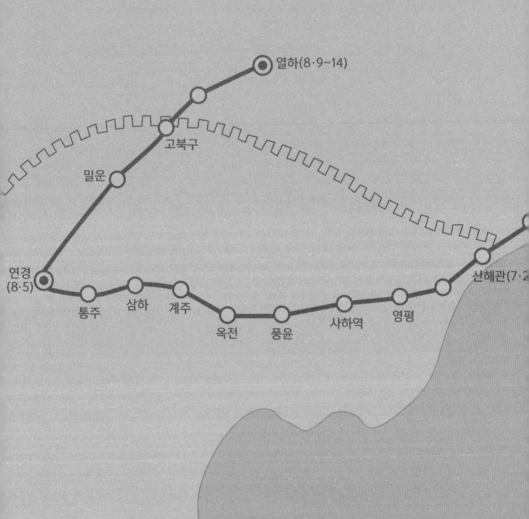

청

열하(8·9~14)

고북구

밀운

연경
(8·5)

통주   삼하   계주

옥전   풍윤   사하역   영평

산해관(7·2

을묘乙卯
8월 9일

날이 몹시 더웠다.

사시에 태학에 들었다. 사시 이전에 벌어진 일은 길에서 적었으니, 사시 이후 관館에 머물며 있었던 일을 기록하기로 한다.

말에서 내려 곧 후당으로 들어섰다. 한 노인이 모자를 벗고 의자에 걸 터앉아 있다가 나를 보자 일어나 맞이하며 말한다.

"수고하십니다."

나도 읍하여 답례하고 자리에 앉는다. 그러자 노인이 묻는다.

"벼슬이 몇 품이나 되시는지요?"

내가 대답한다.

"선비의 몸입니다. 귀국에 관광차 삼종형팔촌형 대대인大大人을 따라 왔습니다."

중국 사람은 정사를 '대대인'이라 하고, 부사를 '얼대인乙大人'이라 하 는데, 얼乙은 둘째라는 뜻이다. 그가 나에게 성명을 묻기에 써 보이니, 또 묻는다.

"영형令兄, 남의 형을 높여 이르는 말 대인의 존함과 관직과 품계는 어떻게 되시오?"

"성함은 박명원이요, 품계는 일품입니다. 부마임금의 사위로 내대신왕실에 관한 일을 맡아보던 관아의 대신입니다."

이렇게 대답하자, 그는 또 묻는다.

"영형 대인께선 한림 출신이십니까?"

나는 아니라고 답했다. 그러자 노인이 붉은 명함 한 장을 내보이며 말한다.

"저는 이런 사람입니다."

오른편에 가는 글씨로 '통봉대부 대리시경법을 다루는 벼슬 치사나이가 많아 벼슬을 사양하고 물러남 윤가전'이라 쓰여 있다.

"공께선 이미 벼슬을 그만두셨다면서 무슨 일로 멀리 변경 밖까지 나오셨소?"

내가 물었더니, 그가 답한다.

"황제의 명을 받들었답니다."

다른 한 사람이 말한다.

"저 역시 조선 사람입니다. 이름은 기풍액이옵고, 경인년₁₇₇₀ 문과에 장원급제하여 현재 귀주안찰사_{안찰사는 지방 군현을 다스리며 풍속과 교육을 감독하고 범법을 단속하던 벼슬로} 근무 중입니다."

윤가전이 묻는다.

"이제 온 세상이 한집안이라, 문을 나서면 모두 동포 형제가 아닙니까? 고려의 박인량_{고려시대의 문신. ?~1096}이 혹시 귀댁의 명망 높으신 어른 아니십니까?"

"아닙니다. 주죽타의 《채풍록採風錄》_{조선 선비들의 글을 수록한 중국 책에} 기록된 박미_{朴瀰, 조선 중기의 문신으로 선조의 사위. 1592~1645}라는 어른이 저의 오대조입니다."

이렇게 답했더니, 기풍액이 말한다.

"과연 명망 높으신 상경上卿, 정1품과 종1품의 판서를 이르던 말이시구려."

윤가전이 또 말한다.

"왕어양의《지북우담》청나라의 시인 왕어양이 지은 문집에 그 어른의 시문이 상세히 실려 있습니다. 그중 '제비와 기러기는 서로 등지고, 말과 소는 만나지 못한다제비와 기러기가 활동하는 계절이 달라서 서로 만나지 못하고 말과 소도 함께 살지 못한다는 뜻.'는 말이 있는데, 이제 하늘이 주신 연분이 기이하여 이곳 변경 북쪽에서 평수萍水, '물 위에 뜬 개구리밥'이라는 뜻으로, 이리저리 떠돌아다니는 신세를 비유적으로 이르는 말의 발걸음이 서로 만나게 됐으니, 그대가 곧 책에 나오는 어른의 후손이구려."

좌중에 있던 한 사람이 감탄하는 어조로 말한다.

"그의 시를 읊고 그의 책을 읽었으면서도 그를 모른다고 해서야 될 일입니까?"

기풍액이 말한다.

"비록 옛 어른은 가셨다 하더라도, 그분을 닮은 후손을 이렇게 만나지 않았소."

그가 이어서 묻는다.

"귀국의 올해 농사는 어떻습니까?"

"6월에 압록강을 건너서 가을이 아직 멀었으므로 잘은 모르겠습니다만, 올 때엔 비도 순조롭게 왔고 바람도 알맞았습니다."

그러자 좌중에 있던 왕민호王民皡라는 거인擧人, 과거시험에 응시하는 사람이 묻는다.

"조선은 땅이 얼마나 너릅니까?"

"옛날 기록에는 오천 리라 했지만, 단군조선은 당요唐堯, 요임금을 달리 이르는 말. 당唐이라는 땅에 봉해진 데서 유래함와 같은 시대였고, 기자조선기자가 고조선에 망명하여 세웠다고 하는 나라. 현재 학계에서는 부정함은 주나라 무왕武王, 주나라를 건국한 왕 때 봉한 나라였으며, 위만조선194년 위만이 대동 강 유역에 세운 고조선의 마지막 나라은 진秦나라 때 연燕나라 백성을 이끌고 와서 세운 나라인데, 모두들 한쪽만을 차지하고 있었으니, 땅이 오천 리 가 채 안 될 것입니다. 고려시대에는 고구려·백제·신라 등을 합하여 동서 가 천 리요, 남북이 삼천 리였습니다.

중국의 역사책 중에 조선의 백성과 물자, 노래와 풍속을 적은 것이 실 제와 다르니, 모두 기자·위만 때의 조선을 기록한 것일 뿐, 오늘날 조선은 아닙니다. 그리고 중국의 역사가는 일반적으로 외국의 일을 간략하게 기 록하므로 한갓 옛날 기록을 따를 따름입니다. 그러나 나라의 자연 환경 과 풍속은 제각기 시대에 따라 변합니다. 우리나라로 말하면, 예로부터 유교를 숭상하여 예악과 문물이 모두 중국을 본받은 까닭에 '소중화小中 華'라고 불렸습니다. 그런 까닭에 나라를 다스리는 방식이라든가 사대부 의 행실과 예의범절이 송나라와 전혀 다름이 없습니다."

이렇게 답했더니, 왕민호가 말한다.

"군자의 나라라고 할 만하구려."

그러자 윤가전이 묻는다.

"아아, 태사太師, 주나라 때의 벼슬. 태부, 태보와 더불어 삼공의 하나였음의 빛 나는 유풍이 남았으니 가히 존경할 만합니다. 명나라 때 주이준이 편찬한 《명시종明詩綜》에 실려 있는 선조께서는 어째서 약력이 빠져 있는지요?"

"비단 우리 선조의 호와 관작만이 빠진 것이 아니고, 기록된 약력 또한 잘못된 것이 많습니다. 제 오대조의 성함은 미瀰요, 자는 중연仲淵이며, 호는 분서汾西라 합니다. 그분이 남기신 문집 네 권이 국내에 간행되어 있는데, 명나라 만력萬曆, 명나라 신종의 연호. 1573~1619 때의 어른이고, 소경왕昭敬王, 선조의 시호의 부마로 금양군錦陽君이라 하며, 시호는 문정공文貞公입니다."

내가 이렇게 답하니, 윤가전은 필담을 쓴 종이를 품속에 넣으며 이렇게 말한다.

"이것으로 빠진 곳을 보충해야겠습니다."

왕민호가 덧붙인다.

"다른 잘못된 곳도 바로잡아주십시오."

기풍액도 말한다.

"옳습니다. 이는 하늘이 주신 좋은 기회입니다."

나는 말한다.

"나는 본디 기억력이 좋지 못합니다. 그러니 책을 놓고 고치고 확인했으면 좋겠습니다."

기풍액이 왕민호를 돌아보며 무어라 이야기를 나누고, 윤가전 역시 함께 이야기를 나누더니, 왕민호가 '명시종明詩綜'이라는 석 자를 쓴 후 누군가를 부른다.

"이리 오너라."

그러자 한 청년이 앞에 와 절을 한다. 왕민호가 그에게 그 종이쪽지를 주니, 청년이 받아들고 재빨리 어디론가 가버린다. 아마 책을 빌리러 보내는 듯하다. 잠시 후 청년이 돌아와 꿇어앉아서 말한다.

"없습니다."

기풍액이 또 한 사람을 불러 그 종이쪽지를 주자, 그 또한 곧 돌아와서 무어라 말하고, 그 말을 들은 왕 거인이 말한다.

"변방 밖이라 워낙 서점이 없습니다."

"우리나라에 이달李達, 조선 선조 때 한시의 대가. 1539~1612이라는 이가 있는데, 그의 호는 손곡蓀谷입니다. 그런데《명시종》에 이달의 시를 싣고 또 따로 손곡의 시를 실었습니다. 이는 그의 호를 헷갈려 다른 사람으로 잘못 알고 나누어 실은 것입니다."

내가 이렇게 말하니, 세 사람이 크게 웃고 서로 돌아보며 말한다.

"그렇겠습니다. 치이나 도주가 애초에 한 사람인 범여춘추시대 월나라 왕 구천의 신하. 구천이 패자가 되자, '구천은 고통을 함께할 만하나 성공은 함께 나누기 힘든 인물'이라는 말을 남기고 그의 곁을 떠났다. 이후 이름을 여러 번 바꾸어가며 활동해 중국 역사상 최초의 갑부가 되었다. '치이'는 그가 스스로 지은 '치이자피(말가죽으로 만든 술 부대)'라는 이름에서, '도주'는 자신을 '도주공'이라 칭한 데서 유래한 이름임지요."

윤가전이 갑자기 일어나면서 붉은 명함 석 장과 자기가 지은 〈구여송九如頌〉을 내주며 말한다.

"선생의 수고를 빌려 형님이신 대인을 뵙고자 합니다."

다른 사람들도 모두 일어나며 말한다.

"윤 대인께서 방금 조정에 나가시니 후일 다시 만납시다."

윤가전은 이미 의관을 갖추고 조주朝珠를 건 후 나를 따라와 정사의 방 앞에 이르렀다. 함께 문에서 나오는 길에 윤가전이 따라와도 나는 그가 이곳에 들를 것은 전혀 예상치 못했다. 모두들 윤가전이 방금 조정에

조주 청나라 때 5품 이상의 관리가 목에 걸던 목걸이. 산호·마노·수정·호박·비취 등으로 만든다.

나간다 했을 뿐만 아니라, 윤가전이 쉽게 명함을 주기에 나를 따라올 줄은 생각지 못했던 것이다.

그때 정사는 이곳까지 오느라고 밤낮으로 시달린 나머지 겨우 눈을 붙인 상태였다. 반면에 부사와 서장관은 내가 소개할 바가 아니다. 게다가 우리나라의 벼슬아치들은 자신을 매우 존귀한 존재로 여기기에 중국 사람을 보면 만주인이나 한족, 구분 없이 모두 싸잡아 되놈으로 평가절하하면서 자기 마음만 도도한 체하는 것이 애초부터 몸에 배어 있었다. 그가 비록 오랑캐라 해도 무슨 일을 하는지, 어떤 신분인지도 알기 전에 벌써 그를 냉대할 것이 뻔하다. 또 서로 만난다 하더라도 필시 개나 양을 대하는 것처럼 푸대접할 것이며, 또한 그를 소개한 나조차 쓸데없는 짓을 했다고 여길 것이다.

그런데도 윤가전이 뜰에 서서 기다리므로 일이 매우 난처해졌다. 내가 그제야 정사에게 들어가 말했다. 그러자 정사가 말한다.

"나 혼자서 만날 수는 없으니 어쩌면 좋을까?"

나는 나이 든 손님이 뜰에 오래 서 있는 것을 딱하게 여겨 나가서 말한다.

"정사께서 밤낮을 가리지 않으시고 먼 길을 오느라 매우 피로하시므로 삼가 맞이하지 못하시어, 다른 날을 잡아 몸소 나아가 사례하려 하십니다."

윤가전은 곧 "그렇습니까?" 하고 한 번 읍하고 나가는데, 그 기색을 살펴보니 매우 머쓱한 모양으로, 홀연히 가마를 타고 가버렸다. 그 가마의 차림만 보더라도 휘황찬란한 품이 참으로 귀인이 타는 것이다. 시종 십여 명 또한 모두 비단옷에 수놓은 안장을 하고 가마를 호위하고 가는데, 향내가 바람결에 멀리까지 풍긴다.

통관이 우리 역관에게 묻는다.

"귀국에서도 부처를 모시는지요? 절은 얼마나 있죠?"

그러자 수역이 들어와 사신에게 여쭙는다.

"통관의 질문이 허투루 하는 것이 아닌 듯하온데, 무어라고 대답하오리까?"

삼사가 의논하여 수역에게 "우리나라에서는 본디 부처를 숭배하지 않으므로 시골엔 혹 절이 있으나 서울이나 도회에는 절이 없습니다." 하고 대답하도록 했다.

조금 뒤 군기장경軍機章京 소림素林이 우리가 묵는 곳에 왔다. 이에 삼사가 캉炕, 중국 북방 지대의 살림집에 놓는 방의 구들에 내려 동쪽을 향해 앉았는데, 이는 집의 방향에 따른 것이었다. 소림이 황제의 조서를 입으로 전달한다.

"조선 정사는 이품 끝의 반열에 서라."

이는 진하陳賀, 나라에 경사가 있을 때 벼슬아치들이 조정에 모여 임금에게 축하를 올리던 일를 하는 날 조정에서의 좌석 차례를 미리 일러주는 것인데, 전

캉 벽돌로 쌓은 구들 밑에 불을 때서 잠자리를 덥히는 난방 장치. 그림은 여관에 설치한 캉 위에 많은 사람이 머무는 모습을 그린 19세기의 삽화다.

에 없던 일이라고 한다. 일을 마치자 소림은 금세 몸을 돌려 가버렸다. 다시 예부에서 객관으로 말을 전해왔다.

"조선 사신이 오른쪽 반열에 오름은 전례에 없는 은전인즉, 의당 황공하다는 인사 절차가 있어야 할 것이오. 이 뜻으로 예부에 글월을 내면 곧 황제께 올리겠소."

그러자 정사가 묻는다.

"배신陪臣, 제후의 신하가 천자를 상대하여 자기를 낮추어 이르던 1인칭 대명사이 사신으로 와서 비록 황제의 지극하신 은총을 입으니 황감하기 그지없사오나, 사사로이 사례함신하는 독자적으로 외교를 할 수 없다는 뜻은 도리에 어긋나지 않을까 하온데, 어떠리까?"

그랬더니 예부에서 빗발치듯 독촉하며 답한다.

"무엇이 해롭겠소."

황제는 나이가 많고 또 황제에 오른 지 오래여서 권세가 한 손에 있을 뿐 아니라, 그 총명함이 가시지 않았으며 기운 또한 왕성했다. 그러나 천하가 태평하고 임금의 자리가 점차 높아짐에 따라 시샘하고 사나우며 엄하고 가혹한 일이 많다. 또한 기쁘고 성냄에 절도가 없으므로 조정의 신하들은 모두 순간순간 잘 꾸며대 모면하는 것을 상책으로 삼고, 오로지 황제의 마음을 기쁘게 하는 것만을 모색할 뿐이다.

예부에서 정문呈文, 윗사람에게 올리는 글을 이렇게 재촉하는 것도 그러한 의미에서 나온 일로, 그들의 행동을 가만히 살펴보면 그 지시 또한 단지 예부에서 나온 것에 불과한 듯하다.

우리 역관의 말이 "지난번 심양에 사신으로 갔을 때도 글월을 올려서 사례한 일이 있는데, 이번 일도 그와 다를 것이 없는 듯하오이다."라고 한다. 이에 부사와 서장관이 의논하여 글월을 만든 후 예부에 보내어, 곧 황제에게 바치게 했다. 예부에서 또 내일 오경五更, 새벽 3시에서 5시 사이에 궐에 들어가서 황제의 은혜에 사례하라고 한다. 이는 이품과 삼품으로 오른쪽 반열에 참가하여 하례토록 한 은혜에 사례하라는 것이다.

저녁 식사가 끝난 뒤 다시 윤가전의 처소를 찾아갔다. 왕민호는 이미 다른 방으로 옮겨갔고, 기풍액은 가운데 방에 머물러 있으므로 윤가전과 함께 기풍액의 처소에서 이야기를 나누었다. 윤가전은 얌전하고도 소탈한 사람이다. 그가 말한다.

"아까는 몹시 바빠서 이야기를 마치지 못했습니다. 바라건대《명시종》에서 빠졌거나 잘못된 곳을 들려주셔서 선배들께서 빠뜨린 점을 보충하도록 해주십시오."

내가 답한다.

"앞선 우리나라 선비들께서는 바다 한쪽 구석에서 태어나 늙어죽도록 그곳을 떠나지 못했습니다. 그런데도 반딧불처럼 나부끼고 버섯처럼 말라서 하잘것없는 시 한 편을 남긴 것이 큰 나라의 책에 실리게 됨은 실로 영광스럽고 다행한 일입니다.

그러나 우물에 떨어진 모수전국시대에 활동한 유명한 모수와 이름이 같은 사람이 우물에 빠지자 세상 사람들이 진짜 모수가 빠진 것으로 착각한 이야기를 비유한 것가 있는가 하면, 좌중을 놀라게 하던 진 공陳公, 후한 때 활동한 진준과 이름이 같은 사람이 모임에 오자 주위 사람들이 진짜 진준이 온 것으로 알고 깜짝 놀랐다는 이야기이 있는 것은 너무 지나친 오류가 아닌가 합니다.

우리나라의 선배 유학자 가운데 이이李珥, 조선 중기의 문신·학자. 1536~1584라는 분이 있는데, 그의 호는 율곡栗谷입니다. 또 이정구李廷龜, 조선 중기의 학자. 1564~1635라는 분의 호는 월사月沙입니다. 그런데 《명시종》에는 이정구의 호가 '율곡'이라고 잘못 적혀 있습니다.

또 월산대군月山大君, 조선 성종의 형. 문장이 뛰어나 중국에까지 알려짐. 1454~1488은 공자公子인데, 그의 이름이 '정婷, 예쁠 정'이므로 여자로 잘못 기록되어 있습니다.

한편 허봉許篈, 조선 중기의 문인으로 허균의 형. 1551~1588의 누이동생 허씨許氏, 조선 중기의 시인. 본명은 초희이며, 허균의 누이. 1563~1589는 호가 난설헌蘭雪軒인데, 그는 여도사女道士라고 기록되어 있습니다만, 우리나라엔 본디 도교를 모시는 곳도, 여자 도사도 없습니다. 또 그의 호를 경번당景樊堂이라 했으나, 이는 더욱 잘못된 일입니다. 허씨는 김성립에게 시집을 갔는데, 김성립의 얼굴이 오종종하게 못생겼으므로 벗들이 그를 놀리기 위해 허씨가 두목杜牧, 당나라 말기의 시인이자 관리. 호는 번천樊川. 803~853을 사모한다고 하여 조롱한 것입니다. 여인이 시를 읊는 것이 본 시 아름답지 못한 일인데, 더욱이 두번천을 사모한다고 소문이 났으니 어찌 원통하지 않겠습니까실제로 허난설헌의 호 경번당은 두번천을 사모해서가 아니라 옛 선녀 번 부인을 사모한다는 뜻으로 지은 것?"

이 말을 들은 윤가전과 기풍액, 두 사람이 모두 크게 웃었다. 문밖에 서 있던 아이놈들이 무슨 까닭인지도 모르고 따라 웃는데, 이른바 다른 사람의 웃음소리만 듣고 따라 웃는다는 격이니, 그 웃음이 무슨 의미인지 알지 못하겠다. 나 역시 웃음을 참지 못했다.

영돌이 찾아와 부르기에 일어나서 나오자 두 사람이 문밖까지 전송해 주었다. 때마침 달빛이 뜰에 가득하고, 담 너머 장군부將軍府에서는 이미 초경初更, 저녁 7시에서 9시 사이 넉 점경을 다시 다섯 점으로 나누는데, 넉 점은 그 가운데 네 번째 시간을 치는 야경 소리가 사방으로 울린다.

정사의 방에 들어가니 하인들이 휘장 밖에 누워 코를 골고 정사도 이미 잠이 들었다. 짧은 병풍 하나를 사이에 두고 내 잠자리를 봐놓았다. 일행 모두가 닷새 밤을 꼬박 새운 끝이어서 깊이 잠든 모양이다.

정사의 머리맡에 술병이 둘 있기에 흔들어보니, 하나는 비고 하나는 차 있었다. 달이 이처럼 밝은데 어찌 마시지 않으리. 가만히 잔에 가득 부어 기울인 후 불을 불어 꺼버리고 방에서 나왔다. 홀로 뜰 가운데 서서 밝은 달빛을 쳐다보고 있노라니, "할할!" 하는 소리가 담 밖에서 들리는데, 낙타가 장군부에서 우는 소리였다.

명륜당으로 나와 보니, 제독과 통관들이 탁자 두 개를 끌어다 붙여놓고 그 위에서 잠이 들었다. 아무리 되놈이기로서니 너무도 무식하다. 그들이 누워 자는 자리는 곧 성인들께 석전釋奠, 음력 2월과 8월의 상정일에 문묘에서 공자에게 지내는 제사을 거행할 때 쓰는 탁자인데, 어찌 감히 이를 침상으로 사용할 수 있으며, 또 그곳에 어찌 누워 잘 수 있단 말인가. 그 탁자들은 모두 붉은 칠을 했는데, 백여 개가 있었다.

오른편 행랑에 들어가니, 역관 셋과 비장 넷이 한 구들에 누워 자는데, 목덜미와 정강이를 서로 걸치고 아랫도리는 가리지도 않았다. 천둥소리처럼 코를 골지 않는 자가 없는데, 혹은 병을 거꾸러뜨려 물이 쏟아지는 소리요, 혹은 나무를 켤 때 톱이 긁히는 소리였으며, 혹은 혀를 끌끌 차며 사람을 꾸짖는 소리요, 혹은 꽁꽁거려 남을 원망하는 소리다.

만 리 길을 함께 고생하면서 잘 때나 먹을 때나 함께했으니, 그 정이야말로 친형제와 다름없이 생사를 같이할 것이다. 그런데도 잠든 모습을 보면 한자리에서 자면서도 각기 다른 꿈을 꾸고, 그 마음속은 적대국처럼 멀리 떨어져 있는 듯하다.

담뱃불을 붙이고 나오니, 개 짖는 소리가 표범 소리처럼 장군부에서 들려온다. 야경 치는 소리가 마치 깊은 산중에 두견이처럼 울린다. 뜰 가운데를 거닐다가 혹은 달려도 보고 혹은 발자국을 크게 떼어보기도 하면서 그림자와 서로 노닐었다.

명륜당 뒤에 선 늙은 나무들은 그늘이 짙고 서늘한 이슬이 방울방울 맺혀서 잎마다 구슬을 드리운 듯, 구슬마다 달빛이 어리었다.

담장 밖에서 또 삼경의 두 점을 쳤다. 아아, 애석하구나. 이 좋은 달밤에 함께 구경할 사람이 없다니! 이런 때에 어찌 우리 일행만이 모두 잠들었겠는가. 도독부都督府의 장군도 그러하리라. 그렇게 생각하면서 나도 곧 방에 들어가 쓰러지듯이 누우니 베개에 머리가 절로 닿았다.

병진丙辰
8월 10일

날이 갰다.

영돌이 나를 깨웠다. 당번 역관과 통관이 모두 문밖에 모여서 시간이 늦었다고 연신 재촉한다. 나는 겨우 눈을 붙였다가 떠드는 소리에 잠이 깼다. 야경 소리가 아직도 들려온다. 노곤한 몸에 달콤한 졸음으로 꼼짝도 하기 싫은데, 아침 죽이 머리맡에 놓여 있다. 억지로 일어나서 따라가 보니 광피사표光被四表라는 패루가 있다. 등불 빛에 좌우의 가게들이 보이나, 연경보다는 어림없고 심양·요동에도 미치지 못했다.

　대궐 밖에 이르렀으나 날이 밝지 않았으므로 통관이 사신을 인도하여 큰 묘당에 들어가 쉬게 했다. 이곳은 지난해 새로 세운 관제묘다. 첩첩이 쌓인 누각과 깊은 전당, 굽은 행랑에 여러 곁채몸채 곁에 딸려 있는 집채의 조각이 정교하고 단청이 어리어리하다. 중이 모여들어 구경하고 있다. 묘 안 이곳저곳에 연경의 버슬아치들이 와서 머물고, 왕자들도 이곳에 많이 와 묵고 있다고 한다.

　당번 역관이 와서 말한다.

　"어제 예부에서 알린 것은 다만 정사와 부사께서만 사은하라고 한 것이니, 이는 황제께서 명을 내려 정사·부사만을 오른쪽 반열에 올라 참여

피서산장 편액 청나라 강희황제가 직접 쓴 것이다.

하게 했기 때문입니다. 따라서 서장관은 사은하는 일이 없을 듯합니다."

이에 서장관은 관제묘에 머물고, 정사와 부사만 궐내로 들어갈 때 나도 따라 들어갔다. 모든 전각에는 단청을 꾸미지 않았고, '피서산장避暑山莊'이라고 편액을 붙였는데, 오른편 곁채에 예부의 조방朝房, 조정의 신하들이 조회 시간을 기다리며 쉬던 방이 있어서 통관이 그곳으로 인도한다. 한인漢人 상서尚書 조수선이 의자에서 내려와 정사의 손을 잡고 매우 반가운 표정으로 말한다.

"대인은 앉으십시오."

사신은 손을 들고 사양하며 주인이 먼저 앉기를 청했으나, 조 공 역시 손을 들어 연신 권한다.

"대인께서 먼저 앉으시죠."

사신은 네다섯 번 정도 굳이 사양했으나, 조 공은 더욱 사양을 게을리하지 않는다. 정사와 부사가 할 수 없이 먼저 캉에 올라앉았다. 그런 다음에야 조 공이 비로소 의자에 걸터앉아서 서로 인사를 나누었다. 우리 사신의 의관은 조 상서에 비기면 빛나는 신선이라 할 수 있겠으나, 말이 통하지 않고 행동이 서툴러서 뻣뻣하고 서먹하다. 저들의 세련되고 은근한 태도와 비교하니 그 어색한 모습이 오히려 중후한 태도를 갖게 한다. 정사가 묻는다.

"서장관의 거취는 어떻게 하오리까?"

그러자 조 공은 이렇게 말한다.

"오늘 사은엔 함께할 것이 아니고, 후일 축하하는 반열에는 함께 나와도 좋겠습니다."

그러고는 곧 일어선다.

통관이 또 말한다.

"만주인 상서 덕보가 들어옵니다."

사신은 문으로 나가서 그를 맞아 읍했다. 덕보 역시 읍하여 답례하고 발을 멈춘다.

"오시는 길에 별일 없으시지요? 어제 황상께서 내리신 각별한 은총을 잘 아시는지요?"

덕보가 물으니, 사신이 답한다.

"황은이 거룩하여 영광이 그지없소."

덕보는 웃으면서 무어라 지껄였으나, 그 말소리가 목에 걸린 듯 껄껄하여 '옹'인지 '앙'인지 분간하기 어려울 정도다. 대개 만주 사람들의 말은 이런 식이다. 그도 말을 마치고 곧 가버린다.

식사를 담당한 내옹관이 음식 세 그릇을 내왔는데, 설기시루떡의 하나와 돼지고기 적 생선이나 고기 따위를 양념하여 꼬챙이에 꿰어 불에 굽거나 지진

〈**만국내조도**〉 건륭황제 때 제작된 그림. 여러 조공국의 사신들이 청나라에 모여 조회하는 모습을 그렸다.

음식과 과일이다. 떡과 과일은 누런 쟁반에 담고, 돼지고기는 은쟁반에 담았다. 예부낭중이 곁에 있다가 말한다.

"이 세 그릇은 황제의 아침상에서 물려온 것이오."

얼마 후 통관이 사신을 인도하여 전문 밖에 나아가 삼배구고두三拜九 叩頭, 세 번 절하고 아홉 번 머리를 땅에 조아림의 예를 행하고 돌아온다. 어떤 사람이 앞에 나와서 읍하며 말한다.

"이번 황은이야말로 망극하오이다."

그러고는 또 말한다.

"귀국은 의당 예단예물을 적은 문서을 더 보내야 할 것이오. 그러면 사신과 따라온 관원들에게도 다시 상을 내리실 것이리다."

그는 예부우시랑 아숙인데, 만주 사람이었다. 사신은 조방으로 다시 들어가고, 나는 먼저 나왔다. 대궐 밖에는 수레와 말이 빽빽이 들어서 있다. 말은 모두 담을 향하여 나란히 늘어섰으되 굴레도 없고 고삐도 없는데, 마치 나무로 만들어 세운 것처럼 꼼짝 않고 서 있다. 문밖에서 갑자기 사람들이 좌우로 갈라서는데, 숨소리조차 들리지 않았다. 모두들 말한다.

"황자皇子, 황제의 아들가 오시는 거요."

한 사람이 말을 탄 채 궐내로 들어가는데, 따르는 사람들은 모두 말에서 내려 걸어간다. 그가 이른바 황제의 여섯째 아들 영용이다. 흰 얼굴에 얽은 자국이 가득하고, 콧날은 낮고 작다. 또 볼은 몹시 넓으며, 흰 눈에 눈자위가 세 겹으로 져 있다. 어깨가 넓고 가슴이 떡 벌어져서 체격이 건장하긴 하나, 귀티는 전혀 없어 보인다. 그러나 그는 글을 잘하고 글씨와 그림에도 능하여 지금《사고전서四庫全書》청나라 건륭황제의 명에 따라 건륭 37년(1772)에 시작하여 1782년에 완성한 중국 최대의 총서 총재관이며, 백성의 뜻이 그에게 쏠린다고 한다.

내 일찍이 강녀묘姜女廟, 만리장성을 쌓을 때 중국 전역에서 많은 남성이 차출됐는데, 맹강녀의 남편도 이때 공사에 투입됐다. 그러나 곧 남편은 죽었고, 맹강녀는 꿈에 나타난 남편을 찾아왔다가 망부석으로 변해버렸다. 그 후 사람들은 맹강녀를 열녀로 기리기 시작했음에 들어갔을 때, 그 벽 위에 황제의 셋째 아들과 다섯째 아들의 시가 보관돼 있는 것을 보았다. 다섯째 아들의 호는 등금거사藤琴居士라고 하는데, 시가 몹시 쓸쓸하고 글씨마저 가냘파서 재주는 있으나 황제 가문의 부귀한 기상을 볼 수 없었다. 등금거사는 호부시랑戶部侍郎 김간의 생질누이의 아들이요, 김간은 김상명의 종손從孫, 형이나 아우의 손자이다. 김상명의 할아버지는 본시 의주 사람으로 중국에 들어갔으며, 김상명은 벼슬이 예부상서에 이르렀는데, 옹정雍正, 청나라 세종 때의 연호. 1723~1735 때 활동했다. 김간의 누이동생은 궁중에 들어가서 귀비貴妃, 후궁의 칭호가 되어 황제의 총애를 받았다.

건륭황제는 다섯째 아들을 후계자로 세우려 했는데, 몇 년 전에 일찍 죽고 지금은 영용이 총애를 독차지하여 지난해에는 서장西藏, 티베트의 한자 표기에 가서 반선班禪, 티베트 불교의 지도자.《열하일기》에서는 그의 명칭을 반선, 활불, 성승 등 여러 가지로 부름을 맞아 모시고 왔다고 한다.

죽은 다섯째 아들이 읊은 시는 뜻이 몹시 스산하더니, 남은 아들 또한 귀티가 전혀 없으니, 폐하의 집안이 어찌 될지 모를 노릇이다.

가산 사람 득룡은 마두로, 연경에 드나든 지 사십 년이 넘어 중국말에 능숙하다. 많은 사람 속에 있는데 득룡이 멀리서 나를 부른다. 사람들을 밀어내고 가보니, 한 늙은 몽골 부족장과 손을 잡은 채 이야기가 한창이었다. 그 부족장은 모자에 붉은 보석을 달고 공작의 깃을 꽂았는데, 나이는 여든 하나요, 키가 거의 육 척이나 되는 장신이다. 그러나 허리가 구부러지고 얼굴 길이는 한 자 남짓한데, 피부는 검은 바탕에 회색이다. 몸을 부들부들 떨며 머리를 흔드는 것이 보잘것없어 보여 금방 쓰러지려는 썩은 나무 등걸 같은데, 온몸의 기운이 모두 입으로 나오는 듯하다. 그 늙은 모양이 이러하니, 그가 설사 묵돌한나라를 위협하던 흉노족의 임금이라고 해도 전혀 두렵지 않다. 그를 따르는 자가 수십 명이건만, 부축하는 자는 하나도 없다.

또 다른 몽골 부족장이 있는데, 건장하고 기운이 세어 보이기에 득룡과 함께 가서 말을 붙여보았다. 그러자 그는 내 갓을 가리키며 무엇인지 묻고는 말도 채 알아듣지 못한 사이에 가마를 타고 휙 가버린다.

득룡이 귀해 보이는 사람들마다 찾아가서 읍하고 말을 붙이는데, 모두 읍으로 답례하며 대응한다. 득룡이 나에게도 저와 같이 해보라 하나, 처음 배워서 어색할뿐더러 중국어가 서툴러서 어찌할 수 없었다. 곧 관제묘에 들어가자 사신이 이미 나와서 옷을 갈아입고 있기에 함께 객관으로 돌아왔다.

아침 식사를 끝내고 후당으로 들어갔더니 왕민호가 나와 맞는다. 왕민호의 호는 혹정鵠汀으로, 산동도사山東都司 학성과 한방에 머물고 있다. 학성의 자는 지정志亭이요, 호는 장성長城이라 한다. 왕민호가 우리나라의 과거제도에 대해 묻는다.

"어떠한 문자로 무슨 글을 지어 바치는지요?"

나는 그 개략의 내용을 알려주었다. 그가 또 혼인의 예식을 묻기에 이렇게 답한다.

"관혼상제冠婚喪祭는 모두 《주자가례》명나라 때 구준이 가례에 관한 주자의 학설을 수집하여 만든 책. 주로 관혼상제에 관한 사항을 담았음를 따릅니다."

그랬더니 왕민호가 말한다.

"《가례》는 주자가 미처 완성하지 못한 책이므로, 중국에서도 반드시 이것만을 좇지는 않습니다."

그는 또 말한다.

"귀국의 아름다운 점 몇 가지를 들려주시면 고맙겠습니다."

"우리나라가 비록 바다 한쪽 구석에 자리 잡았으나, 좋은 점 네 가지가 있답니다. 온 나라의 풍속이 유교를 숭상함이 첫째요, 땅에 황하와 같은 강이 없으니 큰 수해의 걱정이 없음이 둘째이며, 고기와 소금을 다른 나라에서 빌리지 않음이 셋째요, 여자가 두 지아비를 섬기지 아니함이 넷째로 좋은 일입니다."

내가 답하자, 학성이 왕민호를 바라보며 서로 무어라 중얼중얼한다. 이윽고 왕민호가 말한다.

"진실로 좋은 나라이구려."

학성이 묻는다.

"여자가 지아비를 바꾸지 않는다니, 온 나라가 모두 그럴 수야 있겠습니까?"

"미천한 백성이나 하인들까지 모두 그러하다는 것은 아닙니다. 하지만 명색이 선비의 집안이라 하면 비록 가난하고 또 삼종三從, 예전에 여자가 따라야 하는 세 가지 도리를 이른다. 어려서는 아버지를, 결혼해서는 남편을, 남편이 죽은 후에는 자식을 따른다는 뜻의 길이 이제는 끊어졌다 하더라도, 평생 과부의 절개를 지켜 수절합니다. 이러한 풍습이 천한 종과 하인에게까지 미쳐서 저절로 풍속을 이룬 지 사백 년이 됐습니다."

내가 답하자, 학성이 또 묻는다.

"이를 금하는 법령이 있습니까?"

"정해진 법령은 없습니다."

이번엔 왕민호가 말한다.

"중국에서는 이 풍속이 커다란 폐단이 됐습니다. 어떤 이는 납채혼인할 때 사주단자 교환이 끝난 후 정혼이 이루어진 증거로 신랑 집에서 신부 집으로 예물을 보내는 것만 하고 초례전통적으로 치르는 혼례식를 치르지 않았다거나, 혼례식만 하고 아직 첫날밤을 치르지 아니했는데도 불행히 사고가 나면 평생토록 과부의 절개를 지켜야 합니다. 하지만 이런 건 오히려 나은 편입니다. 심지어 오래도록 사귄 정이 두터운 집 사이에서는 아이가 배 속에 들었을 때 이미 혼인을 약속하거나, 어릴 때 부모끼리 혼인의 말이 있다가 불행히도 남자에게 무슨 일이 일어나면, 여자가 독약을 마시거나 목을 매어 남자 뒤를 따라 함께 묻히기에 이르니, 이는 예에 크게 어긋나는 일입니다. 그래서 군자들은 그런 것을 시체와 결혼했다고 놀리거나 절개를 지키기 위한 바람기라고 불렀던 것입니다. 국법으로 이를 엄격히 단속하여 그 부모에게 죄를 주기도 했으나 마침내 풍속이 됐는데, 동남 지방이 더욱 심합니다. 그러므로 학식이 있는 집안에서는 여자가 성년이 된 뒤에야 비로소 혼인을 이야기하니, 말세라고 할 수 있습니다."

나는 말한다.

"《유계외전》청나라의 진정이 지은 책을 보면, 효자가 간을 빼내어서 어버이의 병을 낫게 한 일이 있으며, 조희건명나라 말기의 유명한 효자은 가슴을 뻐개고 염통을 꺼내다가 잘못하여 창자에 한 자 남짓한 상처를 내자, 이를 끊어 삶아서 어머니의 병을 고쳤는데, 그 상처가 아물어 아무런 일도 없었다고 합니다.

이를 본다면 손가락을 끊는다든지 똥을 맛본다든지월나라의 구천왕이 오나라 왕에게 아부하기 위해 그의 똥을 맛보았다는 고사 하는 일은 오히려 사소한 일이었으며, 눈 속에서 죽순을 캐냈다거나삼국시대 맹종의 어머니가 한겨울에 죽순이 먹고 싶다고 하자 갑자기 죽순이 솟아났다는 고사, 얼음 구멍에서 잉어를 잡았다거나진나라 때 왕상의 어머니가 한겨울에 잉어가 먹고 싶다고 하여 개울가로 갔더니 얼음이 깨지면서 잉어가 솟아올랐다는 고사 하는 일도 하찮은 일인

방효유 명나라를 건국한 주원장(태조)을 섬기면서 황태손 주윤문의 교육을 담당한 이름 높은 문인

듯합니다."

그랬더니 왕민호는 "이런 일이 많습니다." 하고, 학성은 "최근에도 산서 지방에서 어떤 효자의 정문旌門, 충신·효자·열녀를 표창하기 위해 그 집 앞에 세우던 붉은 문을 세웠다는데, 그 일이 이상하더군요."라고 한다.

왕민호는 또 말한다.

"눈 속에서 죽순을 캐고 얼음 구멍에서 잉어를 잡은 일이 진실이라면, 이는 천지의 기운이 온통 혼란에 빠진 것이지요."

그러고는 서로 한바탕 크게 웃는다. 학성은 또 말한다.

"육수부송나라의 충신으로 원나라가 침공하자 왕을 업고 바다에 빠져 죽었음가 임금을 업고 바다에 들어간 것과 장세걸송나라의 충신으로 원나라에 패한 후 바다에 빠져 죽었음이 향을 피워 배가 뒤집히기를 바란 것, 방효유명나라 제

2대 황제의 황권 강화를 위해 각 지방을 다스리던 태조의 아들들을 제거하고자 했다. 이에 태조의 넷째 아들 주체(후의 영락제)가 '정난의 변'을 일으켜 황위를 찬탈했다. 방효유는 영락제의 회유를 받았으나 역적의 명을 따를 수 없다며 거부했고, 결국 극형에 처해졌음가 그 십족까지 멸함을 달게 받은 것과 철현명나라의 명장. 영락제의 왕위 찬탈에 저항하다가 기름 가마에 튀겨져 죽었음이 기름을 튀게 하여 사람을 데게 한 것은 모두 놀라운 일이었으나, 그렇게 하지 않으면 그들의 마음에 차지 않았을 것입니다. 그러니 후에 충신과 열사가 되는 것 역시 어려운 노릇입니다."

그러자 왕민호가 말한다.

"천지가 개벽한 지 오래됐으니, 그 정도로 뛰어난 일이 아니면 이름을 알리지 못할 것입니다. 장자가 말하기를, '어찌 한숨만 지으면서 효도를 말하랴?' 함은 이를 두고 한 말입니다."

나도 말한다.

"왕 선생께서 천지의 기운이 온통 혼란에 빠졌다고 하신 말씀이 옳습니다. 단술을 고아서 소주를 만든다면 술이 진하다느니 엷다느니 하는 말을 해서는 안 될 것이요, 입으로 담배를 피운다면 담배가 맵다는 말을 해서는 안 될 것입니다. 이런 것을 만일 깊이 꼬집고 캐어 말한다면, 절개나 의리를 모두 배척하는 주장이 세상에 다시 일어날 것입니다."

그러자 왕민호가 묻는다.

"맞습니다. 그렇다면 귀국 여인들의 옷차림은 어떠합니까?"

나는 저고리와 치마 입는 법, 또 머리 쪽 찌는 법을 이야기하고, 원삼이나 당의 같은 것은 탁자 위에 그 모양을 대충 그려서 보여주었더니, 두 사람이 모두 좋다고 한다.

원삼 부녀 예복의 하나. 흔히 비단으로 지으며, 홑옷과 겹옷이 있다. 국립민속박물관 소장

당의 여성이 저고리 위에 덧입는 한복의 하나. 앞은 짧고 뒤는 길다. 국립민속박물관 소장

학성이 이내 일어서며 말한다.

"약속이 있어서 잠시 나갔다 곧 돌아올 터이니, 선생께서는 조금 더 앉아 계십시오."

왕민호가 학성을 칭찬한다.

"그는 무인이기는 하지만, 글에도 뛰어나니 당대에 드문 사람입니다.

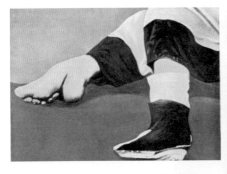

전족(왼쪽)과 발을 묶지 않은 만주족 여성(오른쪽) 여자의 엄지발가락 이외의 발가락들을 어릴 때부터 발바닥 방향으로 접어 넣고 헝겊으로 힘껏 동여매 자라지 못하게 한 일이나 그런 발을 전족이라 한다. 중국의 옛 풍습 가운데 하나다.

지금은 사품 병관兵官, 군사를 담당하는 관리입니다."

그가 내게 묻는다.

"귀국의 부인도 전족을 합니까?"

"아뇨, 중국 여인의 굽은 신은 차마 볼 수 없더군요. 뒤뚱거리며 땅을 디디고 가는 꼴이, 마치 보리씨를 뿌리는 것처럼 좌우로 기우뚱거려 바람도 없는데 저절로 쓰러지곤 하니, 이게 무슨 꼴인지요."

그랬더니 왕민호가 말한다.

"적을 물리친 것을 과시하기 위해 적의 시신으로 무덤을 쌓은 것과 같으니, 가히 세상 돌아가는 바를 짐작할 수 있습니다. 명나라 때는 전족의 죄가 부모에게 미쳤고, 본조本朝, 청나라에 와서도 전족 금지령이 매우 엄격하나, 끝내 이를 막지 못하고 있습니다. 이는 만주족을 따르지 말자는 움직임 때문입니다 청나라 초기에 한족은 만주족에 대하여 열 가지 따르지 말 것을 부르짖었다. 그 첫 번째가 '남자는 그들을 따르되, 여자는 따르지 말라'였음."

나는 말한다.

"모양이 흉하고 걸음이 불편한데, 왜 하필이면 그걸 합니까?"

"만주 여인과 똑같이 보일까 봐 그러는 것이지요."

왕민호는 이렇게 답하고는 곧 붓으로 지워버리더니, 다시 말한다.

"죽어도 고치지 않는답니다."

"삼하와 통주 사이에서 늙은 거지 여인이 머리에 꽃을 가득 꽂고 전족을 한 채 말을 따라오면서 구걸을 하는데, 마치 배부른 오리처럼 뒤뚱뒤뚱 넘어질 듯 보이더이다. 만주 여자보다 더 흉하더군요."

내가 말했더니 왕민호가 답한다.

"그러니까 세 가지 재앙이라 하지요."

"세 가지 재앙이라니, 무슨 말씀입니까?"

"남당南唐, 서지고가 937년 세운 나라. 975년 북송에 의해 멸망했음 때 장소랑 남당의 궁녀. 작은 발로 춤을 추어 임금을 유혹한 것으로 유명함이 송나라 궁전에 사로잡혀 왔는데, 궁인들이 그 뾰족한 작은 발이 보기 좋다 하여 다투어 형겊으로 발을 꽉 싸매더니 마침내 풍속이 됐답니다. 원나라 때는 중국 여자들이 발을 싸매서 스스로 몽골 여인과 다르다는 표시로 삼았는데, 명나라에 이르러 이를 금했으나 소용이 없었습니다.

한편 만주 여인은 중국 여인의 전족을 비웃어 남성을 유혹하는 음탕한 짓이라고 하니, 참으로 원통한 일입니다. 이것이 발의 재앙입니다.

홍무洪武, 명나라 태조 때의 연호. 1368~1398 때 고황제高皇帝, 명나라의 시조 주원장가 은밀히 신락관도교 사원에 거둥했습니다. 그때 한 도사가 실로 망건을 떠서 머리털을 싸매고 있었는데, 편리해 보였습니다. 그래서 고황제는 이를 빌려 직접 거울 앞에서 써보고는 크게 기뻐하여 마침내 그 제도를 천하에 명령했습니다. 그 뒤부터 실 대신 말갈기로 졸라매어서 자국이 났는데, 이를 호좌건虎坐巾이라 합니다. 호좌건은 앞쪽이 높고 뒤쪽이 낮아서 마치 범이 쭈그리고 앉은 것 같은 모양이라 붙은 이름입니다. 또 수건囚巾, 죄수의 망건이라고도 하는데, 이는 당시에도 이를 좋지 않게 여기는 사람들이 '세상 사람들의 머리가 모두 이 그물 속에 갇혔다.'라는 뜻으로 지은 이름입니다. 이렇게 불편하게 여긴 이가 많았던 것입니다."

왕민호가 붓으로 내 이마를 가리키며 묻는다.

"이게 머리의 재앙이 아니고 무엇입니까?"

나는 웃으면서 그의 이마를 가리킨다.

"이 번들번들하는 건 무슨 재앙입니까?"

왕민호는 별안간 슬픈 낯빛으로 고개를 끄덕이고는, 곧 '세상 사람들의 머리' 대목부터 새까맣게 지워버렸다. 그가 다시 말한다.

"이 담배는 만력萬曆, 중국 명나라 신종의 연호. 1573~1619 말년에 절강성 동쪽과 서쪽 사이로 널리 퍼졌습니다. 그런데 이것은 가슴을 답답하게 하고 취하여 넘어지게 하는 천하의 독초입니다. 먹어서 배가 부른 것도 아닌데 이익이 많이 나니 천하의 좋은 밭에 심습니다. 또 부인이며 어린 아이까지도 즐겨 피우지 않는 이가 없을뿐더러, 그 좋아하는 정도가 기름진 고기나 차, 밥을 능가합니다. 쇠와 불이 함께 입을 지지니 이 또한 세상 돌아가는 모양입니다만, 이보다 더한 재앙이 어디 있겠습니까? 선생께서도 이것을 즐기시는 편이지요?"

"네."

"저는 이걸 좋아하지 않습니다. 전에 시험 삼아 한번 피워보았더니, 곧 취하여 쓰러질 것 같고 구역질이 나서 죽을 뻔했습니다. 이야말로 입의 재앙이라고 아니할 수 없겠습니다. 귀국에서도 모두들 이를 피우지요?"

"네. 그러나 부형_{아버지}와 형님이나 어른들 앞에서는 감히 피우지 못합니다."

"그렇겠죠. 남 앞에서 독한 연기를 뿜는 것은 공손치 않은 행동이거늘, 하물며 부형 앞에서야 말해 무엇 하겠습니까?"

"그럴 뿐만 아니라, 입에 긴 대를 물고 어른 앞에 나아가는 것은 거만하고 무례한 일이기 때문입니다."

왕민호가 또 묻는다.

"그럼 국내산입니까, 아니면 중국에서 사가는 것입니까?"

"만력 연간에 일본에서 들어왔는데, 지금은 국내산이 중국 것과 다름없습니다. 청나라가 아직 만주에 있을 때 담배가 우리나라에서 들어갔습니다. 그 종자는 본래 일본에서 왔기 때문에 남초南草, 남쪽의 풀라고 부른답니다."

그러자 왕민호가 말한다.

"이는 본래 일본에서 나온 것이 아니라 서양 배편으로 들어온 것입니다. 서양 아미리사아亞美利加, 아메리카의 왕이 여러 가지 풀을 맛본 후, 이것으로 백성의 입병을 낫게 했답니다. 사람의 비장지라은 오행 가운데 토土에 속하기 때문에 속이 비고 차면 습기가 차서 벌레가 생기고, 그것이 입에까지 번지면 당장 죽는답니다. 그래서 불로 벌레를 쳐서 목木을 이기고, 토土를 도와 독한 기운을 이겨내고 습기를 덜어서 놀라운 효과를 거두었으므로, 영초靈草, 영험한 풀라고 부른답니다."

내가 말한다.

"그래서 우리나라에서도 이를 남령초南靈草, 남쪽의 영험한 풀라고 부릅니다. 만일 효험이 그렇다면 수백 년 동안 온 세상이 다 함께 즐겨 피운 것도 역시 세상의 운수인가 봅니다. 선생이 이른바 세상 운수라고 하신 말씀이 참으로 좋은 의견입니다. 만일 이 풀이 아니었더라면 천하 사람이 모두 입병으로 죽었을지 누가 알겠습니까?"

왕민호가 답한다.

"저는 담배를 즐기지 않는데도 나이 예순에 아직 입병을 앓은 적 없고, 학성 역시 즐기지 않습니다. 서양 사람들이 일반적으로 허황될 뿐 아니라 이익을 얻는 데 뛰어나니, 어찌 그들의 말을 다 곧이듣겠습니까?"

이윽고 학성이 돌아오더니, 혹정이 쓴 필담 내용 가운데 '저는 담배를 즐기지 않는데도'와 '학성 역시 즐기지 않습니다.'라는 구절에 먹으로 동그라미를 치며 말한다.

"그거 아주 독하지요."

그러고는 서로 웃었다.

나는 작별 인사를 나눈 후 숙소로 돌아왔다.

군기대신이 황제의 명령을 받들고 와서 전갈한다.

"서번西蕃, 티베트의 성승聖僧, 티베트 불교의 지도자. 반선에게 가보지 않겠느냐?"

사신이 답한다.

"황제께서 작은 나라를 중국과 다름없이 여겨주시니 중국의 인사와는 스스럼없이 오가는 것이야 무방하지만, 다른 외국 사람과는 함부로 사귀지 않는 것이 우리나라의 법도입니다."

군기대신이 돌아간 후 사신들은 얼굴에 걱정을 드러냈고, 당번 역관들은 허둥지둥 분주하여 마치 술이 덜 깬 사람 같았다. 또 비장들은 공연히 화를 낸다.

"황제가 하는 일이 참으로 고약하거든. 반드시 망할 거야, 반드시 망하지. 오랑캐니까 그렇지, 명나라 때야 어디 이런 일이 있었나."

수역은 바쁜 와중에도 비장을 향해 핀잔을 준다.

"《춘추春秋》의 큰 뜻을 논할 때가 아닐세."

얼마 안 되어 군기대신이 다시 말을 타고 달려와 황제의 명령을 거듭 전갈한다.

"서번의 성승은 중국 사람과 마찬가지니 즉시 가보라."

이에 사신이 서로 의논하며 "가보는 것은 참으로 어려운 일이오."라거나 "글을 예부에 보내어 이치로 따집시다."라거나 하는데, 당번 역관은 말끝마다 "예, 예." 할 뿐이었다. 나는 본시 한가한 몸으로 구경할 뿐 사행에 관한 일에 대해서는 조금도 간섭을 하지 않았다. 또 그들이 이때껏 내게 묻는 일도 없었다. 그런데 순간 마음속에 희한한 생각이 떠올랐다.

'이는 참으로 좋은 기회다.'

나는 손가락 끝으로 공중에 무수히 동그라미를 치며 생각한다.

'좋은 문제다. 이런 때 사신이 만일 못 가겠다고 상소라도 올린다면, 그 의로운 명성이 천하에 떨쳐 우리나라를 크게 빛낼 것이다.'

다시 스스로 묻는다.

'그렇다고 군사를 동원할 것인가?'

스스로 답한다.

'이건 사신의 허물이니, 어찌 그 나라를 상대로 화풀이를 하겠는가. 그렇지만 그 일로 인해 사신이 운남이나 귀주 같은 오지로 귀양살이 가는 것은 막을 수 없을 것이다. 그리되면 나 혼자 어찌 고국으로 돌아가겠는 가? 그렇다면 나 역시 서촉과 강남중국 양자강 남쪽이라는 뜻으로, 중국의 변방을 가리킨다. '강남 갔던 제비'라는 표현에 나오는 강남이 이곳임 같은 먼 땅을 곧 밟게 될 것이다. 강남은 오히려 가깝기라도 하지. 저 교주인도차이나의 옛 중국 이름니 광주중국 남부, 남중국해에 붙은 광둥성에 있는 도시. 진시황 때 중국 의 영토가 됐으며, 당나라 때까지는 유형지였음니 하는 곳은 연경에서 만여 리 나 떨어져 있으니, 이런 놀라운 구경을 내가 하게 되는구나!'

하도 기뻐서 곧 밖으로 뛰어나가 동쪽 행랑 밑에 서서 이동을 불러내 말한다.

"얼른 술을 사오려무나. 돈일랑 아끼지 말고. 내 이제부터 너와도 이별 이다."

술을 마시고 나서 다시 방으로 들어갔다.

그러나 아직껏 의논이 정하여지지 않았지만, 예부의 독촉이 성화같아 서 비록 하원길명나라 출신 관리로 몸이 장대했음의 위력일지라도 배겨내지 못했을 것이다. 일행은 떠나기로 하고 안장과 말을 정돈하는 사이에 시 간이 흘러 해는 이미 기울었다. 낮이 지나면서 날씨가 몹시 뜨거웠다. 일 행이 행재소의 대궐문을 거쳐 성을 돌아서 서북쪽을 향해 반도 못 갔을 무렵 별안간 황제의 명령이 다시 내려왔다.

"오늘은 이미 늦었으니 사신은 돌아가서 다른 날을 기다리라."

우리는 서로 돌아보며 놀란 채 되돌아섰다.

이른바 성승이란 서번의 우두머리 승려인데, 반선불班禪佛 이라고도 하고 장리불藏理佛 이라고도 한다. 중국 사람은 대개 그를 존경하여 '살아

〈명황행촉도〉 서촉은 중국 서남쪽에 위치한 땅으로, 오늘날의 쓰촨성이다. 촉 땅은 오래전부터 중국의 오지였다. 그래서 고대 중국에서는 이곳을 오랑캐의 땅, 변방의 땅, 귀양의 땅으로 인식했다. 박지원은 서촉과 강남을 그런 곳으로 비유하고 있는 것이다. 그림은 당나라 중기에 일어난 반란에 명황(당나라 현종의 시호)이 촉으로 피난 가는 모습을 묘사한 것이다. 오른쪽 하단 구석에 붉은 옷을 입고 있는 사람이 현종이다. 대만 고궁박물원 소장

있는 부처'라고 일컫는다. 그는 스스로 말한다.

"마흔두 번에 걸쳐 다시 태어났는데티베트 불교의 지도자인 달라이라마는 죽는 순간 다른 집에서 아기로 다시 태어난다고 한다. 그래서 그 아기를 찾아 길러서 후계자로 삼음 이전에는 중국에서 많이 태어났다. 지금 나이는 마흔셋이다."

지난 5월 20일에 열하로 맞이해 와서, 따로 궁궐을 지어 스승으로 섬긴다고 한다.

누군가는 이렇게 말한다.

"그를 따르는 자는 무척 많았다. 이곳에 들어온 뒤로는 점차 떨어져 나갔으나, 아직도 그를 따라온 자가 수천 명이 넘는다. 그들은 모두 몰래 무기를 감추고 있건만 황제만이 이를 깨닫지 못하고 있다."

그러나 이는 공연히 민심을 소란하게 하고자 하는 말인 듯싶다. 거리의 아이들이 부르는 〈황화요〉라는 노래에도 이 내용이 담겨 있다고 하는데, 명나라의 욱리자가 지은 것이라고 한다.

붉은 꽃 다 지고 누런 꽃 피는구나

붉은 꽃이란 청나라 사람들이 쓰는 붉은 모자를 가리키고, 누런 모자는 몽골과 서번 사람들이 쓰는 모자다. 또 다른 노래는 이렇다.

원래는 옛 물건이니 누가 정말 주인인가元是古物誰是主, 이 시구의 첫 글자인 '원元'은 '원래, 본래'라는 뜻인데, 몽골족이 세운 나라인 '원元'나라를 의미하기도 함

이 두 노래를 보건대, 모두 몽골을 가리킨다. 몽골은 사십팔 부가 강력한데, 그 가운데서도 서번이 가장 사납다. 서번은 서북쪽의 오랑캐인데, 몽골의 별부別部로서 황제가 가장 두려워하는 곳이었다.

박보수가 예부에 가서 탐문하고 와서 말한다.

"황제께서 말씀하시기를, '그 나라는 예禮를 알건만 사신은 예를 모르네그려.' 했답니다."

그러고는 박보수와 통관들이 모두 가슴을 치고 울면서 말한다.

"우리는 죽음을 피할 수 없습니다."

그런데 이는 통관 무리가 잘하는 버릇이라고 한다. 그들은 털끝만큼 작은 일에도 황제의 명령이라면 죽는다고 엄살을 부리기 일쑤인데, 하물며 도중에 돌아가라고 한 것은 매우 언짢은 것을 표현한 것임에랴. 또 예부에서 전하는 말 가운데 "예禮를 모르네."라고 한 것은 곧 불편한 심기를 드러낸 말인즉, 통관들이 가슴을 치며 우는 것도 공연한 엄살만은 아닐 것이다. 그렇지만 그 행동이 흉측하고 거칠어서 사람들로 하여금 포복절도하게 한다. 반면에 우리나라 역관들 역시 두려운 건 마찬가지겠지만, 매우 의연했다.

저녁에 예부에서 알려온다.

"내일 식후나 모레 아침결에 황제께서 사신을 만나보실 테니, 일찍 서둘러서 늦지 마라."

저녁 식사 뒤에 윤가전을 찾았다. 그는 마침 혼자 앉아서 담배를 피우다가, 직접 불을 붙여서 내게 권하고는 묻는다.

"형님 되시는 대인께서는 안녕하십니까?"

"황제 덕택에 별고는 없으십니다."

이렇게 답했더니, 그는 《계림유사鷄林類事》고려시대의 풍습, 제도, 언어 따위를 소개한 책. 사신으로 왔던 송나라의 손목이 지은 것으로, 당시의 고려어 356단어를 한자로 적어놓아 국어사 연구에 귀중한 자료가 됨에 대해 묻는다.

"이는 열수洌水, 고조선 때 대동강을 이르던 말 지방의 방언과 다름없는 것입니다."

그러자 윤가전은 또 묻는다.

"귀국에《악경樂經》육경의 하나. 진시황 때 불태워진 후 전하지 않음이 있다는데, 과연 그렇습니까?"

마침 그때 기풍액이 들어와서 '악경'이라는 글자를 보고는 묻는다.

"귀국에 안회춘추시대의 유학자. 기원전 521~기원전 490. 공자의 수제자로 학덕이 뛰어났음가 지은 책이 있는데, 중국에 오는 사신이 이 두 책을 지니고 오면 압록강을 건너지 못한다 하니, 정말 그렇습니까?"

"공자가 계신데 안회가 어찌 감히 책을 지었겠습니까?공자가 자신의 죽음을 걱정했다는 말을 들은 안회가 후에 '선생님이 계신데 제가 어찌 죽을 수 있겠습니까?'라고 한 말을 빗대어 표현한 것 또 진나라가《시경》·《서경》을 다 불살랐는데, 어찌《악경》만을 빠뜨렸겠습니까?"

내가 이렇게 답했더니, 기풍액이 말한다.

"참, 그렇겠습니다."

나는 또 말한다.

"중국은 문명이 집중되는 곳이니, 만일 우리나라에 정말 그 두 가지 책이 있어서 가져오려는 자가 있었다면 신이 보호할 일이거늘, 어찌 강물을 건너지 못하겠습니까?"

윤가전이 말한다.

"옳은 말씀입니다.《고려지高麗志》고려시대에 있었다고 전하는 책으로, 모두 7권이었다고 한다. 그러나 현전하지 않음도 일본에서 나왔으니까요."

내가 묻는다.

"《고려지》는 몇 권이나 됩니까?"

그랬더니 윤가전이 답한다.

"무공련이 베낀《청정쇄어蜻蜓瑣語》무공련과《청정쇄어》에 대해서는 알려지지 않았음에 고려 책의 목록이 있습디다."

기풍액이 나를 끌고 나와서 달을 구경하는데, 달빛이 낮같이 밝았다.

"달 속에 만일 또 하나의 세계가 있다면, 달에서 지구를 바라보는 이도 있겠지요. 그도 난간 밑에 서서 우리와 함께 가득 떠오른 지구의 빛을 구경하겠지요."

내가 이렇게 말했더니, 기풍액이 난간을 치면서 뛰어난 말이라고 한다.

정사丁巳
8월 11일

날이 갰다.

새벽에 사신이 궐 안으로 들어갔다. 덕상서德尚書가 사신과 인사를 나눈다.

"내일은 의당 만나보시겠다는 명령이 내릴 것이나, 오늘 역시 반드시 없으리라고는 단정할 수 없으니 잠깐 조방에 앉아서 기다리십시오."

사신이 모두 조방에 들어가자 황제가 또 어찬 세 그릇을 내렸는데, 어제 것과 같았다.

나는 궐문 밖으로 나가서 천천히 걸어 다니면서 구경했다. 어제 아침보다 더 분주하여 검은 티끌이 공중에 가득하고, 길가 다방과 주점에는 수레와 말이 들끓었다.

아침에 일찍 일어나 속이 헛헛하여 혼자 객사로 돌아오는 중에 준마를 탄 젊은 중을 만났다. 그는 검은 비단으로 만든 네모난 관을 쓰고 공단으로 지은 도포를 입었는데, 얼굴도 아름답고 의관의 차림도 말쑥하니 중이라는 사실이 안타까웠다. 의기양양하게 지나던 그는 무척 큰 노새를 타고 오는 한 사람과 만나 말 위에서 서로 손잡고 반기는가 싶더니, 별안간 화를 내는 빛을 띤다. 그러다가 둘이 다 목소리를 높이더니 마침내 말

위에서 서로 치고받는다. 중이 두 눈을 사납게 부릅뜨며 한 손으로는 상대방의 가슴을 움켜잡고, 또 다른 손으로는 머리를 팬다. 노새를 탄 자는 몸을 기울이며 약간 비키는데 모자가 벗겨져 목에 걸렸다. 그 역시 몸이 건장하고 머리와 수염이 희끗희끗한데, 그 기색을 살펴보니 중에게 조금 밀리는 듯하다. 둘이 서로 안은 채 안장에서 떨어져 땅에 나뒹굴었다. 처음엔 노새를 탔던 자가 중을 올라탔는데, 나중에는 중이 위로 올라탔다. 제각기 한 손으로 가슴을 움켜쥐어 서로 때리지는 못하고 다만 얼굴에 침을 뱉을 뿐이다. 노새와 말은 마주 보며 우두커니 서서는 꼼짝도 하지 않는다. 그러는 사이에도 둘은 한 덩어리가 되어 구르는데, 구경하는 사람도 없고 뜯어말리는 자도 없다. 둘만 서로 쳐다보고 내려다보면서 헐떡일 뿐이다.

한 과일점에 들렀더니 마침 새로 내온 과일이 산더미처럼 쌓여 있다. 중국 엽전 백 닢16닢이 우리나라의 한 돈에 해당함으로 배 두 개를 사서 나왔다. 맞은편 술집의 깃대가 헌함건넌방, 누각 따위의 대청 기둥 밖으로 돌아가며 깐 난간이 있는 좁은 마루 앞에 펄럭이고, 은으로 만든 단지와 술병이 처마 밖에서 너울너울 춤을 춘다. 푸른 난간이 공중에 걸쳤고, 금빛 현판은 햇빛에 어린다. 좌우의 푸른 술집 깃발에는 이런 글이 쓰여 있다.

신선의 옥패옥으로 만든 패물 소리 이곳에 머물렀고
공경公卿은 고급 옷, 금 장신구 벗는구나

다락 밑에는 수레와 말 몇 마리가 서 있고, 다락 위에선 사람들이 웅얼거리는 소리가 마치 벌과 모기 떼 소리처럼 들린다. 나는 발걸음 가는 대

약연 약재를 갈아 가루로 만드는 기구. 국립민속박물관 소장

로 다락 위로 올라갔는데, 계단이 열둘이었다.

탁자를 사이에 놓고 서너 사람씩 또는 대여섯 사람씩 끼리끼리 둘러앉
았는데, 모두 몽골인이거나 회족으로 무려 수십 패나 된다. 몽골 사람들
이 머리에 쓴 것은 마치 우리나라의 쟁반 같다. 테가 없고 그 위에는 양털
로 꾸몄는데, 누렇게 물을 들였다. 또 모자를 쓴 자도 없지 않으나, 그 모
양은 우리나라의 전립무관이나 사대부가 쓰던, 돼지털을 깔아 덮은 모자과 같
은데, 등나무로 만든 것, 가죽으로 만든 것이 있다. 안팎에는 금을 칠했으
며, 오색으로 구름무늬 같은 것을 그려 넣었다. 그들은 모두 누런 윗옷에
붉은 바지를 입었다.

회족은 대체로 붉은 옷을 입었으나 검은 옷도 많았다. 붉은 털로 고깔
을 만들어 썼으나, 모자가 너무 길어서 다만 앞뒤에 차양을 달았을 뿐이
다. 그래서 모양이 마치 돌돌 말린 연잎이 물속에서 갓 나온 것 같기도 하
고, 약연과 같이 두 끝이 뾰족하여 가볍고 경박해 보이기도 하여 우스꽝
스럽다.

내가 쓴 갓은 전립갓이란 이른바 벙거지임-원주과 같은데, 은으로 장식을

새기고 꼭지에는 공작 깃을 꽂았으며 턱을 수정 끈으로 매었으니, 오랑캐의 눈에는 어떻게 보일까 싶다.

만주족이고 한족이고 간에 중국 사람이라곤 다락 위에 한 사람도 없었다. 오랑캐의 생김생김이 사납고도 더러워서 올라온 것이 후회가 된다. 그러나 이미 술을 청했기 때문에 그중 좋은 의자를 골라서 앉았다. 술 심부름꾼이 와서 묻는다.

"몇 냥어치나 마시겠습니까?"

여기서는 술을 무게로 달아 판다.

"넉 냥어치만 가져오려무나."

심부름꾼이 가서 술을 데우려 하기에 내가 말한다.

"데워선 못 써. 찬 것 그대로 가져와."

그랬더니 심부름꾼이 웃으면서 부어 온다. 작은 잔 둘을 탁자 위에 벌여놓으므로 나는 담뱃대로 그 잔을 쓸어 엎어버리고는 다시 말한다.

"큰 술잔을 가져와."

그러고는 모두 부어서 대번에 다 들이켰다. 오랑캐들이 서로 돌아보면서 놀라지 않는 자가 없었다. 내가 단번에 잔을 비우는 것을 대단하게 여기는 모양이었다.

중국은 술 마시는 법이 매우 얌전해서 비록 한여름일지라도 반드시 데워 마시는데, 심지어 소주도 끓여 마신다. 술잔은 은행 알만 한데도 오히려 치아에 대고 조금씩 마시고, 탁자 위에 남겨두었다가 때때로 다시 마신다. 그러니 단번에 쭉 들이켜는 법이 없다. 오랑캐들도 이와 같아서 큰 종지나 사발에 따라 마시는 일은 전혀 없다.

내가 찬 술을 달래서 넉 냥쭝을 단숨에 마신 것은 저들이 두려워하도록 일부러 그런 것이니, 사실은 겁을 감추려고 한 행동이지 용기가 아니었다. 내가 찬 술을 달라고 할 때 이미 오랑캐 열 가운데 셋은 놀랐고, 단번에 마시는 것을 보고는 나머지조차 크게 놀라서 도리어 그들이 나를 두려워하는 기색이다.

주머니에서 여덟 푼을 꺼내어 심부름꾼에게 술값을 치러주고 나오려는데, 여러 사람이 의자에서 일어나 머리를 조아리며 다시 앉으라고 권한다. 그중 한 사람이 제 자리를 내주며 나를 붙들어 앉힌다. 그들은 호의로 하는 짓인데, 나는 벌써 등에 땀이 배었다.

내가 어릴 때 하인들이 끼리끼리 모여서 술 마시는 것을 보았는데, 그 주령酒令, 여러 사람이 술을 마실 때 마시는 방식을 정하는 약속 중에 이런 것이 있었다.

"내 집을 지나치면서 들어가 본 적도 없는데 나이 일흔에 아들을 낳았다 하니, 등이 땀에 흥건히 젖는구나."

내 성미가 본디 웃음을 참지 못하는 까닭에 그 말을 듣고는 사흘 동안 허리가 시큰거린 적이 있다. 오늘 아침에 만 리 떨어진 변방에 와서 문득 여러 오랑캐와 더불어 술을 마시니 만일 주령을 세운다면 정말 "등에 땀이 솟는다."라고 해야 마땅할 것이다.

한 녀석이 일어나 술 석 잔을 부어 탁자를 두드리면서 마시기를 권한다. 나는 일어나 찻잔에 남은 차를 난간 밖에 버리고는, 석 잔을 모두 그 잔에 부어 단숨에 쭈욱 들이켰다. 그런 다음 몸을 돌려 한 번 읍한 뒤 큰 걸음으로 층층대를 내려오는데, 머리끝이 쭈뼛한 것이 누가 뒤를 따라오는 것만 같았다. 나와서 길 가운데 서서 위층을 쳐다보니, 웃고 지껄이는 소리가 요란하다. 아마 내 말을 하는 모양이다.

찰십륜포 건륭황제가 활불이라 불리는 티베트 불교 지도자를 위해 열하에 지은 건물이다.

객사에 돌아오니 점심때가 아직 멀었기에 윤가전의 처소에 들렀더니 조정에 나가고 없었다. 다시 기풍액을 찾았으나 그 역시 없었다. 다시 왕민호를 찾아갔더니 그가《구정시집》서문 한 편을 보여준다. 글도 썩 잘된 것이 아닌데다 오로지 강희황제와 지금 황제의 성덕과 대업을 찬양하면서 그들을 요·순 임금처럼 높여놓았으니, 지나치다.

미처 다 읽기도 전에 창대가 왔다.

"아까 황제께서 사신을 부르셔서 다시 활불活佛, 살아 있는 부처을 찾아보라 하십니다."

나는 밥을 빨리 먹고 의주비장義州裨將과 함께 궐내에 들어가서 사신을 찾았다. 그러나 이미 반선의 처소로 가고 없었다. 궐문을 나오니 황제의 여섯째 아들이 문에 이르러 말에서 내린다. 그러고는 말을 문밖에 매어두고 시종들과 함께 바쁜 걸음으로 들어간다. 어제는 말을 탄 채 그대로 들어가더니, 오늘은 말에서 내리니 무슨 까닭인지 알 수 없다.

궁성을 끼고 왼편으로 돌아드니, 서북쪽 일대의 궁과 사찰들이 눈에 들어온다. 너덧 층 되는 누각도 있으니 이른바 이런 곳이다.

돛을 달고 상강을 돌아들 제
형산 아홉 봉우리 다 보이누나

여러 군대의 막사에서 숙위궁궐에서 군주를 호위하며 지키는 제도 또는 지키는 사람하는 장정들이 모두 나와서 구경하다가, 내가 어디로 가야 할지 몰라 헤매는 것을 보고는 서로 다투어 서북쪽을 멀리 가리킨다. 그들이 가리킨 대로 내를 끼고 가니 물가에 흰색의 군막 수천 개가 있는데, 모두 수자리예전에 국경을 지키는 일이나 그 일을 하는 병사를 일컫는 말를 사는 몽골 병사였다.

다시 북녘으로 눈을 돌려 멀리 하늘가를 바라보니 두 눈이 별안간 어지러워진다. 먼 하늘에 금빛 건물이 아스라이 들어와 번쩍여 제대로 바라볼 수 없기 때문이다. 강에는 거의 일 리里나 되는 다리가 놓여 있는데, 난간을 꾸민 단청이 울긋불긋하다. 몇 사람이 그 위로 다니는 모습이 아련히 그림 같다. 이 다리를 건너려고 하는데, 모래 위로 사람이 급히 오면서 손을 휘젓는 품이 건너지 말라는 것 같다.

마음은 더욱 바빠져 말을 곧장 채찍질했으나 오히려 더딘 느낌이다. 결국 말에서 내려 강을 따라 올라갔다. 그러자 돌다리가 하나 있고 그 위로는 우리나라 사람들이 많이 오간다. 한 문으로 들어서니 기이한 바위와 이상한 돌이 층층으로 쌓여 있는데, 그 솜씨가 워낙 놀라워 사람이 아니라 귀신이 쌓은 듯싶다.

사신과 당번 역관은 궁궐에서 바로 온 까닭에 내게 미처 알리지 못한 것을 안타깝게 여기고 있었는데, 내가 갑자기 나타나자 모두들 내게 구경벽이 심하다고 놀린다.

연경에서도 숲 사이로 자주·다홍·초록·파랑 등 여러 빛깔의 기와로 이은 집이 보이고, 더러는 정자 꼭대기에 금빛 호리병을 세운 것은 보았으나, 지붕 위에 금기와를 올린 것은 처음 본다. 이 전각에 올린 기와가 순금인지 도금인지는 알 수 없으나, 이 층 대전이 둘, 다락이 하나, 문이 셋 모두 금기와다. 나머지 정자는 여러 빛깔의 유리기와인데, 금기와에 비하면 보잘것없다.

동작대조조가 세운 누각의 기와는 가끔 캐어서 벼루로 사용하나 이는 가마에 구운 것이요, 유리가 아니었다. 유리기와는 어느 때 비롯한 것인지 알 수 없으나, 시인들은 "옥 계단에 금 지붕이여."라고 말했는데, 오늘 내가 본 것이 그것인가 싶다. 그런 내용이 역사에《한서》를 말함는 이렇게도 나타난다.

"한 성제漢成帝, 전한의 제11대 황제. 주색에 빠져 가희 조비연을 황후로 삼고, 조비연의 언니를 후궁인 소의로 삼았음가 소의를 위하여 집을 짓는데, 그 섬돌을 모두 구리로 만든 후 황금을 입혔다."

안사고당나라 초기의 학자. 581~645.《한서》에 주석을 달아 집대성했음가 이에 주註를 달았는데, "섬돌은 문의 바깥 끝이니, 구리를 그 위에 입히고 또 금을 입혔다." 또 "바람벽 가운데엔 가끔 황금 항아리를 박고는, 남전산에서 나는 옥과 진주, 비취물총새의 깃으로 장식했다."라고 했다. 복건

한나라 때의 학자은 "황금 항아리라는 표현은 벽 가운데를 가로질러 설치한 대다."라고 했고, 진작진晉나라 때의 학자은 "금 고리 장식이다."라고 했다.

영현한나라 때의 학자이나 반고후한의 역사가. 32~92.《한서》를 지었음 등이 여러 번에 걸쳐 황금이란 글자를 되풀이하여, 천 년이 지난 지금 책을 펼쳐도 눈이 부시고 휘황할 지경이다. 그러나 이런 예들은 벽이나 문지방에 금칠을 한 정도에 불과하다. 역사를 쓰는 이들이 지나치게 과장했을 뿐이다.

소의 자매에게 이 집을 보여주었다면 그 초라함을 못 견뎌 몸부림치며 침대에 쓰러져 울고 밥도 먹지 않았을 것이다. 설령 성제가 화려하게 꾸미고자 했어도 안창성제의 스승·무양성제 때의 재상 등이 모두 유학자이니 옛 경서를 인용하여 이를 반대했을 것이다. 그러면 성제로서도 어찌했겠는가. 설혹 그의 뜻대로 이루었다 하더라도, 글솜씨 좋은 반고는 과연 어떻게 포장했을까? '금으로 만든 전각이 어리어리하구나.' 했다가 금세 지워버렸을 것이요, 또 '금 대궐이 하늘 높이 솟았다.'라고 쓴 후 한 번 읊어보고는 다시 지워버렸을 것이다. 그러고는 다시 '이 층 대궐을 세우고 기와에 황금을 칠했다.'라고 하거나, '임금께서 황금 궁전을 세웠다.'라고 했을까?

비록 양한兩漢, 전한과 후한을 통틀어 이르는 말 무렵의 뛰어난 문장가라 하지만, 그는 늘 작은 것을 크게 과장하니, 이는 옛 작가들에게 남은 한이 아닐 수 없다.

궁실을 계화단청을 칠할 때 먼저 무늬를 채색한 다음 빛깔과 빛깔의 구별이 뚜렷하게 보이도록 먹으로 줄을 그리는 일 그림처럼 아무리 정교하게 그린다고

회랑 사원이나 궁전의 주요 부분을 둘러싼 지붕이 있는 긴 복도. 사진은 건륭황제 때의 실권자였던 화신의 호화 저택에 있는 회랑이다. 개인 소장 ⓒ박선희

하더라도 궁실에는 사면이 있고 안팎이 있으며, 또 덧놓이고 겹친 곳도 없지 않다. 이에 서양의 그림이 제아무리 정교하다고 하더라도 다만 한 면만을 그렸으니 남은 세 면은 그릴 수 없을 것이요, 밖은 그려도 속은 그릴 수 없을 것이다. 그러니 겹겹이 놓인 전각이나 첩첩이 쌓인 정자, 회랑과 덧세운 누각은 단지 그 날아갈 듯한 처마와 아련한 용마루만을 흉내 낼 뿐, 그 새김과 장식이 털끝처럼 섬세하니 그림으로는 이를 그려낼 수 없는 것이 곧 옛 화가들의 한일 것이다. 그러므로 공자께서 이미 이 두 가지에 대하여 탄식하셨던 것이다.

"글월은 말을 다할 수 없고, 그림은 뜻을 다할 수 없다."

중국에 절과 도교 사원이 일만 개를 헤아리지만, 금을 입힌 것은 다만

관자 망건에 달아 상투에 동여매는 줄을 꿰는 작은 단추 모양의 고리다. 신분에 따라 금, 옥, 호박, 마노, 뿔, 뼈 따위의 재료를 사용한다. 국립민속박물관 소장

산서 지방의 오대산 금각사가 있을 뿐이다. 당 대종代宗, 당나라의 제8대 황제. 726~779 대력大曆, 당 대종의 연호 2년767 정승에 오른 왕진당나라 시인 왕유의 아우로, 독실한 불교 신자은 오대산의 중 수십 명을 사방으로 보내어 시주를 모아 절을 짓도록 하는 부첩관청에서 내리는 문서을 내렸다. 금각사는 구리로 기와를 구운 후 금을 입혀서 그 비용이 수만금에 이르렀는데, 그 절이 아직도 남아 있다고 한다. 이곳의 기와 역시 구리로 만들어 굽고 금을 씌웠을 것이다.

지난번 요양의 거리에서 잠시 쉴 때 여러 사람이 다투어 모여들더니 내게 물었다.

"황금을 갖고 오셨습니까?"

내가 답한다.

"금은 우리나라에서 나는 것이 아니오."

그러자 모두들 나를 비웃는다. 심양·산해관·영평·통주를 지나올 때에도 금을 가지고 있느냐고 묻지 않는 이가 없을 정도였다. 내가 번번이 똑같이 대답하면, 그들은 자기 모자 꼭대기를 가리키면서 말했다.

"이게 조선 금이라오."

연암에 있는 우리 집이 송도에 가까워서 가끔 그곳에 드나들었다. 송도는 곧 연경에 드나드는 장사치를 기르는 곳이므로 해마다 7~8월부터 10월까지 금값이 폭등하여 일 푼에 엽전으로 사십오 닢에서 오십 닢까지 한다.

우리나라에서는 금을 쓸 곳이 별로 없다. 문무관 가운데 이품 이상이 사용하는 금관자나 금띠도 늘 만드는 것이 아니며 서로 빌려 쓴다. 또 시집가는 색시의 가락지나 머리꽂이도 그리 많지 않으므로 금은 흙이나 다름없이 값이 싸야 할 텐데 이토록 귀한 것은 왜일까?

압록강을 건너기 전, 박천 땅에 이르러 말을 길옆에 세우고 버드나무 밑에서 땀을 식힐 때였다. 남부여대男負女戴, '남자는 지고 여자는 인다.'는 뜻으로, 가난한 사람들이 살 곳을 찾아 이리저리 떠돌아다님을 비유적으로 이르는 말하고 떼를 지어 사람들이 어디론가 향하는데, 모두 여덟아홉 살쯤 되는 사내아이와 계집아이들을 데리고 가는 것이 마치 흉년에 떠돌아다니는 것 같다. 내가 이상히 여겨서 물어보았더니 이렇게 답한다.

"성천 금광으로 가는 것입니다."

그들이 가진 도구를 보니 나무바가지 하나, 포대자루 하나, 끌 하나뿐이다. 금이 섞인 흙을 끌로 파내어 포대에 담은 후, 그 흙을 바가지에 담아 물로 이는 것이다. 온종일 흙 한 포대만 물에 일면 별 고생 없이 먹고 살 수 있는데, 조그만 계집아이들이 더욱 잘 팔 뿐 아니라 눈이 밝아서 금을 잘 얻곤 한단다. 나는 그들에게 묻는다.

"하루 종일 하면 금을 얼마나 얻는 거요?"

"그건 재수에 달렸지요. 하루에 여남은 알을 얻는 일도 있지만, 재수가

없으면 서너 알밖에 못 건집니다. 만일 재수가 트이면 삽시간에 부자가
된답니다."

"그럼, 그 알이 어떻게 생겼나요?"

"거의 피볏과의 한해살이풀 낱알만 합지요."

이 일이 농사를 짓는 것보다 이익이 더 크니, 한 사람이 하루에 얻는 금
이 적어도 예닐곱 푼쭝은 된다. 이를 돈으로 바꾸면 두세 냥이나 되므로
농사꾼의 태반이 농장을 떠나 이곳으로 모여든다. 게다가 사방의 건달패
와 놈팡이들까지 모여들어 자연히 부락이 형성되니 무려 십여만 명이 들
끓는다. 그러다 보니 쌀과 기타 여러 물건까지 모여들어 술과 밥이며 떡
과 엿 같은 것을 파는 이들도 산골에 가득하다고 한다.

나는 도무지 모르겠다. 그 금이 다 어디로 가며, 그렇게 캐낸 금이 많은
데도 왜 값은 더욱 오르는 것일까? 그러니 이곳 기와에 물들인 것이 우리
나라의 금인지도 모르겠다.

청나라 초기에 세폐조선시대에 해마다 음력 10월이면 중국에 보내던 공물 가
운데 가장 먼저 금을 면제해준 것은 우리나라에서 나는 것이 아니기 때
문이었다. 그런데 만일 간교한 장사치가 법을 어기고 은밀히 이를 팔다
가, 이러한 내용이 청나라 조정에 알려지게 된다면 어찌 되겠는가. 무슨
사달이 나는 것은 둘째치고, 황제가 이미 황금으로 지붕을 칠할 정도이
니 우리나라에 금광을 설치하라고 할지 누가 알겠는가.

대臺 위에 있는 작은 정자와 누각의 창호는 모두 우리나라 종이로 도
배했다. 창틈으로 들여다보니 텅 빈 곳도 있고, 의자·탁자·향로·화병 등
을 운치 있게 늘어놓은 곳도 있다.

사신들이 하인들을 문밖에 남겨두고는 함부로 들어오지 말도록 엄명

했는데도 조금 뒤에 모두 기어 올라왔다. 역관과 통관들이 크게 놀라서 꾸짖어 도로 나가게 하자 그들이 말한다.

"저희들이 어찌 함부로 들어왔겠습니까. 문지기가 오히려 저희들이 들어가지 않는 것을 걱정하며 끌고 와서 올라온 것이옵니다."

아침나절에 요리가 내려온 후 조금 지나서 황제가 만나겠다는 명령이 왔다고 정사가 말한다. 이에 통관이 인도하여 정문 앞에 이르렀더니, 동쪽 협문세 개의 문 가운데 좌우에 달린 작은 문. 동협문, 서협문 따위가 있음에 시위임금이나 어떤 모임의 우두머리를 모시어 호위함하는 여러 신하들이 섰거나 혹은 앉아 있었다.

상서와 낭중 몇 사람이 와서 사신이 출입하는 절차를 가르쳐주고 갔다. 이윽고 군기대신이 황제의 뜻을 받들어 묻는다.

"그대의 나라에도 사찰이 있으며, 또 관제묘도 있느냐?"

잠시 후 황제가 정문으로 나와 문안의 벽돌을 깔아놓은 위에 앉았다. 의자와 탁자도 없이 다만 평상에 누런 보료를 깔고 앉았다. 좌우의 시위는 모두 누런 옷을 입었는데, 그중 칼을 찬 자는 서너 쌍에 불과하고, 누런 일산을 받들고 선 자는 두 쌍이다. 그들은 모두 엄숙한 표정으로 조용하다.

먼저 회족의 태자가 앞으로 나와 몇 마디 아뢰고 물러간 뒤에 사신과 세 통역사를 나오라 하매, 모두 나아가 무릎을 꿇었다. 이때 무릎이 땅에 닿을 뿐, 뒤를 붙이고 앉는 것은 아니다. 황제가 묻는다.

"국왕께서는 평안하신가?"

사신은 공손히 답한다.

"평안하옵니다."

건륭황제 강희황제에 이어 청나라의 최전성기를 이룩한 황제. 만주인과 한인 간의 충돌을 막고, 붕당 다툼과 황족을 견제하며 준갈이·위구르 등을 정복해 영토를 최대로 넓혔다.

황제는 또 묻는다.

"만주말을 잘하는 이가 있는가?"

그러자 상통사上通事 윤갑종이 만주말로 답한다.

"약간 아옵니다."

그러자 황제가 좌우를 돌아보며 기쁘게 웃었다. 황제는 네모난 얼굴에 희맑으면서 약간 누런빛을 띠었는데, 수염이 반쯤 희고, 나이는 예순쯤 됐으며, 인자하고 봄바람과 같은 따스함을 지녔다.

사신이 반열에서 물러서자 예닐곱 명의 무사가 차례로 들어와 활을 쏘는데, 살 하나를 쏘고는 반드시 꿇어앉아서 고함을 친다. 과녁을 맞힌 자는 두 명이다. 그 과녁

판첸라마 아미타불의 화신이 다시 태어났다고 하는 인물. 그림은 건륭황제의 초대를 받아 청나라를 방문한 6대 판첸라마의 모습

은 우리나라의 풀과 가죽으로 만든 것과 같은데, 한복판에는 짐승 한 마리를 그려 넣었다. 활쏘기가 끝나자 황제가 곧 들어갔고, 모시던 신하들역시 모두 물러나자 사신도 물러나왔다. 문 하나를 채 못 나왔는데 군기軍機가 와서 황제의 전갈을 내린다.

"사신은 곧장 찰십륜포티베트 말로 고승이 머무는 곳로 가서 반선 액이덕니판첸라마를 뵈어라."

옛 역사를 살펴보면, 서번西番, 티베트은 멀리 사천·운남의 밖에 있는

〈**강희남순도**〉**(부분)** 남쪽 지방 순례에 나선 강희황제가 황하를 건너는 모습을 그린 그림

데, 이른바 서장西藏, 서번이나 서장 모두 한자로 티베트를 뜻함의 땅이다. 이 곳은 변방에 위치해 중국과 거리가 더욱 멀었다. 강희 59년1720에 책망 아라포원준갈이 부족 출신으로 처음에는 청나라 편에 섰으나 세력이 커진 후에는 청나라에 저항했음이 납장한청나라에 귀순한 티베트인을 유인하여 죽이고 그 성을 점령한 후 묘당을 헐어버리고 승려들을 해산했다. 이에 도통都統 연신을 평역장군으로, 갈이필을 정서장군으로 삼아 장병을 거느리고 새 로 봉한 달라이라마를 보내어 서장 일대를 평정한 뒤에 황교黃敎, 티베트 불교를 진흥했다고 한다.

이른바 황교라는 것이 무슨 도道인 줄은 알 수 없으나, 대개 몽골 여러 부족이 숭배하는 종교다. 그런 까닭에 서장이 혹시 침략을 받을까 봐 걱 정스러우면 강희황제 때부터 친히 육군六軍 을 거느리고 영하寧夏, 간쑤성

에 있는 지명까지 장수를 보내서 구원하여 동란을 진정한 것이 한두 번이
아니었다.

　또 건륭 을미년1775에 삭락목이 금천쓰촨성 서북 변경에 있는 물 이름에
서 반기를 들자 서장 길이 막힐까 봐 황제는 아계를 정서장군으로, 풍승
액·명량을 부장副將으로, 해란찰·서상을 참찬參贊으로, 복강안·규림 등
을 영대領隊로 삼아 군사를 이끌고 평정토록 했으니, 이 역시 서장을 지
키기 위한 것이다.

　서장 땅은 황제가 친히 보호하는 곳이요, 그 사람티베트 불교 지도자은
천자가 스승으로 섬긴다. 또 그 종교의 이름에 '황黃'이라는 글자가 들어
가는 것을 보면, 혹시 황제黃帝, 중국 고대 전설상의 제왕. 삼황의 한 사람이며,
처음으로 곡물 재배를 가르치고 문자·음악·도량형 따위를 정했다고 함와 노자의
도道를 숭배하는 것이 아닌가 싶다.

서장 사람들의 옷과 모자는 모두 누런색이므로 몽골 사람도 이를 본받아서 역시 누런빛을 숭상한다. 그런데 황제의 시기심과 사나움이 어찌 유독 이 '누런색 꽃을 숭배하는 참요시대 상황이나 정치적 징후 따위를 암시하는 민요'만은 꺼리지 않았는지 모르겠다. 액이덕니는 서장의 승려 이름이 아니라 땅 이름인데, 이를 사람의 호로 사용하니 참으로 괴상하고도 황당하다.

사신은 마지못해 나아가 반선을 만나보았으나, 마음속으로는 불평을 품고 있다. 당번 역관 역시 무슨 일이 일어날까 봐 겨우 마무리하는 것을 다행으로 알았고, 하인들 역시 마음속으로 서번 승려와 황제를 욕하고 비방했다. 만국의 모든 군주가 되려면 행동 하나도 삼가지 않을 수 없을 것이다.

태학관으로 돌아오자, 중국의 사대부들은 모두 내가 반선을 만나본 것을 영광으로 여겨 부러워한다. 또 그 도술의 신통함을 칭찬하지 않는 자가 없으니, 그들이 세상에 아부하는 풍조가 이런 수준이었다. 예로부터 세상의 도가 올라가느냐 내려가느냐, 인심이 착해지느냐 악해지느냐는 모두 윗사람의 행동에 달린 것이다.

학성의 집에서 잠시 술을 마셨다. 이날 밤에는 달이 유난히 밝았다.

무오戊午
8월 12일

날이 갰다.

새벽에 사신은 아침 반열에 참가한 후 연희를 관람했다. 나는 몹시 졸려서 그냥 누워서 편안히 잤다.

아침밥을 먹은 후 천천히 걸어서 궐내에 들어간즉, 사신은 조회에 참여한 지 이미 오래고, 당번 역관과 모든 비장은 뒤에 남아 궁문 밖 낮은 언덕 위에 머물러 있었다. 통관들 역시 이곳에 앉아서 들어가지 못했다. 음악 소리가 담장 안 가까이 새어나오기에 좁은 문틈으로 엿보았으나 아무것도 보이지 않았다.

담장을 돌아 여남은 걸음을 가니 작은 일각문이 나오는데, 한쪽은 열려 있고 또 한쪽은 닫혀 있다. 내가 조금 들어가서 보려 하니 군졸 몇이 말리며 문밖에서만 보라고 한다. 문안에 있는 사람들은 모두 문을 등진 채 즐비하게 섰는데, 조금도 움직이지 않아 마치 허수아비를 세워놓은 듯하다. 엿보려고 하여도 작은 틈도 없기에 그들 머리 사이 빈 곳으로 겨우 바라본즉, 한 더미의 푸르고 은은한 동산에 소나무와 잣나무가 울창한데, 잠깐 눈을 돌린 사이 별안간 어디론지 사라져버린다. 또 채색된 적삼에 수놓은 도포를 입은 자가 얼굴에는 붉은 연지를 바르고 사람들 머리 위로 우뚝 솟은 걸로 봐서 초헌긴 굿대에 외바퀴가 밑으로 달리고, 앉는 데는 의자 비슷하게 되어 있으며, 두 개의 긴 채가 달려 있는 수레을 탄 것 같다. 아무래도 무대까지의 거리는 멀지 않으나 그늘지고 깊숙하여 마치 꿈속에서 성찬풍성하게 잘 차린 음식을 만난 것처럼 먹어도 맛을 알 방법이 없었다.

문지기가 담배를 달라기에 곧 내어주었다. 또 한 사람이 내가 오랫동안 발꿈치를 들고 선 것을 보고는 걸상 하나를 가져다가 그 위에 올라서서 보라고 한다. 나는 한 손으로 그의 어깨를 잡고 또 한 손으로 문설주를 짚고 서서 보았다.

출연하는 자들은 모두 한족처럼 의관을 차렸는데, 사오백 명이 함께 몰려들었다가 물러서면서 일제히 노래를 부른다. 내가 디디고 선 걸상은 마치 횃대에 서 있는 오리처럼 생겨 오래 서 있기는 어려웠다. 나는 다시 나와서 작은 언덕의 나무 그늘 밑에 앉았다.

날씨는 몹시 더운데도 구경꾼은 빽빽하게 둘러서 있었다. 그들 중 모자 끝에 수정 꼭지를 여러 개 단 사람이 있었으나, 그가 어떤 관원인지는 알 수 없었다.

한 청년이 문을 나서자 사람들이 모두 그를 피한다. 그가 잠시 발을 멈추고 시종에게 무슨 말을 하는데, 돌아보는 모습이 몹시 사나워 보였다. 사람들도 모두 두려워하며 잠자코 있었다. 그때 두 병사가 채찍을 갖고 와서 사람들을 몰아낸다. 그러자 회족 한 사람이 앉았다가 화를 내며 일어서더니 두 군졸의 뺨에 침을 뱉고는 한주먹으로 때려눕혔다. 이 모습을 본 청년 관원은 눈을 흘기면서 어디론가 사라져버린다. 수정 꼭지를 단 관원에게 물으니, 그는 호부상서戶部尚書 화신이라고 한다. 그는 눈매가 곱고 준수한 얼굴에 날카로워 보였으나, 다만 덕은 없어 보였다. 나이

군기대신 황제의 정무를 보좌하는 대신. 그림은 건륭황제의 신임을 받았던 군기대신 '화신'의 초상이다.

는 이제 서른하나라고 한다. 그는 난의사청나라의 호위와 의장 등을 담당하던 관아 호위 군졸 출신인데, 성격이 몹시 교활하여 윗사람의 비위를 잘 맞추어 불과 대여섯 해 사이에 갑자기 귀한 자리를 얻어서 구문제독황성의 각 성문을 지키는 장군을 다스리게 됐다. 병부상서 복융안과 함께 늘 황제의 좌우에 머물러 있어 그 세력이 조정에 떨치고 있다. 이시요건륭황제 때 고위직 벼슬아치가 해명海明의 뇌물을 먹은 것을 적발했고, 우민중청나라 건륭황제 때의 고관의 집을 몰수했으며, 아계 장군을 몰아낸 것이 모두 화신의 힘이었는데, 이 일이 모두 올 봄과 여름 사이에 일어났다. 그 때문에 사람들이 모두 그를 흘겨본다고 한다.

황제는 이제 여섯 살 된 딸을 화신의 어린 자식과 약혼시켰다. 황제가 늙자 성격이 조급해져 화를 낼 때가 잦고 주위 신하들을 매질하기 일쑤였다. 황제는 어린 딸을 매우 사랑하므로 그가 크게 성을 내면 궁인들이 어린 딸을 껴안고 와서 황제 앞에 내려놓는다고 하는데, 그제야 화를 푼다고 한다.

이날 반열에는 차와 음식이 세 차례나 내려왔다. 사신 역시 그들과 마찬가지로 떡 한 그릇을 받아서 먹었다. 떡은 누런 것과 흰 것 두 층으로 괴었는데 네모반듯했으며, 마치 누런 밀랍과 같았다. 단단하면서도 가늘고 매끄러워 칼이 잘 들어가지 않았으며, 위의 떡은 옥처럼 윤기가 나고 기름기가 흘렀다. 떡 위에는 한 신선을 만들어 세웠는데, 수염과 눈썹이 살아 있는 듯하고 도포와 홀笏이 화려하다. 좌우에는 신선 동자를 세웠는데, 그 조각이 몹시 기묘했다. 이것들은 밀가루에 사탕가루를 섞어 만든 것이다. 공자는 땅에 묻는 허수아비무덤에 함께 묻는 사람이나 말 등의 형상. 용俑이라고 함를 만드는 것도 옳지 않다 했거늘, 하물며 사람 모양을 어

홀 벼슬아치가 임금을 만날 때 손에 쥐던 물건. 위로 갈수록 좁아지면서 얇아지고 안쪽으로 휘어 있다. 아랫부분은 비단으로 감쌌다.

찌 차마 먹을 수 있단 말인가.

여남은 가지 사탕을 담은 것이 한 그릇, 양고기가 또 한 그릇이다. 또 조정 벼슬아치들에게 채색 비단과 수놓은 주머니 등을 하사했다. 사신에게는 채단 다섯 필, 주머니 여섯 쌍, 코담배호리병 하나를 내렸고, 부사와 서장관에게는 각기 조금씩 적게 주었다.

이날 저녁에는 구름이 끼어 달빛이 흐렸다.

기미己未
8월 13일

새벽에 비가 잠시 뿌리다가 갰다.

사신이 만수절황제의 생일. 건륭황제의 생일은 8월 13일 축하 반열에 참가하러 오경五更, 새벽 3시에서 5시 사이에 대궐로 들어갔다. 나는 푹 잔 후 아침에 일어나 조용히 걸어서 대궐 밑에 이르렀다.

사람들이 누런 보자기기 덮인 짐 일곱 개를 대궐 문 앞에 두고 쉰다. 짐 속에는 옥으로 만든 그릇과 골동품이 담겨 있고, 보통 사람이 앉아 있는 것과 같은 커다란 금부처 하나도 놓여 있는데, 이들은 모두 호부상서 화신이 진상하는 것이라고 한다.

이날도 음식을 세 차례나 내리고, 사신에게는 백자로 만든 찻주전자 하나, 찻종차를 따라 마시는 종지, 차받침까지 갖추어 한 벌, 등나무 줄기로 엮은 빈랑빈랑나무의 열매. 약용으로 쓰임 주머니 하나, 칼 하나, 자양에서 만든 주석 찻주전자 하나씩을 내렸다. 또 저녁에는 어린 내시가 와서 네모난 주석 항아리 하나를 내렸는데, 통관이 차라고 한다. 어린 내시는 곧 되돌아갔다. 누런 비단으로 항아리 마개를 봉했기에, 떼고 본즉 빛이 누르면서도 약간 붉어 술과 같았다. 서장관이 말한다.

"이건 정말 황봉주중국 관청에서 만들어 누런 비단이나 종이로 봉한 술로군."

만수절 건륭황제의 어머니 숭경황태후의 탄신일 행사(위쪽)와 강희황제의 탄신일을 축하하는 만수절 행사(아래쪽)를 묘사한 그림

맛이 달고 향내가 풍겨 술기운이 전혀 없었다. 다 따르자, 여지여지의 열매. 양귀비가 즐겨 먹었다고 함 여남은 개가 떠오른다. 모두들 말한다.

"이게 여지로 빚은 것이군."

각기 한 잔씩 마시고는 또 말한다.

"참 좋은 술이구려."

비장과 역관들에게 술잔이 가는데, 마시지 않는 자도 있을 뿐 아니라 한 번에 들이켜는 자도 없다. 너무 취할까 봐 두려워 그러는 것이다. 통관들이 목을 내밀며 침을 흘린다. 수역이 남은 것을 갖다가 주었더니 돌려 가며 맛을 보고는 칭찬하지 않는 이가 없다.

"참으로 좋은 궁중 술이야."

이윽고 일행이 서로 돌아보며 말한다.

"취했어, 취했구먼."

이날 밤 기풍액을 찾아가 한 잔을 따라서 보였더니, 그가 크게 웃으며 말한다.

"이건 술이 아니라 여지 즙입니다."

그러고는 소주 대여섯 잔을 내어 거기다가 타니, 맑은 빛깔에 매운맛을 내는 기이한 향내가 물씬 풍긴다. 여지 향내가 술기운을 얻어서 더욱 은은한 향내를 드러내는 것이다. 꿀물을 마시고 향기를 이야기하는 것이나 여지 즙을 맛보고 취한다고 말하는 것이, 곧 맹인이 종소리를 듣고서 해를 추측하는 것 한 사람이 장님에게 해가 구리 쟁반처럼 생겼다고 말했다. 그러자 장님이 구리 쟁반을 때려보고는 해가 소리를 낸다고 여겼다. 후에 종소리가 들려오자 장님은 이것이 해라고 생각했다는 고사이나 매실나무를 바라보고 갈증을 푸는 것《삼국지연의》에 나오는 말로, 행군 중에 군사들이 갈증을 느끼자 조조가 저

고개를 넘으면 매실나무가 있다고 말하여 군사들이 그 말에 입에 침이 돌아 갈증을 풀었다는 이야기과 무엇이 다르리오.

이날 밤은 달빛이 유난히 밝았다. 기풍액과 함께 명륜당으로 나아가 난간 밑을 거닐었다. 나는 달을 가리키면서 물었다.

"달의 몸통은 늘 둥근데 돌면서 햇빛을 받다 보니, 땅에서 보는 달이 찼다가 기울었다 하는 것이 아닐까요?

오늘 저녁 저 달을 온 세계가 모두 함께 본다면, 보는 장소에 따라서 달이 살지거나 여위어 보이며 깊고 옅음이 있지 않을까요?

별은 달보다 크고 해는 지구보다 큰데도, 그렇게 보이지 않는 것은 멀고 가까운 까닭이 아닐까요?

만약에 이 말이 옳다면, 해와 지구와 달 등은 모두 허공에 둥둥 뜬 별이 아닐까요?

별에서 땅을 볼 때도 역시 그렇게 보이지 않을까요?

지구의 한 줄이 해와 달을 함께 꿰어서 빛나는 세 개의 별은 마치 저 하고河鼓, 고대 중국의 별자리에서 28수의 하나인 우수에 속한 별자리. 현대 별자리에서 독수리자리의 일부를 이루는 세 별로 이루어져 있음와 같지 않을까요?

지구 표면에 붙어 있는 온갖 만물은 모두 다 모양이 둥글 뿐, 하나도 네모난 것은 볼 수가 없습니다. 다만 방죽단면이 네모진 대나무의 하나과 익모초꿀풀과의 두해살이풀 줄기가 네모난데, 이것 역시 네모반듯한 것이라고는 할 수 없습니다. 그러니 네모반듯한 물건은 찾을 수 없는데, 어찌 유독 지구만은 네모나다고 말할 수 있겠습니까?

만일에 지구만 네모나다고 하면, 월식 때 달을 검게 먹어 들어가는 변두리가 왜 활처럼 둥글게 보일까요?

지구가 네모나다고 우기는 자는 무엇이나 방정方正, 본래 한자의 뜻은 '네모나고 반듯하다.'인데, 그 뜻이 확대되어 '말이나 행동이 바르고 점잖다.'라는 태도를 일컫는 뜻을 갖게 됐음해야 된다는 대의에 입각해서 물체를 이해하려는 것이요, 지구가 둥글다고 주장하는 자는 실제로 보이는 형태를 믿고 다른 뜻은 염두에 두지 않는 것이겠지요. 이런 의미로 본다면, 지구는 본래 둥글지만 대의로 말한다면 방정하다는 것이 아닐까요?

해와 달은 오른쪽으로 수레바퀴처럼 돌고 도는데, 도는 궤도가 해는 크고 달은 작습니다. 또 도는 속도에 늦고 빠름이 있어 한 해와 한 달은 각기 그 제도가 있으니, 해와 달이 땅을 둘러싸고 왼편으로 돈다는 말은 우물 안 개구리의 시각이 아닐까요?

지구의 본 모습은 둥글둥글 허공에 걸려 있어, 사방도 없고 아래위도 없이 마치 쐐기가 돌듯 돌다가 햇빛을 처음 받은 곳을 가리켜 날이 샌다고 말하는 것이 아닐까요?

그로부터 지구가 더 돌면 처음에 해와 만난 곳은 점점 멀어져 정오도 되고, 해가 기울면 밤과 낮이 되는 것이 아닐까요? 비유컨대, 창구멍으로 햇살이 들어와 콩알만 하게 비친다고 하지요. 그런 다음 맷돌을 창문 아래 햇살이 비치는 자리에 놓은 후 그 자리에 먹으로 표시를 한 다음 맷돌을 돌리고 보면 먹 자국은 햇살이 비치는 곳에 그대로 남아 있겠습니까, 서로 떨어져 사이가 멀어져가겠습니까? 맷돌이 한 바퀴를 돌아 다시 그 자리에 돌아오면 햇살이 비치는 자리와 먹 자국은 잠시 포개진 다음 또다시 떨어지게 될 테니, 지구가 한 바퀴 돌아 하루가 되는 것도 이런 이치가 아닐까요?

또 등불 앞에 놓인 물레를 보십시오. 물레바퀴가 돌 때 물레바퀴 전체가 등불 빛을 받고 있지만 그렇다고 등불이 물레바퀴 주위를 도는 것은 결코 아니니, 지구가 밝고 어두워지는 이치도 이런 것이 아닐까요? 그러니 해와 달 또한 애초부터 뜨고 지는 것이 아니요, 오가는 것도 아닌데, 사람들이 지구가 움직이지 않고 늘 한자리에 박혀 있다고 철석같이 믿기 때문에 생긴 착각이 아닐까요?

설명할 수는 없지만, 지구의 춘·하·추·동은 그 방위를 따라 노니는 것이라고 합니다. 결국 논다는 것은 나아가고 물러나고 올라가고 내려가는 것이니, 노는 것이 도는 것이 아니라고 어찌 말할 수 있겠습니까?

저 잘못 알고 있는 자는 이렇게 말할 것입니다. 지구가 돌 때는 땅 위에 실려 있던 온갖 물건이 엎어지고 자빠지고 기울어져 떨어질 것이다. 그렇게 쏟아져 떨어진다면 어느 땅에 떨어질 것인가?

그 말이 옳다면, 저 허공에 달린 별과 은하는 세상 기운을 따라 도는데도 왜 떨어져 쏟아지지 않고 그대로 있을까요? 움직이지도 않고, 돌지도 않고, 생명도 없는 덩어리가 어째서 썩지도 부서지지도 흩어지지도 않고 그대로 남아 있겠습니까?

지구 표면에 붙어 사는 생물은 공과 같은 물체의 표면에 발을 붙이고 어디에서나 머리에 하늘을 이고 있는 것인데, 이에 비추어본다면 수많은 개미와 벌이 더러는 똑바로 선 바람벽을 기어가기도 하고, 더러는 천장에 붙어서 살고 있는 것을 보고 누가 바람벽에 가로로 서 있다고 할 것이며, 누가 천장에 거꾸로 붙어 있다고 하겠습니까?

지금도 이 땅 밑에는 역시 바다가 있을 것입니다. 만일 지구 표면에 붙어서 사는 생물이 밑으로 떨어지지 않을까 하고 의심을 한다면, 땅 밑 바다에는 누가 둑을 쌓아두었다고 물이 안 쏟아지고 그대로 있겠습니까?

저 하늘에 총총한 별은 그 크기가 얼마나 될 것이며, 역시 표면은 지구와 다름없지 않을까요? 별도 표면이 있을 것이고, 그곳에 생물이 붙어서 살지 않을까요? 만일 생물이 있다면, 따로 자신들의 세상을 열면서 서로 새끼도 쳐가면서 살지 않을까요?

지구는 둥글게 생겨 원래 음양이 없을 터인데, 해로부터는 불기운을 받고 달로부터는 물기운을 받습니다. 이는 흡사 살림하는 사람이 동쪽 집에서 불을 빌리고 서쪽 집에서 물을 얻는 것이나 다름없으니, 한쪽은 불이요 또 한쪽은 물이라 하여 이를 이른바 음양이라 하는 것이 아닐까요? 이를 억지로 오행五行이라 이름 붙이고 서로 상생음양오행설에서 금金은 수水와, 수는 목木과, 목은 화火와, 화는 토土와, 토는 금과 조화를 이룸을 이르는 말한다거나 상극음양오행설에서 금은 목과, 목은 토와, 토는 수와, 수는 화와, 화는 금과 조화를 이루지 못함을 이르는 말한다고 하지만, 그렇다면 큰 바다에 풍랑이 일 때 불꽃이 너울너울 타오르는 현상노을이 질 때 태양빛의 강렬함을 말함은 무슨 까닭일까요?

얼음 속에는 누에가 살고빙잠氷蠶, 중국의 전설에 나오는 누에. 서리와 눈 속에서 나며, 이 누에고치에서 나온 실로 짠 베는 물에 젖지도 않고 불에 타지도 않는다고 함, 불 속에는 쥐가 살며화서火鼠, 남방의 화산 속에 살고 그 털은 화취를 만드는 데 쓰인다는 상상 속 동물, 물속에는 고기가 살지만, 모든 생물은 어디나 사는 곳을 제각기 땅이라 합니다. 만약 달에도 세계가 있다면, 오늘 이 밤에 두 명이 난간에 마주 서서 지구의 빛이 차고 기우는 이야기를 속삭이지 아니한다고 누가 증명하겠습니까?"

기풍액이 껄껄대며 묻는다.

"참 기이한 이야기요. 땅이 둥글다는 이야기는 서양 사람들이 처음 말

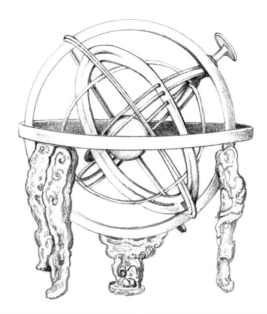

혼천의 천체의 운행과 위치를 측정하던 천문관측기기. 고대 중국의 우주관인 혼천설에 의거해 제작한 것이다. 천문학에 조예가 있던 홍대용은 혼천의를 만들어 사용했다고 한다. 우리나라에서 가장 오래된 혼천의는 1433년 이천과 장영실이 만들었다는 것인데, 전하지 않는다.

했지마는 그들도 지구가 돈다고는 하지 않았는데, 선생의 이 학설은 선생이 터득한 것인가요, 그렇지 않으면 어느 스승으로부터 이어받으신 것인가요?"

　내가 답한다.

　"사람의 일도 모르는 터에 하늘 일을 어찌 알겠소. 나는 본디 도수度數, 수학 등 숫자를 다루는 것의 학문에 어둡습니다. 비록 장자처럼 생각이 깊은 이도 아득한 우주에 관해서는 말하지 않았더군요. 이것은 내가 터득한 지식이 아니라 귀동냥이랍니다. 우리 친구 가운데 홍대용이라는 사람이 있습니다. 그는 호가 담헌인데, 학문이 좁지 않을 뿐 아니라 한곳에 머무르지도 않습니다. 일찍이 나와 함께 달구경을 하면서 장난삼아 이런 이야기를 나누었답니다. 이야기가 황당하여 종잡기 어려우나 비록 성인의 뜻을 품은 이라 해도 이 학설을 깨뜨리기는 어렵지 않을까 합니다."

기풍액은 크게 웃으며 묻는다.

"다른 사람은 꿈속에서도 갈 수 없고 만날 수도 없는 길이군요. 당신의 친구 되시는 담헌 선생께서는 이에 관한 저서가 몇 권이나 됩니까?"

나는 답한다.

"아직 저서는 없습니다. 선배 되시는 김석문조선 후기의 학자. 1658~1735. 우리나라에서 최초로 지전설, 즉 지구가 돈다는 주장을 함이란 분이 일찍이 삼환부공설三丸浮空說, 해와 달과 지구가 허공에 떠 있다는 주장을 말했는데, 그 친구가 특히 장난삼아 이 학설을 부연했습니다. 그러나 그도 실제로 보고 확인한 것이 이렇다는 것은 아니요, 또 남에게 꼭 이것을 믿으라고 한 적도 없습니다. 나 역시 오늘 밤 달구경을 하다가 문득 그 친구 생각이 나서 말을 한바탕 늘어놓고 보니, 그 친구를 만나본 듯도 합니다."

기풍액은 한족과는 다르기 때문에 담헌이 일찍이 항주의 인사들과 교류한 일을 터놓고 이야기할 수는 없었다. 기풍액이 또 묻는다.

"김석문 선생이 지은 시 중에서 아름다운 것 몇 구만 들려주실 수 없을까요?"

나는 답한다.

"그에게 아름다운 시구가 있다는 이야기는 못 들었습니다."

기풍액은 나를 이끌고 자기 방으로 들어갔다. 벌써 촛불을 네 자루나 켜놓고 큰 교자상에 음식을 잘 차려두었다. 특별히 나를 위해서 차린 것이다. 향기 나는 떡 세 그릇, 여러 색상의 사탕 세 그릇, 용안육용안의 열매.

용의 눈과 비슷하다 해서 붙은 이름·여지·땅콩·매실 서너 그릇, 닭·거위·오리 고기가 주둥이와 발이 달린 채, 또 통돼지를 껍질만 벗겨서 용안육·여지· 대추·밤·마늘·후추·호두·살구씨·수박씨 등과 섞어 쪄서 떡같이 만든 것 등이 놓여 있었다. 맛은 달고 기름진데 너무 짜서 먹기는 어려웠다. 떡이나 과실은 모두 한 자 넘게 높이 괴어놓았다. 이윽고 다 물리고는, 다시 채소와 과실만 각기 두 접시씩 차리고 소주 한 주전자를 천천히 따라 마시면서 조용히 이야기를 나누었다. 닭이 두 번이나 울어서 자리를 파한 후 숙소에 돌아와 누웠다. 이리 뒤척이고 저리 뒤척이며 잠을 이루지 못했는데, 하인들이 벌써 일어나라고 깨운다.

경신庚申
8월 14일

날이 갰다.

삼사는 밝기 전에 이미 대궐로 들어갔다. 나는 혼자 실컷 자고는 아침에 일어나 윤가전에게 갔다가 돌아와, 다시 왕민호를 찾아가 함께 시습재로 들어가서 악기 구경을 했다. 거문고나 비파는 모두 길고도 넓은데, 붉은 비단에 솜을 넣어서 주머니를 만들었고, 겉은 붉은 모직으로 쌌다.

종鍾과 경磬은 시렁에 달아맸는데, 역시 두툼한 비단으로 덮었고, 비록 축어柷敔 같은 악기라도 모두 독특한 비단으로 집을 만들어 넣어두었다. 거문고와 비파 등은 크기가 너무 크고 칠이 지나치게 두꺼웠으며, 젓

종 놋쇠로 만든 타악기의 하나

경 틀에 옥돌을 달아 뿔 망치로 쳐서 소리를 내는 악기

대와 퉁소 등은 궤짝 속에 넣고 단단히 채워 구경할 길이 없었다.

왕민호가 말한다.

"악기는 보관하기가 매우 까다로워 습기 있는 곳을 피해야 하고, 또 너무 건조한 것도 좋지 않습니다. 거문고 위에 앉은 티끌은 사자학사자 학질, 즉 사자말라리아이라 하고, 거문고 줄 위에 낀 손때는 앵무장앵무새의 독이라 하며, 생황의 부는 구멍에 말라붙은 침은 봉황과봉황의 잘못라 하고, 종이나 경에 앉은 파리똥은 나화상나병 스님이라 한답니다."

그때 얼굴이 곱게 생긴 청년 하나가 황급히 들어오더니, 눈을 부라리며 나를 보고는 내 손에 들린 작은 거문고를 빼앗아 급히 거문고 집에 넣는다. 왕민호는 두려운 얼굴로 내게 눈짓하며 나가자고 한다. 그러자 그

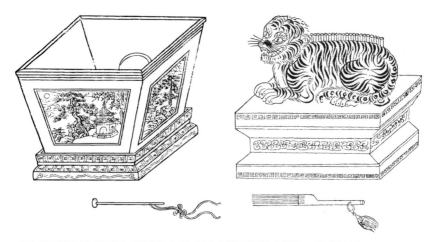

축어 축(왼쪽)과 어(오른쪽)를 아울러 이르는 말. '축'은 음악을 시작할 때, '어'는 그칠 때 울린다.

청년이 별안간 웃으면서 나를 붙들고는 청심환 하나를 달라고 한다. 나는 없다고 대답하면서 곧 나왔다. 그러자 그는 몹시 무안해하는 기색이다. 사실 내 허리 전대 속에는 여남은 개가 있었다. 그러나 그의 버릇이 괘씸하여 주지 않았다. 그는 왕민호에게 한 번 읍하고는 가버린다.

"저 친구는 누구요?"

내가 묻자, 왕민호는 답한다.

"윤가전을 따라서 연경에서 온 자랍니다."

"그가 왜 악기에 참견을 합니까?"

"아무 상관이 없지요. 다만 조선 약을 어떻게든 얻으려고 염치 불구하고 선생을 속이려 든 것이니, 마음에 두실 것 없습니다."

나는 별 생각 없이 문밖을 나섰다. 수백 필의 말이 문 앞을 지나간다. 한 목동이 큰 말에 올라앉아 수숫대 한 개비를 쥐고 따라간다. 그 뒤를 따라 소 삼사십 마리도 가는데, 코도 꿰지 않고 뿔도 잡아매지 않았다. 뿔은 모두 한 자 남짓으로 긴데, 빛깔은 푸른 것이 많았다. 또 당나귀 수십 마리도 따라가는데, 목동이 막대기로 맨 앞에 선 푸른 소를 힘껏 후려갈기니까 소가 씩씩거리며 달려간다. 그러자 다른 소들도 그 뒤를 따르는데, 마치 군대가 행진하는 듯했다. 이는 아침나절에 방목하기 위하여 끌고 나서는 것이다.

한가할 때 다니면서 살펴보니, 집집마다 대문을 열고 말이니 나귀니 소니 양을 수십 마리씩 바깥에 내놓는다. 돌아와서 우리 객사 밖에 매어 둔 말의 꼴을 보니 참으로 한심한 노릇이다. 내 일찍이 정석치鄭石癡, 정철조를 일컫는다. 석치는 그의 호이고, 벼슬은 정언이다. 술을 잘 마시고 서화에도 능했다고 함와 함께 우리나라 말의 값에 대해 이야기한 적이 있다.

내가 말한다.

"불과 수십 년이 못 가 베갯머리에서 조그마한 담배통을 말구유말먹이를 담는 그릇로 삼아 말을 먹이게 될 것이야."

그랬더니 석치가 반문한다.

"그게 무슨 말인가?"

나는 웃으면서 말한다.

"서리병아리이른 가을에 알에서 깬 병아리를 여러 번 번갈아 씨를 받아 너덧 해를 지나면 베개 속에서 우는 작은 닭이 되는데, 이놈을 침계베개 닭라고 부른다네. 말 역시 종자가 작으니 나중에는 침마베개 말가 되지 말라는 법이 있겠는가?"

그러자 석치가 크게 웃는다.

"우리가 더 늙으면 새벽잠이 자꾸만 없어질 터인데, 베개 속에서 닭 울음소리를 듣고 베개 말을 탄 채 뒷간을 가도 괜찮겠지. 그러나 요즘 세상에서는 말을 교배하는 것을 꺼려서 수놈, 암놈 할 것 없이 모두 새끼도 낳지 못하고 늙어 죽거든. 국내에 말이 그래도 몇만 필은 되는데, 그놈들을 교배하지 않으면 말이 어떻게 늘어나겠는가? 그래서 국내에서는 해마다 몇만 필을 잃게 되니, 이래서는 몇십 년이 못 가 베개 말이고 무어고 다 멸종할 것이야."

이렇게 둘이 웃으며 이야기를 나누었다.

사실 내가 연암에 살 곳을 마련한 것은 일찍부터 목축에 뜻을 두었기 때문이다.

연암에 자리를 잡으니 첩첩산중에 양쪽이 평평한 골짜기인데다가 수초가 매우 많아서 마소, 노새, 나귀 등 몇백 마리를 기르기에 넉넉했다. 나는 일찍부터 이에 대하여 다음과 같이 주장했다.

"우리나라가 이토록 가난한 것은 목축이 제대로 되지 못했기 때문이다. 우리나라에서 목장이라야 가장 큰 곳으로 제주도가 있을 뿐인데, 그곳의 말은 모두 원 세조원나라 황제 쿠빌라이. 1215~1294. 칭기즈칸의 손자로, 중국을 통일함가 방목한 종자다. 그런데 사오백 년을 두고 내려오면서 종자를 한 번도 바꾸지 않다 보니, 애초에는 용매매우 빠른 말·악와신령스러운 말와 같은 우수한 종자일지라도 결국은 과하마果下馬, 키가 작은 말로, 과일 나무 아래로 지나갈 수 있다고 해서 붙인 이름·관단마조랑말와 같은 작은 말이 될 것은 너무나 당연한 이치다.

이런 말을 대궐을 지키는 장수들에게까지 내어주니, 고금 천하에 이런 느림뱅이와 꼬마 말을 타고 적진을 향하여 달리는 꼴이 어디 있겠는가. 이것이 첫째로 한심한 일이다.

대궐 안에서 키우는 말에서 장수들이 타는 말에 이르기까지 우리나라

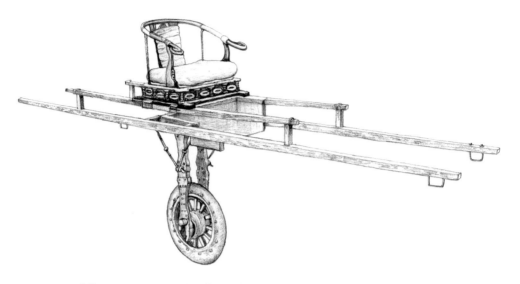

초헌 조선시대에 종2품(대사헌, 관찰사, 병마절도사 등) 이상 벼슬아치가 타던 수레

에서 나는 말은 하나도 볼 수 없고, 모두가 요동·심양 등지로부터 사들인 말이다. 한 해에 새로 태어나는 말이라고는 네댓 필에 지나지 않으니, 만일 요동·심양 길이 끊어지는 날이면 어디에서 말을 얻을 것인가. 이것이 둘째로 한심한 일이다.

임금이 거둥할 때 따르는 행렬에서 조정 백관은 말을 빌려 타거나 나귀를 타고 임금의 뒤를 따른다. 이래서는 위엄을 갖추지 못하게 되니, 이것이 셋째로 한심한 일이다.

문신들로서 초헌을 탈 수 있는 자 이상은 말을 탈 일도 없고 말을 집 안에서 먹이기도 어려워서 타는 말을 없애버린다. 그러면 자식들이 걷지 않으려고 겨우 작은 나귀나 한 마리쯤 키우게 된다. 옛날에는 백 리에 불과한 나라라도 대부쯤 되면 말이 끄는 수레 열 대쯤은 가졌다. 우리나라는 둘레가 수천 리나 되는 나라이니, 경상卿相, 임금을 돕고 모든 관원을 지휘하고 감독하는 일을 맡아보던 2품 이상 벼슬아치쯤 된다면 수레 백 대씩은 갖추어야만 할 것 아닌가. 그런데 우리나라 대부의 집안은 수레 열 대는 그만두고라도 단 두 대인들 어디에서 구할 것인가. 이것이 넷째로 한심한 일이다.

삼영三營, 조선시대에 둔 세 군영. 훈련도감, 금위영, 어영청의 초관조선시대에 한 초를 거느리던 종9품 무관 벼슬들은 다들 졸개 백 명을 거느리는데, 말 한 필을 가질 형편이 못 된다. 그러다 보니 한 달에 세 번씩 치르는 훈련 때는 삯말을 탄다. 삯말을 타고 전쟁에 나간다는 소리는 이웃 나라의 귀에 들어가지 못하도록 해야 할 만큼 창피한 일이다. 이것이 다섯째 한심한 일이다.

서울 영문에 있는 장수들이 이러할진대, 팔도에 배치한 기병이란 이름만 있을 뿐 실상은 없을 것이 뻔하다. 이것이 여섯째 한심한 일이다.

국내에 있는 역말조선시대에 각 역참에 갖추어둔 말. 관용의 교통 및 통신 수단이었음이란 모두 국산 말로, 그중에서 좀 낫다는 놈도 사신 손님을 한 번이라도 태우고 나면 죽거나 병이 들고 만다. 왜냐하면 사신들이 타는 쌍가마말 두 마리가 각각 앞뒤 채를 메고 가는 가마가 무척 무거운데다가 네 명의 교군가마를 메는 사람은 으레 말에다 몸을 얹듯 한 후 양옆에 붙어서 탄 사람이 흔들리지 않게 가마채를 붙잡고 가기 때문이다. 말 등에 실린 짐이 이토록 무거우니, 말은 짐을 피하듯이 빨리 달리지 않을 수 없고, 말이 달릴수록 짐은 더욱 눌리기 때문에 죽지 않으면 병이 드는 것이다. 이렇게 죽은 말이 나날이 늘어나니 말 값이 뛰어오를 수밖에 없다. 이것이 일곱째 한심한 일이다.

말 등에 짐을 싣는다는 것이 이미 틀려먹은 노릇이다. 우리나라에서는 수레가 다니지 못하다 보니, 관청이고 민간이고 짐이란 짐은 말 잔등이 아니고는 못 실어 나르는 것으로 안다. 그리하여 말이야 죽든 말든 많이 싣고자 욕심을 부리기 때문에 어쩔 수 없이 힘을 쓰도록 여물죽을 더 많이 먹이게 된다. 그러므로 말의 정강이는 힘을 못 쓰고 말발굽은 물씬물씬해져서 한 번만 교배를 하고 나면 뒤를 못 가누게 되므로, 요즘 세상에서는 말을 교배하여 새끼 낳는 것을 금한다. 이러하니 말이 어디서 생기겠는가. 이는 말을 다루는 솜씨가 틀렸고, 말을 먹이는 방법이 옳지 못하며, 좋은 종자를 받을 줄 모르고, 담당 관원이 말 기르는 일에 무식하기 때문이다. 그러고도 채찍을 잡고 나앉은 자마다 국내엔 좋은 말이 없다고 떠든다. 그래, 정말 국내엔 쓸 만한 말이 없단 말인가. 이런 한심한 일이 이루 다 손꼽을 수 없다.

그러면 말을 다루는 솜씨가 틀렸다는 말은 무슨 말인가? 무릇 생물의 성질은 사람과 마찬가지로 고달프면 쉬고 싶고, 답답할 때는 시원한 데를 찾고 싶으며, 굽은 놈은 펴고 싶고, 가려우면 긁고 싶다. 또한 비록 사람이 먹을 것을 주면 먹는다 하더라도, 때로는 제 마음대로 먹이를 구할 때 기쁨을 느끼는 것이다. 그러므로 말도 반드시 이따금 굴레와 고삐를 풀어놓아 물가 같은 시원한 곳에서 놀게 하여 답답증을 풀어주어야 할 것이니, 이것이 곧 생물의 성질에 따라 그 뜻을 맞추어주는 것이다.

그런데 우리나라에서는 말을 키울 때 굴레가 단단하지 않을까 염려하여 이것을 졸라매기만 하니, 빨리 몰 때에도 말은 경마 잡는 고통에서 벗어날 수 없고, 쉴 때에도 긁는 즐거움이나 땅에 뒹구는 맛을 즐길 수 없다. 또 사람과 말 사이에 뜻이 통하지 못하니 사람은 툭하면 욕을 해대기

〈임위언목방도〉 북송의 화가 이공린(1049~1106)이 그린 그림으로, 말을 방목하는 모습이 묘사되어 있다. 중국 고궁박물원 소장

일쑤요, 말은 자나 깨나 사람을 대할 때마다 살기등등하니, 이야말로 말을 다루는 솜씨가 틀렸다는 것이다.

또 말을 먹이는 방법이 옳지 못하다는 것은 무엇을 두고 하는 말인가? 무릇 목마른 고통이 배고픈 고통보다 심한 법이다. 우리나라에서는 말에게 아직도 찬 물을 먹이지 않는다. 하지만 말의 성질은 익힌 음식을 가장 싫어하니, 말에게 더운 것은 병이 된다. 콩이나 여물죽에 소금을 뿌리는 것은 먹이를 짜게 하여 물을 켜도록 하려는 것이요, 물을 켜도록 하는 것은 오줌을 잘 누도록 하기 위함이다. 또 오줌을 잘 누도록 하는 것은 몸에 지닌 열을 풀게 함이요, 냉수를 먹이는 것은 정강이를 굳세게 만들고 발굽을 단단하게 만들기 위함이다.

그런데 우리나라의 말은 삶은 콩과 끓인 죽을 먹어 온종일 달리면 벌써 열을 못 이겨 병이 난다. 그리하여 한 끼라도 건너뛰면 시들시들 몸을 못 가누며 느림뱅이 걸음을 걸어 낭패를 보기가 십상이다. 이것은 모두가 더운죽을 먹인 탓이다. 군마의 경우 더욱이나 더운죽을 먹여서는 안

된다. 이것을 가리켜 말 먹이는 방법이 틀렸다는 것이다.

또 무엇을 가리켜 종자를 잘 받지 못한다고 하는 것인가? 말이란 어떻든 크고 건장하며 빨라야 한다. 작은 종자는 못쓰는 법이요, 약해서도, 느려서도 못쓰는 법이다. 말에 무거운 짐을 싣고 먼 길을 가지 않겠다면 모르겠지만, 만일 그러고자 한다면 국내에서 나는 말로는 단 하루치 집안일도 치러내지 못할 것이다. 또한 나라의 무력을 대비하고 군의 위용을 버려두겠다면 모르겠으나, 만일 그것이 필요하다면 국산 말로는 단 하루도 나라를 방어하지 못할 것이다.

오늘날 우리와 청나라는 평화롭게 지내기 때문에 암놈, 수놈 섞어서 몇십 필쯤 구한다고 해도 저 큰 나라에서 이를 아낄 리는 없다. 만일 외국으로부터 말을 구해 사사로이 기르는 것이 의심스러워 보인다면, 해마다 드나드는 사신들 편에 은밀히 사들일 수도 있을 것이다. 그리하여 서울 근교에 널찍한 물과 풀이 좋은 땅을 골라 십 년 동안에 걸쳐 새끼를 친 다음, 제주도를 비롯해 전국에 있는 감목監牧, 조선시대에 지방의 목장에 관한 일을 맡아보던 종6품의 무관 벼슬으로 점차 퍼뜨려 종자를 개량해야 할 것이다.

또 새끼를 칠 때는 반드시 《주례》와 《예기禮記》〈월령月令〉《예기》의 한
편명. 매달의 행사에 관한 요강을 적어놓은 것을 표준으로 삼아야 한다. 《주례》
에는 대개 말을 키울 때 수놈이 사분의 일을 차지한다 했는데, 그 주석을
보면 말의 비위를 맞추어주려는 것이니, 생물은 기질이 통하면 마음도
하나가 된다고 했다. 그리고 정 사농鄭司農, 후한 때의 관리 정중을 가리킨다.
사농은 그의 벼슬 이름은 '사분의 일이라는 말은 암놈 세 마리에 수놈 한 마
리를 둔다는 말이다.'라고 했다.

〈월령〉을 보면 '늦은 봄 3월쯤 종마種馬, 씨를 받기 위해 기르는 말와 종우
種牛, 씨를 받기 위해 기르는 소를 암놈들이 있는 목장에 풀어놓는다.'라고 했
는데, 진혜전청나라의 학자은 '말 먹이는 사람이 종마를 교대하여 부리되,
그 몸을 너무 피로하지 않게 하여 기운과 혈기를 안정되게 할 것이요, 또
말을 맡은 관리는 반드시 여름에는 수놈을 다른 곳에 두어야 한다.'라고
했다. 이는 암말이 새끼를 뱄을 때는 수놈이 암놈 곁에 못 가도록 하는 것
을 말 번식의 기본으로 삼은 것이다. 이것이 모두 옛 임금들이 때를 맞춰
서 생물을 길러 생물의 제 특성을 살린다는 뜻이다.

지금 중국에서는 매년 화창한 봄날, 풀이 푸릇푸릇 돋을 때 수놈의 목
에다 방울을 달아서 방목하여 짝짓기를 하도록 하면, 수놈 임자는 그 대
가로 닷 돈씩을 받게 된다. 그리고 말이나 노새 새끼를 낳을 때 수놈으로
좋은 놈을 낳으면 또다시 닷 돈을 받는다. 반대로 낳은 새끼가 신통하지
못하거나 털빛이 좋지 못하고 길들이기도 어려울 때는 아비 말은 반드시
거세를 하여 쉽게 종자를 퍼뜨리지 못하게 한다. 이렇게 특별히 몸집이
크고 길들이기 좋은 성질의 말만 종자로 삼는다.

우리나라에서는 목장을 감독하는 관리들이 이런 생각을 못하고, 덮어

놓고 국내산 말로만 종자를 받는다. 그러니 낳으면 낳을수록 자꾸만 작은 놈만 나오게 되고, 결국에는 똥통이나 나뭇짐 한 짐도 변변히 지지 못할 정도가 됐다. 이러니 어찌 한 나라의 군사적 수요를 감당할 수 있겠는가. 이런 것이 곧 좋은 종자를 못 받는다는 것이다.

또 관직에 있는 자가 목마에 무식하다는 말은 무엇을 두고 이르는 것인가? 우리나라의 벼슬하는 양반들은 허드렛일은 알려고도 안 하는 버릇이 있다. 그래서 옛날 어디에선가 여럿이 모인 자리에서 한 사람이 말에게 콩을 좀 더 주라는 말을 마부에게 한마디 했다가 사람이 좀스럽다고 이조전랑전랑은 조선시대에 이조의 정랑과 좌랑을 달리 이르던 말에게 버림을 받은 경우까지 있었다.

최근에 한 학사조선 후기 경연청, 규장각, 홍문관에 속한 칙임 벼슬는 평소에 말을 사랑하여 말을 고르는 안목이 백락주나라 때 사람으로 말 감정을 잘했음이나 다름없었다. 그러나 사람들은 그를 가리켜 '옛날에는 양고기 잘 굽는 도위임금의 사위에게 주던 칭호가 있다더니후한 때 유현의 고사. 벼슬을 몹시 남발하여 양의 염통 요리를 하는 자에게는 도위 직책을 주었고, 양의 머리로 요리를 잘하는 자에게는 관내후 직책을 주었다고 함, 요즘 세상에는 말 잘 다루는 학사가 있네그려.' 하며 비아냥거렸다고 하니 참으로 혹독하다.

말 기르는 것을 한 나라의 큰 정책으로 다루지 않고 도리어 수치로 삼아 하인들의 손에만 맡겨두니 비록 그 직책이 감목이라고 하지만 사람은 왔다가 흘러가버리고 말기에 말 기르는 능력이라고는 전혀 얻을 수 없다. 이는 본래 능력이 없다기보다도 배우기를 꺼려하기 때문이다. 이런 것을 가리켜 관원들이 목마에 무식하다고 나무라는 것이다.

옛날 당나라 초기에 암수 섞인 말 삼천 필을 적수赤水의 언덕에서 농

우간쑤성 서쪽로 옮기고는, 태복목축을 맡은 고관 장만세에게 감목하도록 했다. 정관貞觀, 당나라 태종 때의 연호. 627~649 부터 인덕麟德, 당나라 고종 때의 연호. 664~665 에 이르는 동안 칠십만 필로 늘었다. 그 후 측천무후 때는 수가 줄어들었으나, 당 명황唐明皇, 명황은 당나라의 제6대 황제인 현종의 시호 때에도 이십사만 필이 남아 있었다. 그리하여 왕모중당 현종 때 말, 낙타 등 동물을 관리하던 인물로 본디 고려인이었음·장경순 등을 한구사목축을 담당하던 관리로 삼아 십여 년 동안 말을 키운 결과, 사십삼만 마리로 불었다. 개원開元, 당나라 현종 때의 연호. 713~741 13년725 에는 현종이 동쪽으로 가서 태산에 제사할 때 말 몇만 필을 털빛에 따라 세워놓았는데, 멀리서 보면 비단 두루마리처럼 보였다고 하니, 이는 적당한 사람을 그 자리에 앉혔기 때문이다. 참으로 말을 좋아하고 말을 잘 먹일 줄 아는 자를 얻어 말 키우는 일을 맡긴다면, 비록 말 잘 치는 학사라는 비웃음을 들을망정 태복 벼슬감으로는 안성맞춤이라고 할 것이다.”

누군가 찾아와서 묻는다.

“연암 박 선생님이 누구십니까?”

기풍액의 심부름하는 이가 나를 가리킨다. 그러자 그는 곧 내게 읍하면서 몹시 기뻐하였는데, 마치 옛날 벗을 만난 듯한 얼굴이었다. 그가 말한다.

“저는 바로 광동안찰사廣東按察使 왕신 어른의 청지기이옵니다. 우리 댁 어른께서 그저께 선생님을 만나뵙고는 퍽 기뻐하시어 내일 정오쯤 꼭 다시 찾아뵙겠다고 하시면서, 절강에서 만든 부채에 금칠로 서화 그린 것을 드리겠다고 하십니다.”

"지난번에는 왕 공의 과분한 사랑을 입고도 아무런 대접을 못했는데, 먼저 귀한 선물까지 받는다는 것은 당치 않은 일이오."

내가 이렇게 말했더니, 그가 말한다.

"제가 지금 가지고 온 것은 아닙니다. 어른께서 오실 적에 몸소 지니고 오시겠답니다. 내일 정오, 선생님께서는 부디 다른 데 출입하지 않으셨으면 합니다."

나는 고개를 끄덕인다.

"약속하지요. 그런데 댁은 고향이 어디고, 성함은 무엇인지요?"

그가 말한다.

"저는 강소 사람입니다. 성은 누屢이고 이름은 일왕一旺이며 호는 원우鴛玗라 합니다. 일찍이 왕씨 어른을 따라 광동에 갔습니다. 그런데 선생님은 고국을 떠나신 지 얼마나 되셨는지요?"

나는 답한다.

"금년 5월에 고국을 떠났소."

그랬더니 누가 말한다.

"우리 광동에 비하면 바로 문밖이나 다름없군요."

그러고는 또 묻는다.

"귀국 황제의 연호는 무엇입니까?"

"무슨 말씀이오?"

내가 되물었더니 누가 말한다.

"황제의 기원 연호 말입니다."

"우리나라는 중국의 기원을 쓰고 있으니 어찌 따로 연호가 있겠소? 금년이 곧 건륭 45년이지요."

관영통보 일본의 주화

이렇게 답했더니 누가 다시 묻는다.

"귀국의 황제는 중국과 대등한 천자가 아니옵니까?"

"만국이 한 천자를 받들고, 천지가 모두 대청大淸이요, 해와 달이 다 건륭의 시대입니다."

"그러시다면 관영寬永, 일본 고미즈노·메이쇼 천황 때의 연호. 1624~1643이니 상평常平, 상평통보에 쓰인 글자를 연호로 잘못 알고 묻는 것이다. 상평통보는 1678년부터 조선시대 유일의 법화로 통용되었음이니 하는 연호는 어디서 나온 것이옵니까?"

"그게 무슨 말씀이오?"

"바다에서 표류해온 귀국의 배에서 보았는데, 관영통보寬永通寶라는 돈을 잔뜩 실었습디다."

"그건 일본 사람들이 참칭僭稱, 분수에 넘치게 스스로를 임금이라 이름한 연호요, 우리나라의 것은 아니오."

누가 고개를 끄덕인다.

누의 행동거지라든지 말하는 태도를 보건대, 얼굴은 느긋하고 기품이 있으나 어딘지 무식해 보인다. 그가 당초 묻는 바가 무슨 깊은 뜻이 있었던 것이 아니요, 외국 돈은 본래 청나라에 들어올 수 없는 금지 품목인데, 그걸 따지려는 것도 아니었다. 그는 우리나라를 정말 천자가 있는 나라로만 알았기 때문에 지금의 연호까지 물었던 것이다. 그가 '귀국 황제' 하고 묻는 그 한마디 말로 그가 얼마나 무식한지 알 수 있고, 또 비록 관영이니 상평이니 하는 것을 우리나라의 연호로 알았다 하더라도 그것이 청황제를 참칭하는 것인 줄도 모르는 모양이다.

또 표류하던 우리나라 배가 돈을 실었다는 사실은 이상한 일이 아니지마는, 관영통보를 한 배나 가득 실었을 리야 어디 있겠는가. 그는 필시 관영통보를 본 적이 있는데다가 다시 상평통보를 구경한 것이 뒤범벅이 되어 모두 우리나라 돈인 줄만 알았던 모양이다.

그는 정말 우리나라가 중국의 달력을 쓰는 줄도 몰랐고, 돈을 보고는 우리나라에도 연호가 있는 줄로만 알았던 것이 분명하다. 그러니 특별히 다른 의심을 갖고 내 속을 떠보려고 물었던 것은 아니었다.

차를 다 마시고 난 누가 거듭 부탁한다.

"내일은 부디 다른 데 출입을 말아주십시오."

내가 고개를 끄덕인즉, 그는 섭섭해하는 빛을 보이면서 한 번 읍하고 떠난다.

나는 수역을 보고 묻는다.

"돈을 금하는 것은 대관절 무슨 까닭인가?"

수역이 답한다.

"법으로 정한 것은 아니지만, 우리나라에서는 중국 돈 쓰는 것을 금했고 또 작은 나라로서 돈을 따로 만들어 쓴다는 것은 온당한 일이 아닐까 합니다."

나는 말한다.

"옛날 제나라의 태공강태공이 돈을 관장하는 구부九府, 모든 재물과 돈을 관리하는 아홉 곳의 관부를 두었지만, 주나라 천자가 이를 금한 적은 없다. 또 돈을 쓰기 시작한 것이 숙종 경신년1680이니까 올해로 벌써 백일 년이나 지났는데, 청나라 초기에 두 나라가 맺은 약조에도 이런 것을 금하는 법이 있지는 않았다. 우리나라에서는 세종 때 돈을 만들어 한 칠팔 년 동안 썼는데조선통보朝鮮通寶를 가리킨다. 1423년(세종 5)에 조선통보를 유통시켰으나 그 양도 부족하고 백성도 사용을 꺼려 실패로 돌아감, 민간에서 불편하다고 하여 다시 저폐楮幣, 여말선초 시기에 닥나무 껍질로 만들어 쓰던 종이돈를 쓰게 됐다. 그 후 인조 때 와서 두 번째로 돈을 만들었다가 그만두었는데1633년(인조 11)에 다시 조선통보를 만들었으나 이 또한 실패로 돌아감, 이 모두 민간에서 불편하다 해서 그런 것이지 청나라를 두려워하여 그랬던 것은 아니다. 이제 함경도 지방은 돈을 금하고 대신 무명을 돈으로 삼아 쓰고 있는데, 이는 국경이 가까워서 그런 것이다. 반면에 관서關西, 평안도와 황해도 북부 지방에서는 의주로부터 압록강 가의 여러 고을에 이르기까지 아직 한 번도 돈을 금한 적이 없으니, 이것도 알쏭달쏭하여 종잡을 수 없는 일이다. 그런데 표류한 우리나라 배에 실린 돈을 금한다는 말은 무슨 말인가?"

수역이 답한다.

"그렇습니다. 지금도 사역원외국어의 번역과 통역에 관한 일을 맡아보던 관아에서는 몇 해를 두고 좋은 방도를 찾고 있으나 중국 돈을 사용하는 것

오수전 전한 무제 때 쓰던 동전. 무게를 나타내는 '오수五銖'라는 문자를 넣은 것이다. 당나라 고조 때 없앴다.

보다 좋은 방법은 없을 듯합니다. 우리나라 은은 갈수록 귀해지고 중국의 물건 값 또한 날로 비싸지니, 사역원의 손해는 막심하지요. 지금 은 한 냥으로 중국 돈 칠 초鈔를 바꾸는데, 만일 중국 돈을 사용한다면 우리나라에서는 돈을 만들 필요도 없이 돈이 저절로 흔해질 테니 이익은 클 것입니다."

주 주부가 이렇게 말한다.

"조선통보조선 세종 5년(1423)에 쇠로 만든 엽전. 널리 유통되지는 못했음는 한나라의 오수전五銖錢 보다 더 잘 만들었을 뿐 아니라, 가장 오래된 돈이기 때문에 귀신이 붙어 점치는 돈으로 쓴다네."

내가 묻는다.

"오래돼서 귀신이 붙다니?"

주 주부가 말한다.

"조선통보는 기자조선 때 만든 것이니, 중국 사람들이 당연히 귀한 보물로 삼을 텐데 애석하게도 못 가지고 왔네."

내가 설명한다.

"이건 세종 때 만든 돈이야. 기자 때 해서楷書, 한자 서체의 하나가 어디 있었단 말인가? 송나라 동유가 만든《전보錢譜》에 우리나라 돈이 네 가지 실렸는데, 삼한중보三韓重寶·삼한통보三韓通寶·동국중보東國重寶·동국통보東國通寶였지. 조선통보는 실리지 않았네. 이것을 보면 그 돈이 오래된 돈이 아닌 것을 알 수 있지."

삼한중보(왼쪽)와 삼한통보(오른쪽) 고려 숙종 때 쓰던 엽전. 물물교환이 더 활발했기에 오래 유통되지는 못했다.

동국중보(왼쪽)와 동국통보(오른쪽) 고려 숙종 때 만든 엽전. 둥근 모양에 네모난 구멍이 뚫린 형태가 일반적인 것은, 하늘은 둥글고 땅은 네모나다는 동양적 사고 때문이다. 국립중앙박물관 소장

오후에는 세 명의 사신이 대성전에 나아가 배알했다. 주자의 위치를 높여 십철十哲, 공자의 제자 가운데 뛰어난 열 사람을 이름의 아랫자리에 모셔 두었다.

위패는 모두 반드르르하게 붉은 칠을 하고 금자로 썼는데, 옆에 만주 글자를 병기했다. 대성문 바깥벽에는 강희·옹정 황제와 지금 황제건륭황제의 훈시와 황제가 친히 지은 학규學規, 학교의 학과, 편제, 교과 과정, 입학, 졸업, 상벌 따위에 관한 규칙. 학칙를 검은 비석에 새겨 둘러 세워두었다. 마당의 비석은 작년에 세웠다는데, 역시 황제가 세운 것이라 한다. 대성전 뜰에는 한 길 남짓 되는 향정향을 피우는 자그마한 화로을 두었는데, 새겨 넣은 솜씨가 말할 수 없이 정교했다. 전각 안에는 위패의 앞마다 작은 향로를 하나씩 두었는데, 모두 건륭기해제乾隆己亥製, 1779년에 제작라고 새겨져 있다.

위패의 앞에는 붉은 운문단구름무늬를 놓은 비단 휘장을 드리웠고, 양쪽 행랑채 안 위패들 앞에 차려놓은 것도 본전의 내용과 다름없이 장엄하고도 화려한 품이 이루 다 형용할 수 없었다.

삼사는 돌아온 후 각기 청심환 몇 알과 부채 몇 자루씩을 거인 추사시와 왕민호에게 보냈다.

숭정 갑술년1634 6월 20일에 명나라 칙사임금의 명령을 전달하는 사신 노유령이 우리나라로 나왔는데, 그는 환관이었다. 나흘 후인 24일, 그는 성균관에 나아가 참배를 하면서 참렬했던 유생들에게 백금 오십 냥을 내놓은 일이 있었다. 지금 우리나라 사신들이 큰 나라에 와서 성묘聖廟를 배알하면서 공부하는 두 거인에게 변변치 못한 환약과 부채 따위를 선물로 보내니, 참으로 부끄러운 일이다. 나는 두 선비가 있는 숙소를 찾아가 말한다.

"창졸간에 나선 나그네의 처지라 아무것도 지닌 것이 없습니다. 이에 변변하지 못한 환약과 부채를 올리게 되니 부끄럽기 짝이 없습니다."

그러자 두 거인은 허리를 굽히고 사례를 한다.

"주인 된 도리로 안내를 한 것이 무슨 수고라고 하겠습니까. 여러분께서 이토록 분에 넘치는 선물을 주시니 충심으로 감사합니다."

저녁을 먹은 뒤에 왕민호가 학도 아이를 시켜 붉은 종이에 쓴 편지 쪽지를 한 장 보내왔다. 거기에는 이렇게 적혀 있다.

"왕민호는 삼가 연암 박 선생님께 부탁을 드립니다. 수고스러우시겠으나 여기 천은天銀 두 냥을 보내오니 청심환 한 알만 사주시면 감사하겠습니다."

나는 보내온 은을 곧 돌려보내면서 진짜 청심환 두 알을 보냈다.

저녁 어스름에 황제로부터 사신은 연경으로 돌아가라는 명령이 떨어졌다. 일행은 서둘러 밤이 이슥하도록 길 떠날 채비를 차렸다. 밤에 기풍액과 작별했다.

기풍액이 말한다.

"18일에 열하를 출발하여 25일에는 연경에 도착한 후 26, 27, 28일 사흘 동안은 두루 작별 인사를 다닐 것입니다. 그 후 9월 6일에는 선산에 성묘를 갔다가 9일에는 집으로 돌아와 11일에는 귀주貴州로 떠날 터인데, 떠나기 전날은 집에서 기다릴 테니 꼭 왕림해주십시오."

나는 응낙했다. 다시 왕민호에게 작별 인사차 들렀다. 왕민호는 눈물지으며 말한다.

"이 밤에 이별을 하면 또 뵈올 기약이 있겠습니까? 하물며 내일 보름달 밤에는 그 심회를 어찌하오리까?"

이는 추석날 밤에 명륜당에서 만나 이야기를 하자고 약속했기 때문이다. 다시 학성의 처소를 찾았더니, 학성은 다른 곳에 나가고 없어 서운하기 짝이 없었다. 다시 윤가전에게 들렀더니 윤가전이 눈물을 닦으면서 말한다.

"내 나이 너무 늙어 이제 아침 이슬이나 다름없어 언제 사라질지 모릅니다. 그러나 선생은 아직 한창때이니 또다시 연경에 오신다면 당연히 오늘 밤 생각이 떠오르시겠지요."

그러고는 술잔을 들어 달을 가리키면서 말한다.

"달 아래 이렇게 이별을 하게 되니, 훗날 만 리 밖에 계신 선생이 그리울 적엔 저 달을 보고 선생을 대하듯 하겠습니다. 보아하니 선생은 술도 잘 자시고 또 한창 시절이라 여인도 찾으실 텐데, 이제부턴 부디 몸조심하시어 수련의 길을 찾도록 하십시오. 저는 18일에 연경으로 돌아갈 테니, 선생이 만일 그때까지 귀국하지 않으셨거든 다시 한 번 찾아주십시오. 동단패루 둘째 골목 둘째 집, 대문 위에 대경大卿, 대리시경 편액이 붙어 있는 것이 저의 집입니다."

우리는 서로 악수하고 하직했다.

다시 연경으로 돌아오는 길의 기록

8월 15일에 시작하여 20일에 마쳤다.
모두 엿새 동안이다.

환연도중록 還燕道中錄

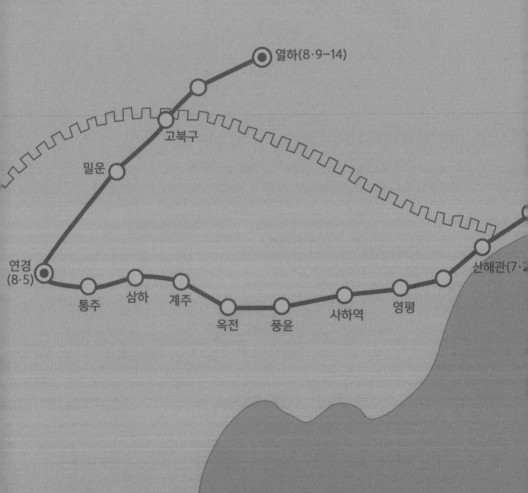

청

열하(8·9~14)

고북구

밀운

연경
(8·5)

통주   삼하   계주

옥전   풍윤   사하역   영평   산해관(7·2

신유辛酉
8월 15일

날씨가 맑고 잠깐 서늘했다.

사신들이 서로 의논한다.

"마땅히 연경으로 돌아가야 할 것입니다. 그런데 예부에서는 우리에게 알리지도 않고 몰래 정문呈文, 하급 관아에서 동일한 계통의 상급 관아로 올리는 공문의 내용을 고쳐 올렸다고 합니다. 이는 비단 눈앞에 일어난 일만이 해괴할 뿐 아니라, 이를 그대로 두고 바로잡지 않는다면 장래의 폐단도 클 것입니다. 그러니 마땅히 다시 예부에 글을 제출하여 그들이 몰래 고친 것을 밝힌 연후에 길을 떠나야겠습니다."

그러고는 곧 역관에게 시켜서 예부에 글을 제출했다. 그러자 제독이 크게 두려워했는데, 덕상서德尙書에게 먼저 알렸기 때문인 듯하다. 상서 등도 크게 두려워하여 우리에게 위협을 가하면서 올린 글을 펴보지도 않고 물리친다.

"이 일의 잘잘못을 우리 예부에 넘기고자 하는 것인가? 예부가 죄를 받는다면 너희 사신인들 무사하겠는가. 그리고 너희가 올린 정문이야말로 내용이 모호하여 성의를 표한 뜻이 전혀 없어, 내 너희를 위하여 여러 가지 방법을 써서 꾸며 진달해서 그 영광스럽고 감격한 뜻을 펴주었다.

그런데도 너희는 도리어 이렇게 한단 말이냐. 이는 실로 제독의 과오가 더 크다고 하겠다."

사신이 그제야 제독을 불러 예부의 사정을 상세히 물은즉, 그 이야기가 몹시 장황해서 알아듣기 어려워 한참 동안을 멍한 채 있었다.

예부에서는 우리에게 사람을 보내어 곧 길을 떠나라고 재촉한다.

"사신 일행이 떠나는 시간을 적어서 곧 위에 아뢰겠소."

이렇게 떠나기를 재촉하는 까닭은 다시 글을 제출하지 못하게 하려는 것이다.

아침밥을 먹고는 곧 길을 떠났는데, 해는 벌써 정오를 지났다. 돌이켜 생각하건대, 저 뽕나무 아래에서 사흘 밤만 묵어도 인연을 끊지 못한다는데출가한 승려도 마을 어귀 뽕나무 아래서 사흘을 지내고 나면 속세에 대한 그리움이 생겨난다는 이야기에서 비롯한 말, 하물며 나는 우리 공자님을 모시고 엿새 밤을 지냈음에랴. 더군다나 그 자고 나온 곳이 신선하고 화려하여 잊히지를 않는다. 내 일찍부터 과거를 포기하여 하찮은 진사 자리 하나도 얻지 못했으며, 비록 성균관에서 공부를 하고자 했으나 그 또한 이루지 못했다. 그런데 이제 갑자기 나라를 떠나서 만 리 머나먼 변방 밖에 와 엿새 동안을 지내고 나니 마치 본래 이곳에 있었던 듯하니, 이 어찌 우연한 일이겠는가. 또한 우리나라 선비 중에 멀리 중국 한복판을 거닐어본 이로서 신라의 최치원통일신라시대의 학자. 857~?. 당나라로 유학하여 빈공과에 합격했다. 후에 귀국해 정치 개혁을 추진했음이나 고려의 이제현고려 말기의 문신이자 학자. 1287~1367. 1314년 충선왕의 부름을 받고 원나라에 들어갔음이 있으나, 그들은 서촉西蜀과 강남江南의 땅은 두루 밟았으되 이 북쪽 변경까지 와본 적은 없다.

그때부터 천백여 년이 지나는 동안 몇 사람이나 이곳에 걸음을 했는지는 모르겠지만, 나의 이번 걸음에는 기정송나라의 문인 왕증과 부필·영빈송나라의 시인 소철의 수레 자국과 말 발자국이 모두 선하게 눈앞에 펼쳐졌으니왕증과 부필, 소철이 북쪽 변경 지방을 거쳐 거란 땅에 다녀온 사실을 가리킴 아아, 슬프도다. 사람이 이 세상에 나서 기약 없음이 이러할 줄이야 어찌 알았겠는가.

광인점·삼분구를 거쳐 쌍탑산에 이르러 말을 멈추고 한 번 바라본즉, 기이하고 놀랍기 짝이 없다. 바위의 결과 빛이 마치 우리나라 동선관洞仙館, 황해도에 있는 객사의 사인암바위 이름과 같고, 높이 솟은 탑은 금강산의 증명탑證明塔과 같이 뾰족하게 둘이 마주 서 있는 모습이다. 탑은 아래위의 너비가 똑같아서 기대지도 않고 떠받치지도 않으며 기울지도 않고 치우치지도 않은 채, 똑바르고 엄중하며 정교하고 화려하면서도 웅장하고 특별해 햇빛과 구름에 서린 기운이 마치 비단처럼 찬란할 뿐이다.

난하를 건너서 하둔에서 묵었다. 이날은 모두 사십 리를 걸었다.

임술壬戌
8월 16일

날이 갰다.

아침에 일찍 길을 떠나 왕가영에서 점심을 먹고 황포령을 지날 때였다. 스무 살 남짓 된 귀족 청년 하나가 붉은 보석과 푸른 깃으로 장식한 모자를 쓰고 검은 말을 탄 채 달려간다. 한 사람이 가는데 말을 타고 따르는 자가 삼십여 명이나 된다. 모두 금빛 안장을 얹은 준마에 의관의 차림이 선명하고도 화려하다. 누구는 활을 메고 또 누구는 조총을 멨으며, 또 다른 사람은 차 그릇을 받들었고, 화로를 든 자도 있다. 모두가 번개처럼 달리면서도 벽제지위가 높은 사람이 행차할 때 잡인의 통행을 금하던 일 소리 한마디 내지 않고, 다만 말굽 소리만이 들릴 뿐이다. 그를 따르는 시종에게 물었더니, 이렇게 대답한다.

"황제의 친조카 예왕豫王이십니다."

그 뒤에는 태평거가 따라가는데, 힘센 노새 세 필이 끈다. 초록빛 천으로 겉을 가리고 사면엔 유리를 붙여서 창을 내었으며, 그 위는 파란 실그물로 엮고 네 모서리에는 술을 드리웠다. 일반적으로 귀족이 타는 가마나 수레는 모두 이렇게 꾸며서 그 계급을 표시했다.

수레 속은 보일 듯하나 보이지는 않고 다만 여인의 소리가 흘러나온다. 얼마 아니 되어 노새가 멎고 오줌을 누자 우리 말도 오줌을 눈다. 수레 속에서 여인들이 북쪽 차창을 열고 다투어가며 얼굴을 내미는데, 아름답게 꾸민 머리에는 구름이 서린 듯하고, 귀에 달린 노란 꽃과 파란 줄 구슬은 별이 흔들리듯, 꿈인 듯 얽혀 있다. 그 아름다움과 화려함이 마치 낙수의 놀란 기러기와 같은데, 여인들은 잠자코 창을 닫고 선뜻 가버린다. 여인은 모두 세 명인데, 예왕을 모시는 궁녀라고 한다.

마권자에 이르러서 묵었다. 이날은 총 팔십 리를 걸었다.

계해癸亥
8월 17일

날이 개고 따뜻하다.

새벽에 길을 떠나 청석령을 지날 때였다. 때마침 황제가 계주 동릉東陵,
청나라 황제의 능으로, 강희·옹정·건륭 황제 등의 능이 있음에 거둥할 예정이어
서 이미 도로와 교량을 닦아놓았다. 길 가운데에는 치도馳道를 쌓고, 각
고을에서 미리 역군을 징발해 높은 데는 깎고 깊은 곳은 메워놓았다. 길
은 맷돌로 다지고 흙손으로 발라 마치 옷감을 펴놓은 듯 바르다. 푯말을
세웠으되 조금이라도 굽은 것이 없고 기운 것도 없다. 치도의 너비는 두
길이요, 좌우의 좁은 길은 각기 한 길 남짓하다.

《시경》에 "주나라 가는 길이 숫돌처럼 바르구나."라고 했는데, 이제 이
길이 숫돌과 같으니, 그 짓는 비용이 적지 않을 것이다.

흙을 메고 물을 지고 다니는 이들이 가는 곳마다 무리를 이룬다. 길이
허물어지면 즉시 흙으로 보수하되, 한 번 말굽이 지나간 곳은 벌써 흙손
질을 한다. 또 나무를 새끼로 어긋나게 묶어 사람들이 치도 위로 다니지
못하도록 막아놓았다. 그러나 우리나라 사람들은 그 나무를 거꾸러뜨리
고는 줄을 끊은 채 가버린다. 나는 곧 마부에게 타일러 치도 밑으로 가게
했다. 이는 감히 할 수 없어서가 아니라, 차마 못할 일이기 때문이다.

치도 천자의 전국 시찰이나 거둥, 군사적 목적으로 사용한 길. 사진은 진시황 때 북쪽 흉노족의 침략에 대비하기 위해 장수 몽염이 조성한 치도다.

천록 고대 중국의 상상 속 동물. 사슴 또는 소와 비슷하며 꼬리가 길고 외뿔을 가졌는데, 악을 물리친다고 하여 도장이나 묘비에 새기기도 한다.

　길 한편에는 두어 걸음마다 돌담을 쌓았는데, 높이는 어깨에 닿을 정도이고 너비는 대략 여섯 자쯤 된다. 마치 성에 성가퀴가 있는 듯하다. 교량은 난간이 없는 게 없고, 돌난간에는 천록天祿이나 사자 모양을 세웠는데, 모두들 입을 벌리고 있어 살아 움직이는 듯하고, 나무 난간은 단청이 눈부시다.

　강물이 넓은 곳엔 나무를 짜서 둘레는 한 칸 정도, 길이는 한 길쯤 되는 광주리 모양을 만든 후, 물가의 자갈을 채워 물속에 굳게 꽂아서 다리 기둥을 만들었다. 또 난하나 조하에는 모두 수십 척의 큰 배를 띄워서 부교浮橋로 삼았다.

　삼간방에서 아침을 먹기 위해 우리 일행이 가게에 들렀을 때였다. 어

부교 배나 뗏목 따위를 잇대어 매고, 그 위에 널빤지를 깔아서 만든 다리. 다리의 몸체를 받치는 기둥(교각)을 사용하지 않는다.

제 길에서 만난 예왕이 관왕묘에 들렀는데, 우리가 든 가게와 아래위 사이다. 그들은 모두 다른 가게에 흩어져 떡·고기·술·차 따위를 사서 먹곤한다. 나는 우연히도 관왕묘를 구경하기 위해 걸어갔는데, 문에는 지키는 사람이 하나도 없다. 뜰 안이 찬물을 끼얹은 듯 사람 하나 없이 괴괴했다. 나는 애당초 예왕이 거기에 머물고 있는 줄 몰랐던 것이다. 뜰 가운데에는 석류가 주렁주렁 달려 있고, 키 낮은 소나무는 용이 서린 듯 굼틀굼틀한다.

내가 그곳을 바장이며 두루 구경하고 섬돌을 디디고 마루턱으로 오르려는 즈음, 한 아름다운 청년이 모자를 벗은 채 맨머리로 문밖으로 쫓아나와 나를 보고 웃으며 말한다.

"신쿠."

이 말은 수고가 많다는 뜻이다. 나는 답한다.

"하오아."

이는 곧 안부를 묻는 인사말이다.

그 섬돌 위에는 아로새긴 난간이 있고, 난간 아래에는 의자 두 개가 놓여 있다. 그 가운데에 붉은 탁자를 놓고는 "쥐이쥐."라고 하는데, 이는 주인이 손님에게 앉으라고 청하는 말이다. "칭쥐 칭쥐."라고도 하고 "쥐저 쥐저."라고 거듭 부르기도 하려니와 "칭 칭 칭."이라고 잇달아 말하기도 하는데, 이는 정중하고도 간곡한 표현이다. 길을 오면서 어떤 집에 들어가건 주인들이 다 그러하니, 이는 손님을 접대하는 의식이다.

그 청년이 모자를 벗고 사복을 입었으므로 나는 애초에 그가 주지승이 아닌가 했는데, 자세히 살펴본즉 아무래도 예왕인 듯하다. 그래도 나는 아는 척하지 않고 무심히 바라보고, 그 역시 교만하거나 지체 높은 티를 보이지 않았다. 그러나 그의 얼굴이 붉은빛으로 부풀어 오른 것을 보니 아침 술을 많이 마신 듯하다. 그는 곧 직접 술 두 잔을 따라서 나에게 권한다. 나는 연거푸 두 잔을 마셨다. 그가 나에게 묻는다.

"만주말을 할 줄 아십니까?"

내가 답한다.

"모릅니다."

그런데 그가 별안간 난간 밑을 향해서 토하자, 술이 마치 폭포처럼 쏟아진다. 그러고는 문안을 돌아보며 말한다.

"아, 시원하다!"

그때 웬 늙은 환관 하나가 방 안에서 담비 갖옷 한 벌을 갖고 나오더니,

나에게 나가라고 손짓을 한다. 나는 곧 일어나서 나오며 난간머리를 돌아본즉, 그는 여전히 난간에 매달려 있다. 그의 행동은 몹시 경박하고 얼굴은 유달리 창백하여 조금도 위엄이 보이지 않으니 마치 시정잡배의 자식 같았다.

아침밥을 먹은 후 곧 떠나서 수십 리를 나아갔다. 그때 뒤에서 백여 명이나 되는 말 탄 사냥꾼이 멀리 산 밑을 바라보며 달리는데, 십여 명의 사냥용 매를 안은 자들이 산기슭으로 흩어져간다. 한 사람은 큰 매를 안았는데, 매의 다리는 마치 사냥개의 뒷다리처럼 살지고, 누런 비늘이 정강이에 번쩍인다. 검은 가죽으로 머리를 싸매고 눈을 가렸으며, 나머지 매도 모두 눈을 가렸다. 행여나 어떤 물건이 매의 눈에 띄면 퍼덕이다가 다리에 상처를 내거나 위협을 느낄까 봐 그런 것이다. 또 그렇게 해야만 눈의 힘을 기르는 동시에 사나운 성질을 그대로 지니기 때문이다.

나는 말에서 내려 모래 위에 앉아서 담뱃대를 털어 불을 붙였다. 그러자 활과 화살을 몸에 두른 자 하나가 역시 말에서 내려 담배를 넣더니 담뱃불을 청한다. 나는 그에게 말에 대해 물었다. 그가 답한다.

"황제의 조카 예왕께옵서 열다섯 살 되는 황손과 열한 살 되는 황손 둘을 데리고 열하로부터 연경으로 돌아오는 길에 사냥하시는 것이옵니다."

내가 묻는다.

"그럼, 소득이 얼마나 되오?"

그는 답한다.

"사흘 동안 겨우 메추리 한 마리를 얻었답니다."

그때 별안간 옥수숫대 꺾이는 소리가 나며 등골이 서늘해지는데, 말 탄 이 하나가 밭 가운데로부터 나는 듯이 달려 나온다. 화살을 힘껏 잰 채 안장 위에 엎드려 달리는 그의 희디흰 얼굴은 눈처럼 눈부시다. 담배 태우던 자가 그를 가리키며 말한다.

"저분이 열한 살 된 황손입니다."

그는 토끼 한 마리를 쫓아 달리는데, 토끼가 달리다가 모래 위에 넘어지더니 누워서 네 발을 모은다. 이에 말을 급히 달려 쏘았으나 맞히지 못했다. 토끼는 다시 일어나 산 밑으로 도망친다. 그제야 백여 명이 달려가 에워싼다. 아득한 평원에 먼지가 공중에 일고 총소리가 진동한다. 그런데 무리는 별안간 포위했던 것을 풀고 가버린다. 먼지 속에 일단의 무리가 이리저리 돌더니 이윽고 사라진 것이다. 토끼를 잡았는지는 모르겠으나, 말 달리는 법에 대해서만큼은 어른이나 아이를 불문하고 모두 타고난 천재들이다.

국경에서 연산관에 이르기까지는 높은 산과 험한 고개가 많고 숲이 울창하여 가끔 새들이 지저귀더니, 요동에서 연경까지 이천 리 사이에는 공중에 나는 새도 끊기고 땅에서 달리는 짐승도 보이지 않았다.

때마침 장마가 지나고 날씨가 찌는 듯하나, 벌레나 뱀이 숲속을 다니는 것도 보지 못했거니와, 개구리 우는 소리도, 두꺼비가 뛰는 것도 보이지 않았다. 벼가 한창 익어갈 때지만 참새 한 마리 날지 않고 물가 모래톱 근방에도 물새 한 마리 보이지 않는다. 다만 이제묘백이와 숙제의 묘 앞 난하에 이르러서야 비로소 두 쌍의 갈매기를 보았다. 까마귀·까치·솔개 따위는 흔히 도시 가운데 모여드는 것인데도 연경에선 역시 드물게 보이니, 우리나라 새가 하늘을 가릴 만큼 새까맣게 나는 것과는 다름을 느꼈다.

애초에 이곳 변방 수렵지에는 새와 짐승이 많으리라 여겼는데, 이제 이곳의 모든 산에 초목도 없고 새 한 마리도 날지 않는 것을 보니, 비로소 오랑캐가 사냥하면서 살아가는 모습이 어떨지 알 것 같았다. 그러니 그들이 장차 어느 곳에서 사냥을 할 것인가? 짐승이 멸종됐다는 것은 이치에 맞지 않으니, 짐승이 머무는 숲이나 연못이 따로 있는지는 알 수 없다.

강희황제가 황위에 오른 지 이십 년 만에 오대산에 놀러 갔을 때 범이 숲속에서 뛰어나오자, 황제가 친히 쏘아서 죽였다. 그때 산서도어사山西都御史 목이새와 안찰사 고이강이 황제에게 여쭈어 그 땅 이름을 석호천射虎川, 석射은 '쏠 사'로 읽기도 하고 '맞힐 석'으로 읽기도 한다. 여기서는 황제가 호랑이를 맞힌 물이라는 뜻에서 '석호천'으로 읽어야 함이라 하고, 범의 가죽은 대문수원大文殊院에 간직하여 오늘날까지 전하고 있다. 그는 또 친히 화살 서른 개를 쏘아서 토끼 스물아홉 마리를 잡았고, 송정松亭에서 사냥할 때에는 큰 범 세 마리를 쏘아 죽였는데, 이것들을 그림으로 그려서 민간에서 팔고 사니, 참으로 귀신같은 실력이 아닐 수 없다.

여러 공자들이 사냥할 때 빨리 달리는 것을 구경하니, 그들의 집안 내력이 그런 것을 알겠다. 만일 그때 옥수수 밭에서 범 한 마리가 뛰어나왔더라면 그가 기뻐했을 뿐만 아니라, 만 리 먼 곳에서 온 나에게도 참으로 유쾌한 구경거리였을 텐데, 그렇지 못한 것이 안타깝다.

장성 밖에 다다르니, 산에 잇달아서 성을 쌓은 것이 보이는데, 높고 낮음이 많을 뿐 아니라 구불구불하다. 그 요충지에는 속이 텅 빈 돈대를 세웠는데, 높이는 예닐곱 발, 너비는 열네댓 발이나 됐다. 대체로 요충지에는 돈대가 사오십 걸음에 하나씩 있고, 완만한 곳에는 이백 걸음에 하나씩 있다. 돈대마다 백총百總, 현대의 소대장이 지키고, 열 돈대를 천총千總, 중대장에 해당함이 지킨다.

또한 일이 리마다 방울을 두고 울려, 만일 한 사람에게 일이 일어나면 좌우에서 횃불을 들어 서로 전한다. 그리하여 수백 리 떨어진 사이에도 순식간에 알아채고 준비하게 되는데, 이는 모두 척남궁명나라의 장수 척계광이 전해준 책략이라고 한다.

옛날 전국시대에도 장성이 있었다. 조趙나라의 이목李牧, 전국시대 조나라의 명장이 흉노를 크게 깨뜨려 십여만 명의 기병을 죽이고 첨람전국시대에 지금의 산시성山西省 서북쪽에 있었던 부족을 전멸했으며, 임호북쪽 이민족의 하나·누번북쪽 이민족의 하나 등을 격파하고 장성을 쌓았다. 그런 다음 대代와 음산에서 고궐에 이르기까지 요새를 만들어 운중, 안문, 대군 등의 여러 고을을 설치했다. 그 후 진秦나라는 의거간쑤성 지방에 있던 부족를 복속시킨 뒤에 농서, 북지, 상군 등지에 장성을 쌓아서 오랑캐를 막았으며, 연燕나라 또한 동호북쪽 이민족의 하나를 깨뜨려서 천 리를 넓히고 역시 장성을 쌓았는데, 조양에서 양평에 이르기까지 상곡·어양·우북평·요동 등의 여러 고을을 설치했다. 그리하여 진·연·조, 세 나라가 북쪽·동쪽·서쪽 세 방면에 각기 장성을 쌓았는데, 이를 연결하면 만 리나 됐다. 진秦나라가 천하를 통일한 후 몽염진나라의 장수로 만리장성을 완성함에게 장성을 축조하되 지세를 따라 험한 곳을 이용해 요새를 쌓도록 했다. 그리하여 임조에서 요동에 이르기까지 만 리에 걸쳐 장성이 연결되니, 몽염이 옛 성을 모두 더하고 고친 것인지, 아니면 연·조의 옛 성터에 새로 쌓은 것인지는 알 수 없다.

몽염은 "이 성은 임조에서 시작하여 요동까지 달려 나간다. 그렇게 이 성이 만여 리에 뻗은 그 사이에 지맥을 끊지 않을 수 없었을 것이다."라고 했다몽염은 후에 무고를 당해 사형에 처해지게 됐다. 몽염은 자신을 변명했으나 통

만리장성 만리장성이 축조되기 시작한 시기는 춘추전국시대다. 북방 이민족의 침략을 방어하기 위해 각기 다른 제후국이 부분적으로 세운 성들을 진시황이 연결해 장성으로 만들었고, 그 후에도 지속적으로 쌓았다. 오늘날의 만리장성은 명나라 때 완성된 것이다. 지도상 길이는 약 2700킬로미터, 지형의 높낮이를 고려하면 실제 길이는 6000킬로미터가 넘는 것으로 알려져 있다. 사진은 북경 북서쪽에 위치한 거용관으로 만리장성의 관문이자 요새다. 최근에 건설된 도로와 철로를 가로지르고 있는 만리장성의 위용을 엿볼 수 있다.

하지 않았다. 그는 '내 죄는 죽음에 이를 만하오. 임조에서 요동에 이르기까지 1만 리의 장성을 쌓으면서 사람인들 얼마나 죽였을 것이며, 지맥인들 얼마나 끊어놓았겠는가. 길을 뚫기 위해 백성의 노고를 무시하고 충성이라는 이름으로 인간을 혹사했던 거요.'라고 하며 기꺼이 사약을 받았다고 함. 또 사마천한나라 때의 역사가로《사기史記》의 저자이 북쪽 변방에 가서 몽염이 쌓은 장성을 보게 됐는데, 그 역과 망루 그리고 돈대가 모두 산을 끊고 골을 메운 것을 보고는 그가 백성의 힘을 낭비했음을 책망했다. 그렇다면 이 성은 정말 몽염이 쌓은 것이 아닐까.

성은 모두 벽돌로 쌓았으며, 벽돌은 모두 한 기계에서 찍어낸 것으로 두께나 크기에 조금의 차이도 없다. 또 성 밑의 돈대는 돌을 다듬어서 쌓았으되 땅 밑에 포갠 것이 다섯 단이요, 땅 위에 포갠 것이 세 단이라고 한다. 돈대는 가끔 무너진 곳이 있었다. 그 높이는 댓 길쯤 되나 흙을 섞지 않고 오로지 벽돌에 석회를 발라 세웠다. 석회는 종이처럼 얇아서, 벽돌을 이어 붙인 것이 마치 나무에 아교를 칠한 듯싶다.

성의 안팎 또한 대패로 깎은 듯 반듯한데, 아래는 넓고 위는 좁아서 비록 대포와 충차衝車라도 쉽게 부수기는 어려웠을 것이다. 그 바깥 벽돌은 많이 이지러졌으나 속에 쌓은 것은 그대로 남아 있었다.

담핵담이 살가죽 속에 뭉쳐서 생긴 멍울을 다스리려면 천 년 묵은 석회에 초를 타서 떡처럼 만들어 붙이면 되는데, 오래된 석회로는 장성이 으뜸인 까닭에 사신이 오갈 때는 으레 이를 구했다. 내가 젊었을 때 주먹만큼 큰 석회덩어리를 본 적이 있는데, 이제 와서 생각하니 그것이 진짜가 아니었다는 사실을 알겠다. 길가의 모든 성 또한 장성과 다름없으니, 어디서 주먹처럼 큰 석회덩어리를 얻을 수 있겠으며, 또한 어찌 일부러 변방

충차 적이나 성을 공격할 때 쓰던 수레의 하나. 앞, 뒤, 옆, 위가 온통 쇠로 덮여 있어 성벽이나 적진에 세게 부딪쳐서 공격한다.

먼 곳에 있는 장성에서 구했겠는가. 그건 분명 우리나라 길가의 무너진 성 밑을 지나다가 주운 것에 지나지 않으리라 여길 뿐이다.

　돌아오는 길에 고북구에 들렀다. 지난번 연경에서 변경 밖으로 나갈 때는 마침 밤이 깊어서 두루 구경하지 못했는데, 이번에는 대낮에 통과하므로 수역과 함께 잠깐 모래벌판에서 쉬다가 곧 첫 번째 관문으로 들어섰다. 말 수천 필이 관문이 가득 차도록 서 있었다. 두 번째 관문을 들어갔더니 군졸 사오십 명이 칼을 차고 둘러서 있고, 두 사람은 의자를 맞대고 앉아 있다. 나는 수역과 함께 말에서 내려 천천히 걸었다. 그러자 두 사람은 기쁜 얼굴로 재빨리 앞에 와서 몸을 굽히며 읍하고 수고한다는 말을 간곡히 보낸다. 한 사람은 머리에 수정관을 썼고 또 한 사람은 산호관을 썼는데, 모두 수비를 담당하는 참장매우 낮은 무관 벼슬이라고 한다.

고북구 만리장성에 있는 요새 중 하나인 고북구는 현대에도 군사적 요충지여서, 중일전쟁 당시 이 지역을 경계로 일본군과 중국군 사이에 치열한 전투가 벌어졌다. 사진은 1933년의 전투를 찍은 것이다. 만리장성을 둘러싸고 벌인 전투에서 중국군이 얻은 첫 번째 승전보였다.

후진後晉, 936년 석경당이 후당을 멸하고 중원에 세운 나라 개운開運, 후진의 제2대 황제인 출제 때의 연호, 944~946 2년945에 거란의 군주 덕광이 침입한 후 호북구로 돌아갔다가, 후진이 태주를 치러 갔다는 말을 듣고 다시 군사를 이끌고 남쪽으로 내려갔다. 수레 안에서 철요철갑으로 무장하고 매처럼 날랜 병사 기병에게 말에서 내려 후진의 군대가 설치한 녹각나뭇가지나 나무토막을 사슴뿔처럼 얼기설기 놓거나 막아서 적을 막는 장애물으로 들어가라고 명령을 내렸다.

장성 주위에는 구口라는 이름을 가진 곳이 수백 곳이나 되는데, 태원산시성山西省에 있음 분수汾水의 북쪽에도 역시 호북구라는 지명이 있다. 그때 덕광의 군사가 기양에서 북쪽을 향해 갔다고 했으니 그 길이 아니고, 유주·단주의 호북구가 곧 이 관문이다. 당나라 선조 가운데 '호虎'라는 이름이 있으므로 황제의 이름은 다른 곳에 쓰지 않는 것이 원칙임 당나라에서 호虎를 피해 고북구라 했다.

송나라 사람이 지은 《사료행정록使遼行程錄》에 "단주로부터 북으로 팔십 리를 지나고, 거기에서 또 팔십 리를 가서 호북구관에 이르렀다."라고 했으니, 단주의 고북구 역시 호북구라고 일컬었던 것이다.

송나라 선화宣和, 송나라의 제8대 황제인 휘종이 사용한 여섯 번째 연호. 1119~1125 3년1121에 금나라가 요나라를 고북구에서 물리쳤고, 가정嘉定, 남송의 제4대 황제인 영종이 사용한 네 번째 연호. 1208~1224 2년1209에 몽골이 금나라에 침입하여 고북구에 이르자, 금나라는 물러나 거용관에 진을 쳤다. 또 원나라 치화致和, 원나라의 제6대 황제인 태정제 때의 연호. 1328년 원년1328에 태정제泰定帝의 아들 아속길팔이 상도태정제가 머물던 도읍지에서 독자적으로 즉위한 후 군대를 파견했다. 군대는 길을 나누어 연나라의 철첩목아태정제와 대도북경에서 싸울 때 탈탈목아원나라의 관리는 고북구를 지키다가 상도의 군대와 함께 의흥에서 싸웠다.

명 황제는 홍무洪武, 명나라 태조 때의 연호. 1368~1398 22년1389에 연왕燕王에게 명령을 내려 군사를 거느리고 고북구로 가서 내안불화를 이도에서 공격하도록 했다. 영락永樂, 명나라 성조의 연호. 1403~1424 8년1410에는 고북구 소관 입구와 대관의 바깥문을 메워서 겨우 사람 하나 말 한 필만 다니게 했다는데, 이제 이 관에는 다섯 겹이나 되는 문이 있다. 하지만 폐쇄된 것은 없다.

이 관은 천 년에 걸쳐 전쟁을 치른 곳이므로 천하가 한 번 어지러우면 곧 해골이 산처럼 쌓이니, 이야말로 이른바 호북구, 즉 '범의 북쪽 아가리'라 할 만하다. 지금 태평천하가 백여 년간 계속되자 사방에 병난의 어지러움이 사라졌을 뿐 아니라, 삼나무와 뽕나무가 울창하고 개와 닭의 울음소리가 멀리까지 들린다. 이와 같이 풍요로운 휴양과 생활이야말로 한漢나라·당唐나라 이후로는 일찍이 보지 못한 일이었으니, 그들은 무슨 덕을 베풀었기에 이 경지에 이르렀을까.

그러나 그 높음이 극도에 달하면 반드시 허물어지는 것이 이치다. 이곳 백성이 전쟁을 치르지 않은 지 오래됐으니 아아, 앞으로 전쟁이 일어나면 땅이 무너지고 기왓장이 깨지게 될 것이 걱정이로구나.

이 관문은 산 위에 자리 잡아 수많은 산봉우리로 삥 둘러싸여 있으나 눈앞에는 큰 사막이 보인다. 《금사金史》를 돌이켜보면 "정우貞祐, 금나라의 제8대 황제인 선종이 사용한 첫 연호. 1213~1217 2년1214에 물이 넘쳐흘러, 고북구의 쇠로 만든 관문을 허물어버렸다."라고 했다. 오랑캐들이 중국을 하찮게 여기는 것은 그의 나라가 상류에 위치하여 형세가 병목을 거꾸로 달아놓은 것과 같기 때문이다.

내가 어릴 때 한 어른이 백곤하나라 우임금의 아버지. 홍수를 다스리지 못해 나라에 큰 어려움을 안겨주었다. 이에 요임금은 아들 우를 불러 홍수를 다스리도록 했다. 우는 이 일을 성공적으로 해결했고, 그로 인해 임금의 자리에 올랐다고 함이 홍수를 일으켰다는 이야기를 다음과 같이 설명한 것이 떠올랐다.

"중국에 커다란 근심 두 가지가 있으니, 곧 황하와 오랑캐다. 백곤은 재주와 능력이 매우 뛰어나 오랑캐들이 왜 멋대로 날뛰는지를 잘 알고 있었다. 그는 유주와 기주를 연결하고 항산과 대군을 파서 중국의 물을 끌어다 사막에 대어, 중국을 오히려 상류로 만들어 오랑캐를 견제하고자 했다. 그리하여 당시의 사악四嶽, 고대 중국에서 사방의 제후를 이르던 말 역시 그의 제안을 옳게 여겨 시험해보려 했으니, 이것이 이른바 《서경》에서

'시험해보고자 했으나 그만두었다.'라고 하는 내용이다.

그 당시 요임금은 비록 물을 거꾸로 돌리는 것이 옳다고 여기지 않았지만, 백곤의 주장이 몹시 강하므로 반박하지 못했다. 또 아들 우 역시 물을 거꾸로 돌리는 것이 마땅한 일이 아니라고 여겼지만, 백곤의 재주와 슬기가 매우 뛰어났으므로 감히 간하지도 못했으니, 이른바《서경》에 '왕명을 어기면서 화합을 깨뜨린다.'는 내용이 곧 그것이다.

대개 백곤의 사람됨이 사납고도 꼿꼿해 제 의견만을 주장했는데, 오로지 오랑캐를 중국의 영원한 걱정거리로 여겼다. 그리하여 저 높은 곳까지 물에 잠길 것은 두 번째로 미루어놓은 채, 지형도 측량하지 않고 비용도 아낌없이 써서 기어코 물을 거꾸로 거슬러 흐르게 했다. 이는 이른바 맹자가 말한 것처럼 '물이 거슬러 올라가는 것을 홍수洚水라 하는데, 홍수란 곧 홍수洪水다.'라는 말이 곧 그것이다일반적으로 말하는 홍수의 한자는 넓을 홍洪 물 수水인데, 그 홍수가 바로 큰물 홍洚 물 수水라는 뜻. 그러나 개울도 깎고 구덩이도 파며 치우고 씻어내는 도중에도 지세가 점차 높아져 흙이 저절로 메워지게 됐으니, 이것이《서경》에 나오듯 '백곤이 흙을 메워 홍수가 나게 했다.'는 것이다.

만일 그 말이 사실이 아니라면, 그가 도대체 무슨 마음으로 이처럼 커다란 물을 메워서 스스로 죄과를 범했을까? 또 당시 사악과 십이목十二牧, 그 당시 국정을 관장하던 벼슬아치들은 어찌하여 이구동성으로 그를 힘껏 천거했으며, 또 요임금도 구 년 동안이나 두고 보면서 그가 실패할 것을 방치했던가.

아아, 백곤이 만일 이 큰 업적을 이룩했더라면, 오랑캐를 막는 것과 황하를 막는 계책을 한꺼번에 성공하여 영원히 덕을 얻었을 것이니, 그의 커다란 공로와 거룩한 사업이 당연히 우임금 위에 올랐을 것이다."

그러나 이곳 지형을 살펴본즉, 이는 터무니없는 말이다. 그리고 이백의 시에 "황하의 깊은 물이 하늘 높이 내리는 듯"이라고 했으니, 대개 그 지형이 서쪽이 높기에 황하가 마치 하늘 위에서 내려 흐르는 듯싶은 것이다.

관내의 객점에서 점심을 먹었다. 벽 위에 황제의 어필로 된 칠언절구 한시에서 한 구가 칠언으로 된 절구. 모두 4구로 이루어짐 한 수가 붙어 있었는데, 공민孔敏이라는 자에게 내린 것이다. 황제가 일찍이 남쪽을 순행하고는 곧장 열하로 돌아올 때 곡부의 모든 공씨孔氏, 곡부는 공자의 고향이다. 따라서 이 말은 공자의 후손을 가리킴가 나와서 배알하기에 직접 이 시를 읊어 격려했다. 그러자 공씨 문중의 어른인 공민이 이에 발문글의 끝에 본문 내용의 큰 줄기나 간행 경위에 관한 사항을 간략하게 적은 글을 달았는데, 황제의 두터운 은혜와 영광스러운 은총을 크게 포장한 것이다. 이 글을 돌에 새겨 널리 찍어서 이 가게의 주인에게도 한 벌을 주고 갔다고 한다.

그 시는 비록 변변하지 못하나 글씨는 매우 뛰어났다. 주인이 나에게 이를 사라고 조르기에 시험 삼아 값을 물었더니, 서른 냥을 부른다.

식사가 끝난 뒤 곧 떠나서 세 번째 관문으로 들어갔다. 양쪽 벼랑에 석벽이 깎은 듯이 높이 서 있고 그 가운데에 수레 한 대가 지나갈 수 있게 되어 있는데, 아래에는 깊은 시내와 커다란 바위가 첩첩이 놓여 있다.

왕기공과 정부필이 일찍이 거란에 사신으로 갈 때 이 길을 경유했다 하는데 그 행정록行程錄, 먼 길을 간 내용을 기록한 것에 "고북구는 양편에 준험한 석벽이 있고, 그 사이에는 길이 났으되 겨우 수레 한 대가 지나갈 만하다."라고 한 것을 보아서 그가 정말 이곳을 지나간 것을 알 수 있겠다.

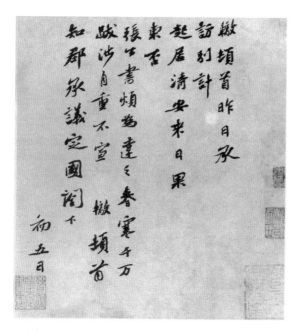

소철의 글씨 소철은 부친 소순, 형 소식(소동파)과 함께 당송팔대가에 들어갈 만큼 뛰어난 문장가였다. 그림은 〈춘한첩春寒帖〉의 일부로, 소철이 1089년경에 쓴 것이다. 대만 고궁박물원 소장

한 쇠락한 절에서 쉬는데, 거기에 소철蘇轍, 북송의 문인. 1039~1112 의 시가 새겨져 있었다.

> 어지러운 산 둘러둘러 길을 찾지 못해 의아하더니
> 좁은 길 얽힌 채 시냇물 곁을 둘러 있네
> 꿈속에 잠긴 듯이 서촉 길을 헤매니
> 흥주에서 동편 골짜기, 봉주 서쪽이네

《송사宋史》를 살펴보면 이렇다.

〈**고목괴석도**〉 스스로를 '동파거사'라고 부른 소식이 남긴 유일한 그림

"원우元祐, 송나라의 제7대 황제인 철종 때의 연호. 1086~1094 연간에 소철
이 그의 형 소식蘇軾, 중국 북송의 문인. 소동파蘇東坡라는 이름으로 더 유명함.
1036~1101 을 대신하여 한림학사가 됐고, 얼마 안 되어 예부상서의 직을
대리하여 거란에 사신으로 갔다. 그때 관반館伴, 외국 사신을 접대하는 관리
인 시독학사侍讀學士 왕사동이 소순蘇洵, 북송의 문인. 당송팔대가의 한 사람
으로, 소식·소철의 아버지. 1009~1066, 소식의 글과 소철의 〈복령부茯苓賦〉를
외웠다."

그러하니 이 시는 곧 소철이 사신으로 갈 때 이곳을 지나치다가 쓴 것
이리라.

절에 머물고 있는 중은 겨우 둘뿐이고, 난간 밑에서 오미자 두어 섬을
말리고 있었다. 나는 오미자 두어 알을 주워서 입에 넣었다. 그때 바라보

던 한 중이 별안간 크게 노하여 눈을 부릅뜨며 호통을 치는데, 그의 행동이 몹시 흉악했다. 나는 곧 일어서서 난간 가로 비켜섰다. 그때 마침 마두 춘택이 담뱃불을 붙이러 들어섰다가 그 꼴을 보고는 크게 노하여 앞으로 다가서며 꾸짖는다.

"우리 영감께옵서 더운 날씨에 찬물 생각이 나서서 여기 가득한 것 중 불과 몇 알을 씹어 침을 삼키려 했거늘, 이 양심 없는 까까중놈아! 하늘에도 높은 하늘이 있고 물에도 깊은 물이 있거늘, 이 당나귀처럼 높낮이도 분간하지 못하고 얕은 것과 깊은 것도 잴 줄 모르는 이런 무례한 놈, 이게 무슨 꼴이냐!"

그러자 중이 모자를 벗어서 손에 쥐고는 입가에 흰 거품을 물더니 어깻죽지를 으스대며 까치걸음으로 앞으로 나서서 말한다.

"너희들 영감이 내게 무슨 감정이 있느냐. 하늘이 높다 하나 너나 두려워하지, 나는 두려울 게 없다. 제아무리 관운장 귀신이 이 앞에 나타나거나 악귀가 문으로 들어온다 하더라도 난 두려울 게 없어."

그러자 춘택이 그의 뺨을 한 대 치고, 이어서 온갖 욕지거리를 우리말로 내던진다. 그제야 중이 뺨을 손으로 가리고 비틀거린다. 나는 큰 소리로 춘택에게 요란 떨지 말라고 했다. 그런데도 춘택은 오히려 분함을 이기지 못하여 곧장 그 자리에서 죽이고 말 기세였다. 이 상황을 부엌문에 서서 바라보던 다른 중은 웃음만 머금은 채 누구의 편도 들지 않을 뿐 아니라 말리지도 않는다.

춘택은 다시 주먹으로 그를 두들겨 넘기고는 이렇게 호통을 친다.

"우리 영감께옵서 이 일을 만세야萬歲爺, 황제를 높여서 하는 말 앞에 여쭙는다면 네놈의 대가리를 쪼개버리든지, 그렇지 않다면 이 절을 싹 부수어 깨끗이 맨땅으로 만들 거야, 이놈."

중은 옷을 툭툭 털고 일어난다.

"너희 영감이 공짜로 오미자를 훔치고, 또 네놈을 시켜 사발처럼 모진 주먹으로 때리니, 이게 무슨 도리냐?"

중은 이렇게 대응했지만, 그의 기세는 차츰 꺾인다. 춘택은 더욱 의기양양해져서 폭언을 퍼붓는다.

"뭘 공짜로 먹었다는 거야? 한 말을 먹었느냐, 한 되를 먹었느냐? 그까짓 눈곱만큼 작은 알맹이 하나 때문에 우리 영감님의 높으신 위신을 깎았단 말이냐? 만세야께서 만일 이 일을 아신다면 너 같은 까까중놈의 대가리통을 대번에 쪼개버릴 거야. 그리고 우리 영감께옵서 이 일을 만세야께 여쭌다면 어찌 되겠느냐? 네놈이 우리 영감은 두렵지 않다고 큰소리치지마는 만세야도 두렵지 않단 말이냐?"

그제야 중이 기가 죽어서 다시 대꾸를 하지 못한다. 그런데도 춘택은 다시 욕지거리를 퍼붓는데, 위세를 부리면서 걸핏하면 만세야를 끌어다 댄다. 이 정도 되면 만세야의 두 귀가 무척 가려웠을 것이다. 춘택이 말끝마다 황제를 팔아대니, 그가 세력을 믿고 허풍을 떠는 꼴이야말로 듣는 사람을 포복절도하게 만든다. 그런데도 그 중은 정말로 그를 두려워하여, 만세야라는 석 자를 듣자 마치 천둥소리를 듣고 귀신을 본 것처럼 떨뿐이었다.

그때 춘택이 벽돌 하나를 들더니 중에게 던지려 한다. 그러자 두 중은 별안간 웃음을 지으며 달아나 숨더니, 곧 산사나무 열매인 아가위 두 개를 갖고 와서 웃는 얼굴로 바치며 청심환을 달라고 한다. 그러고 보면 이 모든 것이 애초부터 청심환을 얻기 위한 짓에 불과한 것이 아닐까 싶다.

그의 마음씨를 따져본다면 불쾌하기 짝이 없다. 내가 청심환 한 알을 주었더니 중은 머리를 무수히 조아리는데, 그 염치없는 모습이 심했다. 아가위는 살구처럼 굵기는 하지만 시금털털하여 먹을 수 없었다.

옛 성인은 남의 물건을 사양할 때나 받을 때, 취할 때나 줄 때도 삼갔으니 "만일 옳은 일이 아니라면 한낱 겨자씨라도 함부로 남에게 주지 않을 뿐더러, 남에게 받지도 않는 것이다."라고 했던 것이다. 겨자씨 한 알이야 천하에 지극히 작고도 가벼운 물건이어서 만물 중에서 꼽을 만한 존재가 아니다. 그러니 이것을 사양하고 받는다든지, 취하고 준다든지 하는 순간을 논할 가치조차 없을 것이다. 그러나 성인은 이에 대해 큰 의미가 담긴 말씀을 하여 마치 이 안에 염치와 의리가 담긴 것처럼 언급한 것을 의아하게 여긴 바 있다. 그러나 오미자와 관련해 일어난 일을 겪고 나서 비로소 성인께서 겨자씨와 관련해 하신 말씀이 지나친 것이 아님을 깨달았다. 아, 성인이 어찌 나를 속이겠는가! 두어 알 오미자는 한낱 겨자씨와 같은 물건이건마는, 저 고약한 중이 나에게 무례한 행위를 한 것은 가위 이치에 어긋난 것이다.

이로 말미암아 다투기 시작하여 주먹다짐까지 이르렀을 뿐 아니라, 그들이 싸울 때는 분한 마음을 이기지 못하여 죽기를 각오할 정도였다. 이쯤 되면 비록 두어 알 오미자일망정 그로 인한 화는 산더미처럼 컸으니, 이를 천하에 지극히 작고 가벼운 물건이라고 얕볼 수는 없을 것이다. 옛날 춘추시대에 오나라 여인과 초나라 여인이 뽕잎 따는 일로 다투다가 급기야 두 나라 사이의 전쟁으로 비화된 일이 연상된다.

이제 그 내용을 이 일에 비한다면, 두어 알 오미자가 이미 성인이 언급한 겨자씨 한 알보다 크다. 또 그 옳고 그름을 따지는 것은 두 나라 여인이 뽕잎을 두고 다툰 것과 다름이 없다. 만일 춘택과 중, 두 사람이 싸우다가 누군가 목숨이라도 잃는 일이 벌어졌다면, 황제가 군사를 일으켜 그 죄를 묻는 일이 없을 것이라고 누가 예측하겠는가!

내 일찍이 학문이 거칠고 차분하지 못해서 애초에 갓을 바로잡고 신발 끈을 매는 혐의다른 사람의 오해를 사지 않기 위해 '참외 밭에서는 신발을 고쳐 신지 말며, 배나무 밑에서는 갓을 고쳐 쓰지 말라.'는 표현을 빗대어 한 말를 삼가지 못하여 공짜로 오미자를 먹었다는 모욕을 당했으니, 어찌 부끄러움과 두려움을 이루 말할 수 있겠는가.

열하로 달려가는 빈 수레를 길에서 본 것이 날마다 몇천, 몇만인지 모를 만큼 많았으니, 이는 황제가 장차 준화·역주 등지에 거둥하는 까닭으로, 짐바리를 실으러 가는 것이다. 또한 수천 마리 낙타가 떼를 지어 물건을 싣고 나온다. 낙타는 한결같이 몸집이 비슷한데, 모두 엷은 흰색에 약간 누런빛을 띠었다. 또 짧은 털에 머리는 말과 다름없으나, 작은 눈매는 양과 같고 꼬리는 소와 같이 생겼다. 그리고 갈 때는 반드시 목을 움츠렸다가 머리를 쳐드는데, 마치 해오라기가 나는 듯하다. 무릎에는 두 마디가 있고 발은 두 쪽으로 쪼개졌으며, 걸음은 학처럼 걷고 울음소리는 거위와 같았다.

옛날 가서한당나라 현종 때 활동한 장수이 서하에 머무르고 있을 무렵, 그 주사관奏事官, 일의 전말을 보고하는 관리이 도읍인 장안한나라와 당나라가 도읍했던 곳. 오늘날의 시안으로 향할 때마다 흰 낙타를 타고 하루에 오백 리를 달린 일도 있단다. 또 후진後晉의 개운 2년에 부언경후진 때 요나라 군대를 궤멸한 장수이 거란 철요의 군사를 크게 격파하여 거란 임금 덕광은 보잘것없는 수레를 타고 도망쳤는데, 뒤에서 적병이 급하게 쫓아오자 그는 낙타 한 마리를 잡아타고 달아났다 한다.

그러나 지금 낙타의 걸음걸이를 보건대, 몹시 더디고도 둔하니 뒤에서 쫓아오는 적군에게 포로를 면하기 어려울 듯싶다. 혹시나 낙타 중에서도 석계륜서진西晉 시대의 문인이자 관리. 항해와 무역으로 큰 부자가 되어 중국은 물론 한국 등지에서도 부자의 대명사로 여김의 소와 같이 잘 달리는 놈이 있었는지는 알 수 없는 일이다.

고려 태조 때 거란이 낙타 사십 마리를 바쳤다. 그러나 태조는 거란이 무도한 나라라 하여 보내온 낙타를 다리 밑에 매어놓아 십여 일 만에 모두 굶겨 죽였으니, 거란은 무도한 나라라 할지라도 낙타야 무슨 죄가 있겠는가.

낙타는 하루에 소금 몇 말과 꿀 열 단쯤은 쉽게 먹어치우니, 가난한 나라의 목장은 물론이고 어린 목동이 기르기는 어려웠을 것이다. 또 낙타를 이용해 물건을 싣고자 해도 도시의 건물이 낮고 좁으며 문과 거리는 더욱 비좁아서 그를 수용할 수 없는 형편이었으니, 낙타는 쓸데없는 물건이 되고 말았을 것이다.

지금도 낙타가 굶어 죽은 다리 이름을 낙타교라 한다. 개성 유수부에서 삼 리쯤 떨어진 곳에 있는데, 다리 곁에 돌을 세워 낙타교라고 새겼다. 하지만 그곳 사람들은 낙타교 대신 모두 '약대다리'라고 한다. 이는 사투리로 약대는 낙타, 다리는 교량을 뜻하기 때문이다. 한편 이로부터 다시 변하여 '야다리'라고 부르기도 한다.

내가 처음 개성에 놀러 갔을 때 낙타교를 물었으나, 어느 곳에 있는지 아는 이가 없었다. 아아, 사투리가 이처럼 아무런 의미도 없이 변했구나.

이날은 총 팔십 리를 갔다.

갑자甲子
8월 18일

아침에는 개더니 늦게 가는 비가 잠시 내렸다. 곧 멎고
오후에는 바람과 우레가 크게 일어 소낙비가 쏟아졌다.

아침에 떠나서 차화장, 사자교를 지나자 행궁이 있었다.

목가곡에 이르러 점심 식사를 마치고 곧 떠나서 석자령을 지나 밀운에
이르자 청나라 왕실의 여러 왕과 보국공輔國公, 황실의 일원으로 봉작을 받은
자 그리고 연경으로 돌아가려는 수많은 관리가 끊임없이 이어진다.

백하에 이르자 나루에 모여든 사람들이 서로 먼저 건너려고 시끄럽게
다툰다. 그런데도 건너기가 어렵자 부교浮橋를 짓고 있다. 대부분의 배는
돌을 운반하는 용도였고, 사람을 건네주는 배는 다만 한 척뿐이다. 앞서
이곳을 지날 때는 군기軍機가 나와 맞이하고 낭중郞中은 건너는 일을 감
독하며 황문黃門은 길을 인도하고 제독과 통관의 기세가 당당하여 물가
에서 채찍을 들어 친히 지휘하는 등 그야말로 천하를 움직일 지경이었는
데, 연경으로 돌아오는 길에는 주요 신하들이 호송하지도 않거니와 황제
또한 한마디 위로의 말이 없었다. 처음과 달리 이렇게 푸대접을 받는 까
닭은 아무래도 사신들이 살아 있는 부처 만나기를 꺼려한 탓인 듯싶다.
그들의 기색을 살펴보니, 갈 때와 올 때의 대우가 다름을 느끼겠다.

백하의 물은 그저께 건너던 물이며, 모래언덕은 전날 발을 멈춘 곳이

었고, 제독이 잡고 있는 채찍이나 물 위에 떠 있는 배도 올 때의 것과 다름이 없다. 그럼에도 제독은 입을 다물고 통관마저 머리를 숙였을 뿐이다. 저 강산은 변함이 없건만 염량세태炎涼世態, 세력이 있을 때는 아첨하여 따르고 세력이 없어지면 푸대접하는 세상인심을 비유적으로 이르는 말라는 말이 완연하다.

아아, 슬프도다. 믿지 못할 세상 형편이라는 것이 이러하구나. 세력이 있는 곳에는 모두들 달려가 따르곤 하나, 눈 한 번 깜짝할 사이에 세력은 옮겨간다. 일이 차갑게 식어 의지할 것이 사라지면 진흙에 빠진 소가 바다로 들어가는 듯하고 빙산이 햇볕을 만나 녹듯 한다. 천하의 모든 일이 거의 이와 다름없으니, 어찌 슬프지 않겠는가.

이렇게 생각하는 중에 별안간 휘몰아치는 구름이 공중을 덮으면서 바람과 우레가 크게 일었다. 갈 때에 일었던 것과 비교해보면 그처럼 가공할 위세는 아니었지만, 갈 때나 올 때나 모두 이러한 날씨를 보이니 이상한 일이라 아니할 수는 없겠다. 옛 역사를 더듬어보면 "명明의 천순天順, 명나라 영종 때의 연호. 1457~1464 7년1463 밀운 회유현에 홍수가 나서 백하가 몇 길이나 불어나 밀운의 군기고軍機庫와 문서방文書房이 떠내려갔다."라고 했으니, 옛 전쟁터로서 눈먼 바람과 괴이한 비가 시도 때도 없이 발작하는 이곳에 노한 번개와 성난 우레의 괴로운 원한이 아직도 맺혀 있는 것이 아닌가 싶다.

물가를 지나오면서 바라본 배의 모습은 한결같지 않았다. 백하의 배는 우리나라의 나룻배와 비슷하지만, 어떤 것은 톱으로 배의 허리 부분을 자른 후 다른 배를 노끈으로 연결해 묶어 한 척을 만들었다. 하나를 연결한 것도 기이한데, 셋을 연결한 것도 있다.

걸오(위쪽), 날오(아래쪽)

　글자를 만들어 쓸 때는 상형象形, 어떤 물건의 형상을 본뜸을 많이 사용한다. 그리하여 '배 주舟' 변에 속하는 도舠, 거룻배 도니 접艓, 작은 배 접이니 책舴, 작은 배 책이니 항航, 배 항이니 맹艋, 작은 배 맹이니 정艇, 거룻배 정이니 함艦, 싸움배 함이니 몽艨, 싸움배 몽이니 하는 글자는 모두 배 모양을 따서 이름을 지은 것이다.

　그런데 우리나라에서 작은 배는 걸오傑傲, 거루 또는 거룻배, 나룻배는 날오捏傲, 나루, 커다란 배는 만장이漫藏伊, 뱃머리가 삐죽한 큰 목조선, 곡식

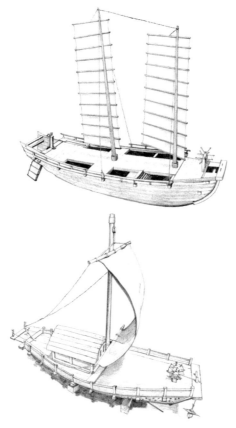

만장이(위쪽), 당돌이(아래쪽)

을 실은 배는 송풍배松風排, 조선시대에 대동미 따위를 실어 나르던 배라고 한다. 또 바다로 나아가는 배는 당돌이唐突伊, 바다를 다니는 큰 목조선, 상류에 뜰 때는 물우배物遇排, 뱃전이 비교적 낮고 바닥이 평평한 배. 주로 강물에서 나룻배로 쓴다. 물윗배라 하고, 또 관서평안도와 황해도 북부 지방에서는 배를 마상이馬上伊라 부른다. 그렇게 모양은 각기 다르나 선船, 배 선이라는 한 글자로 통일해서 사용할 뿐이며, 비록 도舠·접艓·책舴·맹艋 등의 글자를 차용했으나 그 명칭과 실물은 다르다.

때마침 사오십 필의 기병이 회오리바람처럼 달려온다. 그 기세가 퍽이나 거만하고 사납다. 우리나라의 지친 시종들과 말은 안중에도 없는 듯하다. 한꺼번에 배에 오르던 그들 가운데 맨 뒤의 기병 하나는 팔에 푸른 매를 끼고 있다. 그는 말에 채찍을 날려 단번에 배에 뛰어오르려 하다가 말의 뒷발굽이 미끄러져 안장에 앉은 채 물속으로 떨어진다. 한 번 풍덩거리며 다시 솟구쳐 오르려다가 다시 가라앉아 힘없이 몸을 이리저리 뒤척인다. 가까스로 물 위로 나오더니 지친 몸을 이끌고 배에 오른다. 함께 물에 빠진 매는 마치 기름 항아리에 들어갔다 나온 나방과 같고, 말은 오줌통에 빠진 쥐와 같다. 고운 옷과 화려한 채찍 또한 애처롭게도 물에 푹 젖었다. 어쩔 줄을 몰라 그가 애꿎은 말에만 채찍질을 하자 매가 놀라 푸드득거리곤 한다. 스스로 뽐내고 남을 업신여긴 대가가 이렇게 돌아오는 것을 보면서 교훈으로 삼았다.

강을 건넌 뒤에 그를 따르는 기병에게 물어보았더니, 그는 말 등에서 몸을 가우뚱 숙이더니 채찍으로 진흙 위에 "그분은 사천장군四川將軍입니다."라고 쓴다. 늙어서 그 용맹함이 줄어든 듯하다.

부마장에 이르러서 묵었다. 객사는 그 성 밑에 있는데, 성은 회유현이라고 한다. 밤에 문을 나와서 뒷간으로 향하는데, 때마침 이삼십 명 또는 백여 명씩이 무리를 지어 말을 탄 채 달려간다. 대열마다 등불 하나가 앞을 인도하는데, 아마 모두 귀족인 듯싶다. 수레와 말 소리가 밤새 끊이지 않았다.

이날은 모두 육십오 리를 갔다.

날이 갰다.
가끔 비가 뿌리다가 늦게야 갰으나 날씨는 몹시 더웠다.

새벽에 회유현을 떠나 남석교에 이르러 점심을 먹었다. 이곳에서 비로소 홍시를 맛보았다. 그 생김새를 보니 네 곳에 골이 진데다 또 받침이 있는 것이 우리나라의 반시모양이 동글납작한 감와 다름없는데, 달고 연하기 짝이 없는데다가 즙도 많았다. 이 감은 계주의 반산에서 나는데, 그곳의 울창한 숲이 모두 감·배·대추·밤 나무라고 한다.

임구를 지나 청하에 이르러서 묵었다. 이곳은 큰길인데, 올 때 가던 길이 아니다. 한 사당에 들렀더니 강희황제의 어필로 '좌성우불左聖右佛, 좌측에는 성인, 우측에는 부처라는 뜻'이라 쓰여 있다. 좌성은 곧 관운장을 가리킨다. 좌우의 주련에는 그의 도덕과 학문을 찬양하는 글이 쓰여 있다. 관운장을 숭배하기 시작한 것은 명나라 초기의 일로, 심지어 그의 이름을 휘하여죽은 사람이나 손윗사람의 이름 부르기를 피하는 것을 '휘諱'라고 함 패관기서稗官奇書, 민간에서 수집한 이야기에 창의성과 윤색을 더한 산문 문학. 뒤에 소설 발달의 모태가 됨에서도 모두 이름 대신 관 모關某라고 불렀다. 그리하여 명明·청淸 시기 즈음에는 정부의 공문서에서도 성인으로 인정해 관성關聖이라고 부르거나 스승으로 인정해 관부자關夫子라고 높여 불렀다. 이후에도 그 그릇됨과 야비함을 그대로 좇아서 천하의 사대부들이 모두 그를 학문하는 이로 높여왔던 것이다.

이른바 학문이란 신중히 생각하고 밝게 변증하며 상세히 묻고 널리 배우는 것이다. 그리하여 타고난 덕만 높이는 것에 그쳐서는 안 되므로 학문을 덧붙이지 않을 수 없는 것이다. 옛날 우임금은 타인의 아름다운 경고를 받으면 감사를 표하고 촌음을 아껴 썼으며, 안자顔子, 춘추시대의 유학자. 기원전 521∼기원전 490. 공자의 수제자로 학덕이 뛰어났다. 안자는 안회를 높여부르는 말는 허물을 거듭 범하지 않고 남에게 노여움을 표현하지 않았다. 그런데도 그들의 마음이 거칠고 차분하지 못하다 했으니, 학문을 이루는데는 객기가 남아 있다는 것이었다.

이러한 객기를 온전히 제거하기 위해서는 극기복례克己復禮, 욕심을 누르고 예의범절을 따름를 실천해야 한다. 일반적으로 '나'는 이미 사욕에 지나지 않으니, 만일 털끝만큼이라도 그 사욕이 몸에 붙어 있으면 성인은 반드시 그것을 원수나 도적으로 간주하여 기어코 없애버려야 한다. 그러므로 《서경》에서는 "상商나라를 쳐서 기어코 이겨야 하겠다."라고 했고, 《역경易經》중국의 유교 경전으로, 《주역》이라고도 함에서는 "고종高宗, 은나라를 중흥한 무정 임금이 귀방鬼方, 중국 북서쪽의 이민족을 쳐서 3년 만에 이겼다."라고 했다. 전쟁을 삼 년 동안이나 하면서도 반드시 이기고 만다는 것은 싸움에 이기지 못하면 나라가 나라로서 제 구실을 하지 못하기 때문이다. 그러므로 제 몸의 사욕을 이긴 뒤에야 비로소 예법으로 돌아올 수 있으니, 이 '돌아온다.'는 말은 털끝만큼도 미진한 것이 없음을 뜻한다. 이를테면 해와 달이 일식이나 월식 때 완전히 사라졌다가도 다시 원래의 둥근 형태로 돌아가는 것이요, 잃었던 물건을 되찾으면 그 무게가 조금

관제묘 관운장을 모신 사당

도 변하지 않는 것과 다름없는 것이다.

　그리하여 만일 슬기와 어짊과 용맹의 세 가지 덕을 갖추지 않은 이라면 학문을 이룩하기 어려울 것이다. 비록 관운장과 같은 정의와 용맹이더라도 극기복례했다고 할 수는 없다. 그러나 그를 학문한 분으로 일컫는 것은 다만 그가《춘추》에 밝았기 때문이다.

　일찍이 관운장은 오吳나라와 위魏나라의 참람한 적을 엄격히 배격했는데, 그가 어찌 망령되게 자신에게 붙인 '제帝'라는 칭호를 마음 편히 받아들일 것인가. 그의 영혼이 천추에 살아 있다면 반드시 이런 명분에 어굿난 일을 받지 않을 것이요, 만일 그의 영혼이 이미 사라졌다면 이렇게 아첨해본들 무엇이 유익하겠는가.

한편 오경박사五經博士, 한나라 때 유교 경전인 오경, 즉《시詩》·《서書》·《주역周易》·《예기》·《춘추》를 연구하는 학자이자 관리. 백제에서도 시행했음 역시 성현의 후손들에게 이어지는 것이므로 동야씨춘추시대를 대표하는 다섯 제후국 가운데 하나인 노나라의 시조. 주나라를 세운 주 무왕의 아우임 와 공씨孔氏, 공자의 후손를 비롯하여 안씨顔氏, 안회의 후손, 증씨曾氏, 증삼의 후손, 맹씨孟氏, 맹자의 후손 등은 성현의 후손이라 했다. 그런데 관씨關氏, 관우의 후손를 오경박사라며 성인의 후예로 일컬어 동야씨·공씨 사이에 두었으니, 참으로 부당한 일이다.

그뿐 아니라 운남성에 있는 문묘文廟, 공자를 모신 사당에는 왕희지를 주로 모셨는데, 이는 그를 글씨의 성인이니 붓의 근본이니 하며 잘못 높였기 때문이다.

성인의 도가 점차 사라지고 오랑캐가 번갈아 중국의 임금이 된 후 모두들 자신의 방법으로 천하를 어지럽게 한 까닭에 바른 학문은 한 줄기 실오라기처럼 끊어지지만 않았을 뿐 가까스로 이어지고 있다. 그러니 천년 후에는《수호전》을 정사正史로 여길 수도 있을 것이다원말명초에 시내암이 지은《수호전》은 그 혼자만의 작품이라기보다는 이전부터 전해 오던 영웅호걸 이야기를 편집, 종합한 것에 가깝다. 실재했던 사건이 아니라 봉건 통치에 저항하던 여러 인물들의 개성을 섞어 새롭게 창조한 소설이므로《수호전》을 정사 또는 역사의 일부로 볼 수는 없음. 누군가 이렇게 말한다.

"남쪽 오랑캐와 북쪽 오랑캐가 계속 중국의 임금 노릇을 한다면, 왕희지를 문묘에 모실 수도 있을 것이며,《수호전》을 정사로 삼는다 하더라도 무엇이 문제겠는가. 또 비록 공자와 안연안회를 일컬음을 내쫓고 석가를 모신다 하더라도 내가 무슨 유감이 있겠소?"

그러고는 서로 한바탕 크게 웃고 일어섰다.

연경으로 돌아가는 관원들이 이곳에 이르러서는 더욱 늘어났다. 그리하여 열하로 들어가는 빈 수레가 밤낮으로 끊이지 않는다. 마부와 역군 중에서 서산西山에 가본 자들은 멀리 서남쪽에 둘러 있는 돌산을 가리키며 말한다.

"저게 곧 서산이야."

구름 속에 천여 개의 봉우리가 언뜻언뜻 보이고 산 위에는 흰 탑이 뾰족뾰족 공중에 솟았으며, 병풍처럼 두른 산과 산은 그림에 푸른빛이 감기듯 얽히었다. 그들 둘이 주고받는 말을 들어본즉 이러하다.

"저 수정궁水晶宮, 봉황대鳳凰臺, 황학루黃鶴樓 등이 모두 이곳을 모방한 것이야."

물이 일렁이는 호수 가운데에는 흰 돌로 만든 다리가 있는데, 수기니어대니 십칠공이니 하는 다리는 모두 너비 수십 보에 길이 백여 길로 규모가 크다. 다리는 각기 무지개처럼 놓여 있고 좌우에는 돌난간이 둘러 있는데, 비단으로 꾸민 돛을 달고 용을 그린 배가 다리 밑을 오간다.

이 호수는 사십 리나 되는 먼 곳의 물을 끌어다가 만들었는데, 돌 틈에서 샘이 솟으니 이것이 옥천玉泉이다. 황제가 강남에 거둥할 때나 사막 북쪽에 머물 때에도 반드시 이곳을 거치며 이 샘물을 마신다고 한다. 이 샘의 물맛이 천하에 첫째이므로 연경의 팔경八景 중에 옥천수홍玉泉垂紅, 옥천에 걸린 무지개라는 뜻이 그 하나라고 한다.

마부 취만은 이미 다섯 차례나 와봤고 역졸 산이도 두 번이나 구경했다 하므로 둘과 함께 서산에 가기로 약속했다.

병인丙寅
8월 20일

날이 갰다.
새벽에는 잠깐 비가 뿌렸으나 곧 멎고 일기가 약간 서늘하다.

아침에 떠나 이십여 리를 가서 덕승문에 이르렀다. 이 문의 형식은 조양
문·정양문 등 아홉 개의 문과 다름없다. 흙탕물이 심하여, 그 가운데에 한
번 빠진다면 헤어나기 어려울 것이다.

양 수천 마리가 길에 빽빽하게 몰려드는데, 앞에서 이끄는 것은 오직
목동 몇 명뿐이다.

덕승문은 원나라의 건덕문이었는데, 명나라 홍무洪武, 명나라 태조 때의
연호. 1368~1398 원년1368에 대장군 서달이 지금의 이름으로 고쳤다고
한다.

문밖 팔 리 되는 곳에 토성의 옛터가 있는데, 이는 원나라 때 쌓은 것이다.

정통正統, 명나라 영종 때의 연호. 1436~1449 14년1449 10월 기미일에 먀
선몽골족의 수령으로, 야선이라고도 함이 상황현존 황제의 아버지로, 여기서는 영
종을 가리킨다. 영종은 그전에 몽골족에게 사로잡혔으며, 그 때문에 황제의 자리를 영
종의 동생이 잇고 있었음을 모시고 토성에 올라 통정사참의通政司叅議 왕복
을 좌통정左通政으로 삼고, 중서사인中書舍人 조영을 태상시소경太常寺
少卿으로 삼아서 상황을 뵙게 했으니, 곧 이곳이었다.

덕승문 전쟁터로 나가는 문, 즉 출병을 위한 성문이었다. 이름 또한 승리를 기원한다는 의미다.

《명사明史》를 살펴보면 이러하다.

"먀선이 상황을 둘러싸고 자형관중국의 아홉 개 관문 가운데 하나을 부순 후 도읍지 연경을 노릴 때였다. 병부상서 우겸이 석형과 함께 부총병副摠 兵 범광무를 거느리고 덕승문 밖에 진을 친 후 먀선을 막고 있었다. 병부 의 사무를 시랑侍郞 오녕에게 맡긴 우겸은 모든 성문을 닫고 싸움을 독려하면서 '군졸을 돌보지 않은 채 먼저 물러서는 장수가 있다면 그 장수를 벨 것이요, 군사로서 장수를 돌보지 않은 채 먼저 물러서는 자가 있다면 뒤의 부대가 앞 부대를 죽일 것이다.' 하고 소리쳤다. 이에 장수와 군졸들이 각기 죽기를 각오하고 그 명령에 따랐다.

이튿날 적군이 덕승문을 엿보자 우겸이 석형으로 하여금 빈 집 속에 군사를 매복하도록 한 후 기병 몇을 시켜 적을 유인했다. 이에 적이 기병 일만 명을 거느리고 접근하자 복병이 일어나 먀선의 아우 발라가 포탄에 맞아 죽었다. 그 후 닷새 동안 먀선이 가끔 도전했으나 응하지 않았을 뿐 아니라, 또 싸워도 소기의 성과를 거두지 못했기에 강화를 청했다. 그러나 마침내 뜻대로 되지 않자 할 수 없이 상황을 모시고 북쪽으로 떠났다."

지금 덕승문 밖은 집과 시장이 번화하고 화려하여 정양문 밖과 다름없다. 또 태평한 시절이 오래 지속되어 이르는 곳마다 모두 그러했다.

객관에서 머물자 역관과 비장, 하인들이 모두 길 왼편에서 대기하다가 말에서 내려 다투어 손을 잡으며 그간의 노고를 위로한다. 그러나 내원만은 보이지 않는다. 그는 멀리 나와 맞이하려고 먼저 밥을 먹고 동문으로 잘못 나가 서로 어긋났다고 한다.

창대가 장복을 보더니 서로 헤어진 동안의 인사를 하기도 전에 대뜸 묻는다.

"너 별상금特別 賞金 얼마나 받아왔니?"

장복 역시 안부도 묻기 전에 얼굴에 가득 웃음을 머금은 채 반문한다.

"넌 상금이 몇 냥이더냐?"

창대가 답한다.

"천 냥이야. 당연히 너와 나누어야지."

장복이 묻는다.

"넌 황제를 보았니?"

창대가 답한다.

"보고말고. 황제 말이야, 그 눈은 호랑이 같고 그 코는 화로 같은데, 옷을 벗은 채 발가숭이로 앉아 있데그려."

장복은 또 묻는다.

"머리에는 무엇을 쓰고 있더냐?"

창대는 답한다.

"황금 투구를 썼지 뭐야. 그리고 나를 부르더니 커다란 잔에 술을 부어주며 '넌 서방님을 잘 모시고 험한 길을 꺼려하지 않고 왔다니 기특하구나.' 하데그려. 그리고 상사님껜 일품각로一品閣老요, 부사님껜 병부상서로 높여주시데그려."

이 모든 것이 거짓말 아닌 것이 없는데, 장복이 이에 속았을 뿐 아니라 하인들 중에 제법 사리를 아는 자도 믿지 않는 자가 없었다.

변 군과 조 판사가 나와 환영하기에 서로 이끌고 길옆 술집으로 들어갔다. 파란 깃발에 옛 시 두 구가 쓰여 있다.

　　서로 만나 의기 높아 임과 함께 마시려니
　　높은 다락 수양 밑에 말을 매고 오르려네

수양버들에 말을 매어놓고 높은 다락에 올라 술을 마시자, 옛사람들의 시가 눈앞의 일을 묘사한 것에 지나지 않는데도 그 참된 뜻이 완연히 드러남을 느낄 수 있다.

술집의 누각은 아래위 모두 마흔 칸인데, 아로새긴 난간과 그림 기둥에 단청이 눈부시고, 하얗게 꾸민 벽과 비단 창문이 신선이 사는 곳 같았다. 그 좌우에는 고금의 이름난 글씨와 그림이 많이 진열되어 있고, 또 술자리에서 읊은 아름다운 시구가 많이 붙어 있었다. 이는 조정의 신하들이 공무를 끝내고 돌아오는 길에, 아니면 구름처럼 모여든 국내외의 명사들이 석양에 자리를 잡고 술이 취한 뒤 읊은 시는 물론이요, 글씨와 그림의 좋고 나쁨을 이야기하며 온 저녁을 묵으면서 남긴 것들이다. 그렇게 아름다운 시구와 글씨·그림을 날마다 남겼는데, 어제 남긴 것이 오늘 다 팔리곤 했단다.

이런 일을 술집들이 몹시 탐냈으므로 술집마다 다투어서 의자, 탁자, 그릇, 골동품 등을 사치스럽게 펼쳐놓을뿐더러 온갖 화초를 줄지어 놓아 시의 자료로 제공했다. 또 좋은 먹과 아름다운 종이, 귀한 벼루, 훌륭한 붓을 으레 그 가운데에 갖추어두었다.

옛날 양무구송나라 때 활동한 화가가 한 기생집에 들러 작은 바람벽 위에 매화 가지 그림 한 폭을 붙였더니, 오가는 사대부들이 이를 감상하기 위하여 일부러 그 집을 찾아들었으므로 그 기생의 술집이 더욱 번창했다. 그러나 그 뒤 이 그림을 도둑에게 잃어버리자 찾아드는 수레와 말이 점차 줄어들었다고 한다.

또 숨어 살던 선비 장일인이 최씨의 술항아리에 다음과 같은 시 한 구절을 쓰자 손님이 더욱 많이 찾아들었다고 한다.

무릉성 깊은 곳에 최씨 집 아름다운 술
이 인간세계에 없는 것이 하늘 위에나 있는가

구름인 양 이 내 몸이 한 말 그냥 마시고서
흰 구름 깊은 저 골 입구에 취한 채 누웠다오

대개 중국의 이름난 인사와 사대부는 기생집과 술집에 스스럼없이 출입한 까닭에 여씨呂氏 집안에서는 다방과 술집에 드나드는 것을 경계하는 가르침을 했던 것이다북송의 여공저가 아들 여희철을 가르친 내용.

사실 우리나라 사람들의 술 마시는 습관을 말하자면 천하에서도 지독하다. 이른바 술집이란 모두 항아리에 난 구멍처럼 생긴 들창에 새끼로 얽은 문에 지나지 않는다. 흔히들 길 왼편 작은 대문에 새끼로 꼰 발을 늘이고 쳇바퀴로 등롱燈籠, 등의 하나을 만들어서 달았다면 분명 술집이다.

우리나라 시인들이 시에 표현한 파란 기는 모두 실제 있는 것이 아니니, 나는 여태까지 술집 등마루에 나부끼는 깃발을 한 번도 본 적이 없다. 그러나 그들의 술배는 너무나 커서 커다란 사발에 술을 따라 이맛살을 찌푸리며 한꺼번에 마셔버리고는 한다. 이는 술을 무작정 배 속에 들이붓는 것이요 마시는 것은 아닐 것이며, 배 불리 마시기 위함이지 흥취를 돋우기 위한 것이 아니다. 그러므로 그들은 술을 마시면 반드시 취하고, 취하면 주정을 하게 되며, 주정을 하면 서로 싸움을 시작하여, 술집의 항아리와 사발을 남김없이 차서 깨뜨려버린다. 이 지경에 이르면 이른바 풍류니, 문학적 모임이니 하는 참된 취지는 사라지고, 오히려 중국의 술 마시는 방식이야말로 배부르게 마시지 못한다고 비난할 뿐이다.

그러니 이곳의 술집 모습을 우리나라에 옮겨놓는다 하더라도 하루 저녁이 지나지 못해 그 귀한 그릇과 골동품을 두들겨 깨고 아름다운 화초를 꺾고 밟아버릴 것이니, 참으로 안타까운 일이다.

이주민李朱民은 풍류와 문학적 풍취를 지닌 선비로서 한평생 중국을 연모했다. 그러나 술을 마실 때는 중국의 방식을 탐탁하지 않게 여겨 술 잔의 크고 작음과 술의 맑음과 탁함을 가리지 않으니, 손길이 닿으면 곧 입을 벌리고 벌컥벌컥 마시곤 한다. 이에 친구들은 그를 가리켜 '복주覆 酒, 술잔을 엎어버린다는 뜻'라 하며 우아하게 농담하곤 했다.

이번 길에도 그가 같이 오기로 되어 있었으나 누군가가 "그는 주정을 부려서 가까이하기 어려울 것입니다." 하고 고자질하는 바람에 오지 못 했다. 그러나 내가 그와 함께 십 년 동안 술을 마셨지만, 얼굴이 단풍빛으 로 바뀐 적도 없고 입으로 거품을 뿜은 적도 없다. 오히려 마실수록 더욱 의젓해지는데, 다만 그가 술잔을 엎는 방법이 조금 잘못됐을 뿐이다. 그 래도 이주민은 그런 지적을 인정하지 않고 이렇게 증거를 댄다.

"옛날 두보당나라 때의 시인. 712~770 역시 술잔을 엎었다오. 그는 시에 서 이르기를 '아이야, 이리 오너라. 손안의 잔 엎어보자.'라고 했으니, 이 건 입을 벌리고 누워 아이들에게 술을 입에다 부으라는 게 아니겠어."

그러면 온 자리에 모인 사람들이 허리를 꺾곤 했다.

이제 만리타향에서 별안간 친구의 옛일이 기억에 떠오르니, 모를 일이 다. 이주민 역시 이날 이 시간에 어느 집 술자리에 앉아서 왼손으로 잔을 잡고, 만리타향에 노니는 나를 생각할지.

갈 때 들렀던 객관을 다시 찾았다. 바람벽 위에 붙어 있던 몇 폭의 주련 과 자리 오른쪽에 있던 생황·철금 등이 여전하니, 옛 시에 "병주를 바라 보니 이곳이 고향이로다당나라 시인 가도의 시구로, 고향을 떠나 병주에서 살다 가 거기서 또 여행을 하고 보니, 제2의 고향인 병주를 원래의 고향으로 여겼다는 뜻." 라고 하는 표현이 곧 나의 모습을 두고 하는 말이다.

가산 정원 따위에 돌을 모아 쌓아서 조그마하게 만든 산

저녁 식사를 마친 뒤 조 주부가 자기 방에 기묘한 구경거리가 있다기에 그를 따라나섰다. 문 앞에 화분 십여 개를 늘어놓았는데, 이름은 모두알 수 없다. 흰 유리 항아리의 높이는 두 자쯤이고 침향약재나 향신료로 쓰이는 상록교목으로 만든 가산假山의 높이 역시 두 자쯤 된다. 석웅황붉은 갈색의 광택이 나는 돌으로 만든 필산筆山, 붓을 꽂는 도구의 일종의 높이는 한자가 넘고, 또 청강석단단하고 빛깔이 질푸른 옥돌으로 만든 필산은 대추나무로 밑받침을 했는데, 북두칠성무늬가 자연스레 드러나며 다리는 오목烏木, 흑단 줄기 중심부의 검은 부분. 몹시 단단하여 젓가락·담배설대·문갑 따위를만드는 데 씀으로 달았다. 그 값이 화은花銀, 청에서 사용하던 은화의 일종 삼십 냥이라 한다.

또 기이한 책도 수십 종이 있는데,《지부족재총서知不足齋叢書》청나라의 포정박이 편찬한 총서나《격치경원格致鏡源》청나라의 진원룡이 지은 책 등

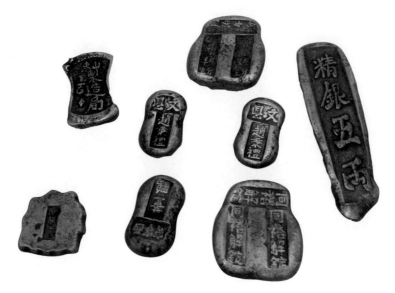

청나라의 여러 은자 일반적인 동전과 달리 은 조각 형태였다. 휴대하기 편해 은괴보다 널리 사용되었다.

은괴 말굽 모양의 은
괴는 큰 거래나 저축을
하기 위해 사용했다.

은 모두 값이 지나치게 비쌌다.

조 군은 이십여 차례나 이곳을 다녀가 연경을 제 집처럼 여긴다. 또 중국어에 익숙할뿐더러 물건을 매 매할 때도 값을 심하게 올려 받지 않아서 단골손님 이 무척 많다. 그래서 그가 거처하는 방에는 상인들 이 준비한 여러 가지가 진열돼 있어 구경거리가 많다.

연전에 창성위昌城尉 황인점조선 영조의 열째 딸 화유 옹주와 혼인한 부마이 정사로 왔을 때 건어호동에 있는 조선관朝鮮館에 화재가 나서 큰 상인들이 준비한 물건이 모두 재가 됐는 데, 조 군의 것이 더욱 심했다. 이는 매매된 물건을 제외하고도 불에 탄 것이 모두 희귀한 골동품과 서책이어서 그 가격을 따진다면 삼천 냥에 달하는 거액이었는데, 모두 융복사나 유리창에서 가져온 물건들이었다.

그것들은 모두 조 군의 단골손님들이 조 군의 방을 빌려서 진열한 것이었는데, 그래도 그들은 보상을 요구하지 않았다. 오히려 앞에서 겪은 일을 마음에 두지 않고 또 이 방을 전과 다름없이 빌려서 물건을 진열하여 조 군의 마음을 기쁘게 했다. 중국의 풍속이 결코 악착같지 않음을 엿볼 수 있겠다.

밤에는 태학관에서 묵었다. 여러 역관이 모두 내 방으로 모여들었다. 약간의 술과 안주가 있었으나 여행의 피로 때문인지 입맛이 없었다. 여러 사람이 내 곁에 놓인 봇짐을 흘겨보았다. 아마 그 속에 무엇이 있는지 궁금한 모양이다. 나는 곧 창대를 시켜 보자기를 끌러서 속속들이 보게 했다. 거기에는 특별한 물건은 없고 다만 가져온 붓과 벼루가 있을 뿐, 두툼한 것이 모두 필담筆談을 나눈 글과 함부로 써재낀 유람할 때의 일기뿐이다. 그제야 여러 사람이 모두 알겠다는 듯 웃음을 짓는다.

"난 이상하게 여겼네. 갈 때는 아무런 차림이 없었는데, 돌아올 때는 짐이 이렇게 많으니 말이야."

장복 역시 창대에게 물으며 몹시 섭섭한 표정을 짓는다.

"별상금은 어디다 두었어?"

옥갑야화玉匣夜話

옥갑여관에 돌아와서 비장들과 함께 머리를 맞대고 밤새도록 이야기를 주고받았다. 예로부터 연경은 풍속이 순박하고 후하여 역관들이 말하면 만금이라도 별 탈 없이 빌려주었는데, 지금은 그들이 모두 사기를 친다. 그러나 이러한 잘못은 우리나라 사람들에게서 비롯된 것이라고 한다.

지금부터 서른 해 전에 한 역관이 아무것도 가진 것 없이 연경에 들어 갔다가 돌아올 때 단골 주인을 보고서 울었다. 이상하게 여긴 주인이 그 이유를 물었더니 그는 이렇게 답했다.

"강을 건널 때 몰래 남의 은을 가지고 왔는데 일이 발각되고 말아 제 것까지 모두 관에 몰수됐습니다. 이제 빈손으로 돌아가려니 아무런 방도 가 없기에 차라리 이곳에서 죽고자 합니다."

그러고는 곧 칼을 빼어 자살하려고 했다. 주인이 놀라서 급히 그를 껴 안고 칼을 빼앗으면서 물었다.

"몰수된 은이 얼마나 되는지요?"

그는 답했다.

"삼천 냥입니다."

주인은 그를 돌보면서 위로했다.

"사내가 제 몸 사라지는 것을 걱정해야지, 어찌 은이 없는 것을 걱정한단 말이오. 이곳에서 죽고 돌아가지 않는다면 당신의 처자는 또 어떻게 하라는 거요. 내 당신에게 만 금을 빌려줄 테니 다섯 해 동안 늘리면 다시 그 돈을 얻을 수 있을 거요. 그러면 본전만 나에게 갚으시오."

만 금을 얻은 그는 온갖 물건을 많이 사가지고 돌아왔다. 그 당시에는 그 내막을 아는 이가 없었으므로 그의 재능을 신기하게 여기지 않는 이가 없었다. 그는 과연 다섯 해 만에 큰 부자가 됐다. 그는 곧 통역관 명부에서 자기의 이름을 없애버리고는 다시 연경에 들어가지 않았다.

그 후 그의 친구 하나가 연경에 들어가게 되자 그는 부탁했다.

"연경 저자에서 만일 아무개를 만나면 그는 분명 나의 안부를 물을 것이네. 그럼 자네는 그의 온 가족이 몹쓸 유행병을 만나서 죽었다고만 전해주게."

그 친구가 이 말이 너무나 황당해 곤란한 빛을 드러내자, 그는 다시 단단히 부탁했다.

"만일 그렇게만 하고 돌아온다면 자네에게 돈 백 냥을 주겠네."

연경에 들어선 그 친구는 이내 그 단골 주인을 만났다. 주인이 역관의 안부를 묻자 친구는 부탁한 대로 답했다. 그러자 주인은 얼굴을 손으로 가리고 한바탕 슬피 울었다.

"아아, 하늘이시여. 무슨 일로 그리도 좋은 사람의 집에 이렇듯 참혹한 재앙을 내리셨나요."

주인은 곧 백 냥을 그에게 주면서 말했다.

"그이가 처자와 함께 죽었다니 제사 지낼 이도 없을 것이오. 당신이 고국에 돌아가시는 그날로 나를 위하여 오십 냥은 제물을 갖추고, 또 나머지 오십 냥으로 재齋, 죽은 이가 좋은 세상으로 가도록 기원하는 의식를 열어서 그의 명복을 빌어주시오."

그 친구는 몹시 놀랐으나 이미 거짓말을 했는지라 하는 수 없이 백 냥을 받아 가지고 돌아왔다. 그렇게 돌아와 보니 그 역관의 집안은 이미 유행병을 만나서 몰사한 후였다. 그는 크게 놀라는 한편 두렵기도 하여 그 백 냥으로 단골 주인을 위하여 재를 드리고, 죽을 때까지 연경 가는 일을 포기했다. 그는 "내 무슨 낯으로 그 단골 주인을 만나겠는가?"라고 했다.

어떤 이가 말했다.

"이추숙종·경종·영조 대에 활약한 청어 역관. 《명사》에 인조반정에 대한 기사가 잘못 기록된 것을 바로잡기 위해 조정에서 열세 차례나 사신을 보냈는데, 그때마다 역관으로 동행했고, 1783년(영조 14) 마침내 이를 바로잡기에 이른다. 이추는 연경에 모두 서른세 차례나 왕래했음는 근세에 이름난 통역관이었으나 평소 입에 돈 이야기를 올린 적이 없었다. 사십여 년간 연경을 드나들었지만 자신의 손에 일찍이 은을 잡아본 적이 없었으며, 근실한 군자의 모습을 지녔다."

어떤 이는 또 다음과 같이 말했다.

"당성군唐城君 홍순언洪純彦, 조선 선조 때의 중국어 역관. 임진왜란 때 명나라가 원병을 보내는 데 큰 공을 세웠음은 명나라 만력萬曆, 명나라 신종의 연호. 1573~1619 때의 이름난 통역관으로서 명나라 도읍의 한 기생집에 놀러 갔다. 기생의 얼굴에 따라서 해웃값기생이나 창기 따위와 관계를 가지고 그 대가로 주는 돈의 등급을 매겼는데, 천금이나 되는 비싼 돈을 요구하는 기생이 있었다. 홍순언은 곧 천금을 주고 하룻밤 놀기를 청했다. 그 여인은 나

이가 바야흐로 십육 세요, 참으로 아름다웠다. 그런데 홍순언과 마주 앉은 그 여인은 울면서 입을 열었다. '제가 애초에 이토록 많은 돈을 요구한 것은 이 세상 사나이들은 모두 인색하기에 천금을 내놓을 자가 없으리라 여기고는 당분간 모욕을 피하려는 의도였습니다. 그렇게 하루하루 지내면서 기생집 주인을 속이는 한편, 이 세상에 의로운 기개를 지닌 남자가 있다면 저의 잡힌 몸을 풀어 사랑해주기를 희망했던 것입니다.

그러나 제가 이곳에 들어온 지 닷새가 지나도록 감히 천금을 갖고 오는 이가 없더니, 이제 다행히 이 세상의 의로운 남자를 만나게 됐습니다. 그러나 공은 외국인인 만큼 법적으로 저를 데리고 고국으로 돌아가시기에는 어렵사옵고, 이 몸은 한번 더럽힌다면 다시 씻기는 어려울 것입니다.' 한다.

홍은 그를 몹시 불쌍히 여겨서 그에게 이곳에 들어온 경로를 물었다. 그러자 여인은 '저는 남경 호부시랑戶部侍郞 아무개의 딸이옵니다. 그런데 한 가지 사건에 얽혀 집안의 재산은 다 몰수됐고, 그에 더해 추징까지 당했습니다. 저는 이를 갚기 위하여 스스로 기생집에 몸을 팔아서 아버지의 죽음을 구했습니다.' 한다. 홍은 크게 놀라면서 말하기를 '나는 이런 줄은 몰랐네. 내 그대의 몸을 풀어줄 테니 그 액수는 얼마나 되는가?' 했다. 여인은 '이천 냥이랍니다.' 했다. 홍은 곧 그 액수를 그에게 치르고는 작별하기로 했다. 여인은 홍순언을 은부恩父, 곧 은혜로운 아버지라 일컬으면서 수없이 절하고는 서로 헤어졌다.

그 뒤에 홍은 이를 잊고 있다가 다시 중국을 들어갔는데, 길가의 사람들이 모두들 '홍순언이 들어오나요?' 하고 물었다. 홍순언은 이를 이상하게 여겼을 뿐 특별한 생각을 하지는 않았다. 그런데 연경에 이르자, 길 왼편에 공장供帳, 연회를 열기 위하여 여러 가지 준비를 하고 막을 침을 성대하게 베풀고 누군가 홍을 맞이했다. 그러고는 '병부상서 석씨 어른께서 환영하옵니다.' 하고는 곧 석씨의 사저로 인도했다. 석상서石尙書가 그를 맞이하여 절하더니 '은혜를 베푼 어른이시옵니까? 공의 따님이 아버지를 기다린 지 오래됐답니다.' 하고는 곧 손을 이끌고 내실로 들어갔다. 그러자 그의 부인이 화려한 차림을 한 채 마루 밑에서 절을 하니 홍은 송구하여 어쩔 줄을 몰랐다. 석상서는 웃으면서 '장인께서는 벌써 따님을 잊으셨나요?' 했다. 홍은 그제야 비로소 그 부인이 지난날 기생집에서 구출해 준 여인임을 깨달았다.

여인은 기생집에서 나온 후 곧 석성石星, 명나라의 관리로 병부상서에 올랐다. 임진왜란이 일어나자 조선의 구원을 강력히 주장했음의 계실繼室, 다시 얻은 처이 됐다. 그 후 석성이 병부상서에 올랐음에도 손수 비단을 짜면서 '보은報恩'이라는 두 글자를 무늬로 수놓았다. 홍이 고국으로 돌아올 때 그는 보은단報恩緞 외에도 각종 비단과 금은 등을 헤아릴 수 없을 만큼 행장 속에 넣어주었다. 그 뒤 임진왜란이 일어나자 석성이 병부에 있으면서 출병을 힘써 주장했으니, 이는 석성이 애초부터 조선 사람을 의롭게 여겼던 까닭이다."

어떤 이는 또 이렇게 말했다.

"조선 장사치들과 친한 단골 주인인 정세태는 연경에서 갑부였다. 그후 정세태가 죽자, 그 집은 곧 일패도지一敗塗地, 싸움에 한 번 패하여 간과 뇌가 땅바닥에 으깨어진다는 뜻으로, 여지없이 패하여 다시 일어날 수 없게 되는 지경에 이름을 이르는 말가 되고 말았다. 그에게는 다만 손자 하나가 있었는데, 뭇 사내 중에 매우 뛰어났으므로 어려서 광대패에 팔려갔다.

석성의 초상화 석성은 임진왜란 때 명나라 군대의 조선 파병에 결정적인 공헌을 했으나 일본과의 평화 협정이 무산되고 정유재란이 일어나자 그 책임을 지고 죽었다. 그의 아들들이 조선으로 망명해 조주 석씨潮州 石氏의 시조가 되었다. 국립중앙박물관 소장

세태가 살아 있을 때 회계를 담당하던 임가라는 자는 이 무렵 이름난 부자가 됐는데, 극장에서 한 미남자가 연극하는 것을 보고 애처롭게 여기던 차에 그가 정씨의 손자인 줄을 알고는 서로 껴안고 울었다. 곧 천금으로 그를 사서 집에 데리고 돌아온 그는 집 사람들에게 '너희는 이분을 잘 대우하여라. 이분은 우리 집의 옛 주인이니 결코 배우의 몸이라 해서 천시하지 말라.' 했다. 그가 다 큰 후에는 재산의 절반을 나눠서 살아가도록 했다. 그런데 그는 몸이 살찌고 살결이 몹시 희며 얼굴이 아름답고도 화려했는데, 아무 일도 하지 않고 다만 연날리기만 일삼으며 성 안을 노닐었다고 한다."

옛날 이곳에서 물건을 사고팔 때는 봇짐을 끌러 검사하지 않고, 연경에서 싸서 보낸 것을 그대로 가지고 와 장부와 대조해보아도 조금도 그릇됨이 없었다. 언젠가는 흰 털 감투를 보내야 했는데 실수로 흰 모자를 보낸 적이 있었다. 이에 검사하지 않은 것을 후회했는데, 정축년1757에 두 번이나 국상國喪을 당하자영조의 비 정성왕후가 2월에, 숙종의 계비 인원왕후가 3월에 세상을 뜸 도리어 배나 되는 이익을 보았다. 그러나 이는 역시

상황이 옛날과 같지 않다는 조짐일 뿐이다. 최근에 이르러서는 물자를 반드시 스스로 포장하고, 단골집 주인에게 맡기지 않는다고 한다.

어떤 이는 또 다음과 같이 말했다.

"변승업이 중한 병에 걸리자 곧 빌려준 돈의 총계를 알고자 하여 모든 대출 장부를 모아놓고 통계를 내본즉, 은이 모두 오십여만 냥이나 됐다. 그의 아들이 말했다.

'이를 그대로 둔다면 거두어들이기도 귀찮을뿐더러 시간을 오래 끌면 사라지고 말 테니 그만 거두어들이는 것이 어떻겠습니까?'

그러자 변승업이 크게 화를 냈다.

'이 돈은 서울 안에 있는 수많은 집의 생명줄인데, 어찌하여 하루아침에 끊어버릴 수 있겠느냐?'

그리고는 곧 그대로 두었다.

나이가 든 변승업은 그의 자손들에게 이렇게 경계했다.

'내 일찍이 공경公卿을 많이 섬겨보았다. 그들 중에 나라의 권세를 이용해 자기의 사적 이익을 꾀하는 이치고 그 권세가 삼 대를 가는 이가 없었다. 온 나라 사람 중에서 돈 좀 있는 자라면 우리 집 이자의 높고 낮음을 주시하고 있는 것이 나라의 여론인 만큼, 이를 나누지 않는다면 장차 재앙이 미칠 것이다.'

그리하여 승업의 자손이 번성했는데도 가난한 자가 많은 것은, 승업이 늘그막에 재산을 많이 나누어주었기 때문이다."

나 역시 윤영尹映이라는 이로부터 변승업의 재산에 관한 이야기를 들었다. 변승업의 재산은 조상 때부터 전해온 것으로, 그는 나라에서 첫째가는 부자였다. 하지만 승업의 대에 와서 약간 줄어들었다. 그런데 재산이 불어나기 시작할 때는 그에 맞는 운명이 있는 것이 분명하니, 허생의 일만을 보더라도 기이하기 그지없다. 허생은 끝까지 이름을 말하지 않아 세상에서 그가 누구인지 아는 사람이 없다.

　이제 윤영의 이야기를 적으면 다음과 같다.

허생전許生傳

"허생許生은 묵적동오늘날의 서울 남산 아랫동네에 살고 있었다. 남산 밑에 닿으면 우물 위에 오래된 은행나무가 서 있고 사립문이 그 나무를 향하여 열려 있는데, 두어 칸 초가집이 비바람을 가리지 못한 채 서 있었다. 그러나 허생은 글 읽기만 좋아하여 그의 아내가 바느질품을 팔아 겨우 입에 풀칠을 하고 있었다.

하루는 아내가 몹시 굶주려 훌쩍훌쩍 울며 말했다.

'당신은 한평생 과거도 보지 않으시는데, 글은 읽어서 무엇 하시려오?'

허생은 웃으며 말했다.

'난 아직 글 읽기에 미숙한가 보오.'

'그러면 장인匠人 노릇도 못하신단 말예요?'

'장인의 일이란 애초부터 배우지 못했는데, 어찌할 수 있겠소?'

'그럼 장사라도 하셔야죠.'

'장사치 노릇인들 밑천이 없는데, 어찌할 수 있겠소?'

그러자 아내는 흥분하여 대꾸했다.

'당신은 밤낮으로 글을 읽으면서 겨우 어찌할 수 있겠소, 하는 것만 배

왔나 봅니다. 그래, 장인 노릇도 싫고 장사치 노릇도 싫다면 도둑질이라도 해보는 게 어떻소?'

이에 허생은 할 수 없이 책장을 덮고 일어섰다.

'아아, 애석하구나. 내 애초에 글을 읽을 제 십 년을 채우려 했는데, 고작 칠 년 만에 그만두는구나.'

그러고는 곧 문밖을 나섰으나 한 사람도 아는 이가 없었다. 그는 곧장 종로 네거리에 가서 시내 사람들을 만나는 대로 물었다.

'여보시오, 서울 안에서 누가 제일 부자요?'

때마침 변씨卞氏, 변승업의 할아버지라고 일러주는 이가 있었다. 그 집을 찾아간 허생은 변씨를 보고서 길게 읍하고는 말했다.

'내 집은 가난합니다. 다만 무엇을 조금 시험해볼 일이 있어 그대에게 만금을 빌리러 왔소.'

'그러시오.'

변씨는 곧 만금을 내주었다. 그러나 그는 감사하다는 말 한마디 없이 어디론지 가버렸다. 변씨의 자제와 손님들이 허생의 모습을 본즉 영락없이 비렁뱅이였다. 허리에는 술이 다 빠진 실띠를 둘렀고 가죽신은 뒷굽이 찌그러졌으며, 다 망가진 갓에다 검은 그을음이 흐르는 도포를 걸쳐 입었는데, 코에서는 콧물이 흘러내리곤 했다.

그가 나간 뒤에 모두들 크게 놀라며 물었다.

'아버지, 그 손님을 잘 아십니까?'

'모른다.'

'그런데 어찌 갑자기 귀중한 만금을 평소에 면식도 없는 자에게 헛되이 던져주십니까? 게다가 그의 성명도 묻지 않으셨잖습니까?'

'이건 너희들이 알 바 아니다. 대체로 남에게 무엇을 요구할 때엔 반드시 자신의 뜻을 과장하여 믿음을 사려고 하는 법이다. 그러면서도 얼굴빛은 비겁하며 똑같은 말을 중언부언하는 법이다. 그런데 이 손님은 옷과 신은 비록 남루하나 말이 간단하고 눈가짐이 당당하며 얼굴엔 부끄러운 빛이 없다. 그는 분명 재물에 의존하는 이가 아니라 스스로 만족을 아는 사람임에 틀림없다. 그가 해보고자 하는 일도 작은 일이 아닐 것이며, 나 역시 그와 더불어 해보고자 하는 것이다. 그리고 주지 않을 거라면 모르거니와 만금을 줄 바에야 성명은 물어서 무엇 하겠느냐?'

만금을 얻은 허생은 집으로 돌아가지 않고 언뜻 생각했다.

'저 안성은 기호지방경기도와 충청도의 접경이요, 삼남三南, 충청도·전라도·경상도의 어귀렷다.'

그는 곧 그곳에 머물렀다. 그리고 대추, 밤, 감, 배, 감자, 석류, 귤, 유자 등의 과실을 모두 값을 배로 주고 사서 저장했다. 허생이 과실을 모조리 사두자 온 나라가 잔치나 제사를 치르지 못하게 됐다. 그런 지 얼마 되지 않아 허생에게 두 배를 받고 판 장사치들이 도리어 열 배를 치르고 사야만 했다. 허생이 한탄하며 말했다.

'고작 만금으로 온 나라를 뒤흔들었으니 이 나라의 깊이를 짐작할 수 있겠구나.'

그는 곧 칼, 호미, 베, 명주, 솜 등을 사가지고 제주도에 들어가 말총을 모두 사들이며 말했다.

'몇 해만 있으면 온 나라 사람들이 망건을 쓰지 못하겠지.'

과연 얼마 되지 않아서 망건 값이 열 배나 올랐다.

허생은 늙은 뱃사공에게 물었다.

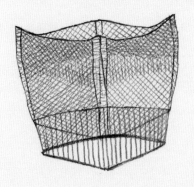

망건 상투를 틀 때 머리카락이 흘러내리지 않게 하기 위해 이마에 둘렀던 물건

'혹시 바다 너머에 사람이 살 만한 빈 섬이 있는 것을 보았소?'

사공은 답했다.

'있습니다그려. 일찍이 바람에 휩쓸려서 서쪽으로 간 지 사흘 낮밤 만에 빈 섬에 닿았습니다. 그곳은 아마 사문沙門, 마카오·장기長崎, 나가사키사이에 있는 듯싶은데, 온갖 꽃이 저절로 피며 과실과 채소가 저절로 익고, 사슴이 떼를 이루었으며, 바다 속 물고기들은 사람을 보고도 놀라지 않더이다.'

허생은 크게 기뻐하며 청했다.

'만일 나를 그곳으로 이끌어준다면 부귀영화를 나와 함께 누리게 될 거요.'

사공은 그의 말을 따르기로 했다. 이에 곧 바람을 타고 동남쪽으로 배를 저어 그 섬에 들어갔다. 허생이 높은 곳에 올라 바라보며 섭섭한 표정으로 말했다.

'땅이 천 리가 채 못 되니 무엇을 하겠는가. 그러나 토지가 기름지고 샘물이 달콤하니 다만 이곳에서 부잣집 늙은이 행세는 하겠구나.'

사공이 물었다.

'섬이 텅 비고 사람 하나 구경할 수 없는데 누구와 더불어 사신단 말씀이시오?'

허생이 답했다.

'덕만 있으면 사람은 저절로 찾아드는 게요. 나는 오히려 내 덕이 없음을 걱정하지, 사람 없음을 걱정하지 않는다오.'

그 무렵 변산에 수천 명의 도적이 떼를 지어 머무르고 있어, 각 주와 군에서 군졸을 풀어 제압하고자 했으나 잡지 못했다. 그러나 도적들 역시 노략질을 하지 못하여 굶주리며 어려움을 겪고 있었다. 허생이 도적의 소굴로 들어가서 그 괴수에게 물었다.

'너희들 천 명이 돈 천 냥을 훔쳐서 나누면 한 사람에게 얼마나 돌아가는고?'

그는 답했다.

'한 사람에게 한 냥밖에 더 됩니까?'

허생은 또 물었다.

'그럼 너희들, 아내는 있느냐?'

도적들은 답했다.

'없습니다.'

'그럼 너희들 밭은 있겠지?'

그랬더니 도적들은 웃으며 말했다.

'밭이 있고 아내가 있다면 왜 이토록 괴롭게 도둑질을 일삼겠소이까?'

허생은 말했다.

'아내를 얻고 집을 짓고 소를 사서 농사지으며 살면 도둑놈이라는 더러운 이름도 버릴 수 있지 않겠느냐? 그렇게 살면 부부의 즐거움도 있을 것이며, 세상 어디를 가더라도 체포될 걱정도 없고, 오래도록 잘 입고 먹고살 수 있지 않겠는가?'

도적들은 답했다.

'그렇게만 된다면 소원이 없겠지만, 다만 돈이 없을 뿐이오.'

허생은 껄껄 웃으며 말했다.

'너희들이 도둑질을 한다면서도 돈이 그렇게 없느냐? 내 너희들을 위해서 돈을 마련해주겠다. 내일 저 바닷가에 나가서 바라보면 붉은 깃발이 바람결에 날리는 배가 있을 것이다. 그게 모두 돈 실은 배일 테니 너희들 멋대로 가져가려무나.'

도적들에게 약속한 허생은 어디론지 사라졌다. 도적들은 그를 미친놈으로 알고 웃을 뿐이었다. 이튿날이 되자 과연 허생은 삼십만 냥을 싣고서 기다리고 있었다. 그들은 모두 깜짝 놀라 나란히 절을 하며 말했다.

'이제부턴 오직 장군님 명령에 따르겠소이다.'

허생은 말했다.

'이 돈을 힘닿는 데까지 지고 가거라.'

이에 도적들이 다투어 돈을 품었는데, 무거워서 백 냥을 채운 자가 없었다.

허생은 말했다.

'너희들이 겨우 백 냥도 들지 못하면서 도둑질인들 변변히 할 수 있겠느냐? 너희들이 비록 평민이 되고자 하더라도 이름이 도적 명부에 올랐으니 갈 곳이 있겠느냐. 그러니 내 이곳에서 너희들 돌아오길 기다리겠다. 모두들 백 냥씩을 짊어지고 가서 한 사람당 여인 한 사람과 소 한 필씩을 데리고 오거라.'

도적들은 '예이!' 하고는 모두들 흩어졌다.

그동안 허생은 이천 명이 일 년 동안 먹을 식량을 장만한 후 기다렸다.

약속한 날짜가 되자 도적들이 다 돌아왔는데, 뒤떨어진 자가 하나도 없었다. 이에 그 모두를 배에 실은 후 빈 섬으로 들어갔다.

허생이 이렇게 도적 떼를 데리고 사라지니 온 나라 안이 평안을 되찾았다.

허생 일행은 나무를 베어 집을 세우고, 대를 엮어서 울타리를 만들었다. 땅이 기름져 온갖 곡식이 잘 자라니, 땅을 갈지 않고 김을 매지 않아도 한 줄기에 아홉 이삭씩이나 달렸다. 이에 삼 년 먹을 식량만을 남겨둔 후 나머지는 모두 배에 싣고 장기에 가서 팔았다.

장기는 일본의 속주屬州로 삼십일만 가구나 사는데, 바야흐로 큰 흉년이 들었다. 이에 식량을 팔아 은 백만 냥을 벌어들였다. 허생은 탄식했다.

'이제야 내 조금 시험해보았구나.'

그는 곧 남녀 이천 명을 모두 불러놓고 명령을 내렸다.

'내 처음 너희들과 함께 이 섬에 들어올 때엔 먼저 부유해진 연후에 문자를 만들고 의복을 지으려 했다. 그러나 땅은 작고 내 덕은 부족하니 나는 이제 이곳을 떠나려 한다. 너희들은 어린애가 태어나 숟가락을 잡을 만큼 크면 오른손으로 쥐라고 가르쳐라. 또 하루만 일찍 태어났어도 그가 먼저 먹게 사양하도록 하여라.'

그리고 다른 배들을 모조리 불사르며 말했다.

'나가지 않으면 들어오는 이도 없을 것이다.'

또 돈 오십만 냥을 바다 속에 던지며 말했다.

'바다가 마를 때쯤이면 이것을 얻는 자가 있을 것이다. 백만 냥이라는 돈은 이 나라에서도 쓸 곳이 없을 터인데 하물며 이런 작은 섬에서야 무슨 소용이겠느냐.'

또 그들 중에 글을 아는 자를 불러내어 배에 태우고는 '이 섬나라의 화근을 뽑아버려야지.' 하고는 함께 떠나왔다.

그 후 온 나라 안을 두루 돌아다니며 가난하고 하소연할 곳마저 없는 자에게 돈을 나눠주고도 오히려 십만 냥이 남았기에 '이것으로 변씨에게 빌린 것을 갚아야지.' 하고는 곧 변씨를 찾아가 물었다.

'그대, 날 기억하겠소?'

변씨는 놀란 어조로 말했다.

'자네 얼굴빛이 전보다 조금도 낫지 않으니 만 냥을 잃어버린 모양이로군.'

허생은 크게 웃으며 말했다.

'재물로써 얼굴빛을 좋게 꾸미는 것은 그대들이나 할 일이오. 만 냥이 아무리 중한들 어찌 도를 살찌운단 말인가.'

이렇게 말하고는 곧 돈 십만 냥을 변씨에게 주었다.

'내가 한때의 굶주림을 참지 못해서 글 읽기를 끝내지 못했으니, 그대에게 빌린 만 냥을 부끄러워할 뿐이로세.'

변씨는 크게 놀라서 일어나 절하며 사양하고는 그 십분의 일만 이자로 받으려 했다. 허생은 크게 화를 내며 말했다.

'그대는 어찌 날 장사치로 대우한단 말인가?'

그러고는 소매를 뿌리치고 가버린다. 변씨는 하는 수 없어 가만히 그의 뒤를 따라 밟았다. 그러자 그는 남산 밑으로 향하더니 한 오막살이집으로 들어가는 것이었다. 마침 늙은 할미 하나가 우물 곁에서 빨래를 하고 있었다. 변씨는 물었다.

'저 오막살이는 뉘 집입니까?'

할미는 답했다.

'허 생원 댁이랍니다. 그분은 가난하면서도 글 읽기를 좋아했습니다. 그런데 어느 날 아침 집을 떠나고는 안 돌아온 지 벌써 다섯 해나 된답니다. 이에 아내가 홀로 남아서 그가 집 떠나던 날에 제사를 드린답니다.'

변씨는 그제야 그의 성이 허씨인 줄을 알고 탄식하며 돌아왔다. 이튿날 그는 자기가 받은 은을 가지고 가서 그에게 바쳤다. 이에 허생은 사양했다.

'내 일찍이 부자가 되려고 했다면 백만 냥을 버리고 십만 냥을 취하겠는가? 내 이제부터는 그대를 믿고 밥을 먹겠으니 그대가 자주 와서 나를 돌봐주게. 우리 식구를 헤아려 식량을 대주고 몸을 가릴 옷감이나 마련해준다면 일생 동안 만족할 것이네. 그러니 무슨 까닭에 재물로써 나의 마음을 괴롭히겠나.'

변씨는 백방으로 허생을 달랬으나 끝내 막무가내였다.

이때부터 변씨는 허생의 살림살이를 돌보아 필요할 때면 반드시 손수 날라다 대주었다. 허생 역시 흔쾌히 받되 혹시 너무 많으면 불쾌한 얼굴로 말했다.

'그대는 어째서 내게 재앙을 안기려는가.'

그러나 술병을 차고 가면 기뻐하여 서로 권커니 잣거니 하며 취하도록 마셨다. 그럭저럭 몇 해를 지나고 본즉 피차에 정이 두터워졌다. 변씨가 어느 날 조용히 물었다.

'다섯 해 동안에 어떻게 백만금을 벌었소?'

허생은 답했다.

'이야말로 가장 쉬운 일일세. 우리 조선은 배가 외국과 교류하지 않고 수레가 국내를 두루 다니지 못하므로, 백 가지 물건이 나라 안에서 생산되어 나라 안에서 소비되곤 하네. 그런데 천 냥이라면 그 양이 작아서 물건을 마음껏 다 살 수는 없지. 그러나 이를 열 개로 쪼갠다면 백 냥짜리가 열이 될 테니, 열 가지 물건을 조금씩 살 수 있지 않겠는가. 이렇게 사들이면 물건의 무게가 가벼워 운반하기 쉬울 것이네. 그러니 한 가지 물건을 유통해 밑졌다 하더라도 나머지 아홉 가지 물건에서는 이익이 남을 것이네. 그러나 이는 보통 이익을 얻는 방법이요, 작은 장사치들이 장사하는 방법이지.

반면에 만 금을 가지면 한 가지 물건은 다 살 수 있네. 수레에 실린 것이면 수레를 모조리 사들일 것이며, 배에 담긴 것이라면 배를 온통 사들일 수 있지. 또 한 고을에 가득 찬 것이라면 온 고을을 통틀어 살 수 있을 것이니, 이는 마치 그물로 싹쓸이하듯 물건을 모조리 거두는 것과 같지 않겠나. 그리하여 땅에서 나는 물건 중에서 한 가지를 슬그머니 독점해버린다든지, 바다에서 나온 고기들 중에서 한 가지를 슬그머니 독점해버린다든지, 의약의 재료 중에서 한 가지를 슬그머니 독점해버린다면, 모든 장사치는 물건을 못 구할 것이고 당연히 값은 오를 것이네.

그러나 이는 백성을 고통에 빠지게 하는 방법이네. 후에 나랏일을 맡은 이들이 행여 나의 이 방법을 쓰는 자가 있다면 반드시 그 나라를 병들

게 하고 말걸세.'

변씨는 다시 물었다.

'애당초 당신은 어떻게 내가 그 돈을 내줄 것이라고 예측하고 찾아와 빌렸던 거요?'

허생은 답했다.

'이는 반드시 자네만이 줄 것이 아닐세. 만금을 지닌 자라면 주지 않을 자 없겠지. 내 재주가 족히 백만금을 벌 수는 있겠으나 다만 운명은 저 하늘에 달린 만큼 내 어찌 예측할 수 있었겠나. 나를 활용해 쓰는 자는 복이 있는 사람이어서 그는 반드시 더 큰 부를 누릴 테니, 이는 곧 하늘이 명하는 것이라, 그가 어찌 아니 줄 수 있겠나. 내 만금을 얻은 뒤엔 그 복을 이용해 행한 까닭에 움직이면 성공한 것이지. 만일 내가 사사로이 혼자 힘으로 일을 했다면 그 성패를 알 수 없었을 것이야.'

변씨는 물었다.

'지금 사대부들이 앞서 남한산성에서 당한 치욕_{병자호란에서 패한 인조가} _{남한산성에서 나와 삼전도에서 청나라 태종에게 항복한 일}을 씻고자 하는데, 이 야말로 슬기로운 선비가 팔을 걷어붙이고 나설 때가 아니오? 그런데 당신과 같은 재주를 가지고 어찌 괴롭게 어둠에 머문 채 이 세상을 끝내려 하시오?'

허생은 답했다.

'어허, 예로부터 어둠에 머문 자가 얼마나 많았던고. 조성기_{조선 후기의} _{학자. 1638~1689}는 적국의 사신으로 다녀올 만하건마는 베잠방이를 입은 채 늙어 죽었고, 유형원_{柳馨遠, 조선 후기의 실학자. 1622~1673}은 군량을 담당할 만했으나 저 바닷가에서 거닐었을 뿐이네. 그리고 보면 지금의 나랏일을 보살피는 자들을 가히 알 수 있지 않겠는가. 나야 장사에 뛰어난 자이니, 내가 번 돈은 구왕九王, 아홉 번째 왕이라는 뜻으로, 청나라 태조의 열넷째 아들. 병자호란 때 형인 태종을 따라 우리나라에 들어왔음의 머리도 살 만큼 크지만 그걸 바다 속에 던지고 온 까닭은 아무 짝에도 쓸모가 없음을 알았기 때문이네.'

변씨는 곧 '후유.' 하며 긴 한숨을 내쉬고 가버렸다.

변씨는 애초부터 정승 이완李浣, 조선 후기의 병마절도사. 1602~1674. 효종의 뜻에 따라 북벌에 깊이 관여했음과 친했다. 이완은 때마침 어영대장御營大將, 어영청의 우두머리에 취임했다. 그는 일찍이 변씨와 이야기하다가 이렇게 물었다.

'지금 세상에 혹시 놀라운 재주가 있어서 커다란 일을 함께할 만한 자가 있더냐?'

이에 변씨는 허생을 소개했다. 이 공은 깜짝 놀라며 물었다.

'대단하구나, 정말로 그런 사람이 있단 말인가. 그의 이름은 무어라 하던고?'

변씨는 답했다.

'소인이 그와 만난 지 삼 년이나 됐습니다만, 아직껏 그의 이름을 모릅니다.'

이 공은 또 말했다.

'그이가 참으로 특이한 사람이군. 나와 함께 그를 찾아가보세.'

밤늦게 이 공은 수행원들을 다 물리치고 변씨만을 데리고 걸어서 허생의 집을 찾았다. 변씨는 이 공을 문밖에 세워둔 채 혼자 먼저 들어가 허생에게 이 공이 찾아온 사연을 말했다. 허생은 들은 체 만 체했다.

'자네가 차고 온 술병이나 빨리 풀게나.'

그리하여 서로 더불어 즐겁게 마셨다. 변씨는 이 공이 오랫동안 바깥에 서 있음을 딱하게 여겨 자주 말을 건넸으나 허생은 아랑곳하지 않았다. 어느덧 밤이 깊었다. 허생은 그제야 말했다.

'손님 좀 불러볼까.'

이 공이 들어왔으나 허생은 굳이 앉아서 일어서지 않았다. 몸 둘 곳이 없을 만큼 좌불안석이 된 이 공은 급히 국가에서 어진 이를 구한다는 뜻을 전했다. 허생은 손을 저으며 물었다.

'밤은 짧고 말은 기니 듣기에 몹시 지루하군요. 당신은 지금 무슨 벼슬을 하고 계시오?'

이 공은 답했다.

'대장입니다.'

허생이 말했다.

'그렇다면 나라의 믿음직한 신하임이 분명하군요. 내 곧 와룡선생臥龍先生, '누워 있는 용'이라는 뜻으로 제갈공명의 호과 같은 이를 천거할 테니 임금께 여쭈어서 삼고초려三顧草廬, 인재를 맞아들이기 위하여 참을성 있게 노력한다는 말. 중국 삼국시대에 촉한의 유비가 난양에 은거하던 제갈공명의 초가집으로 세 번이나 찾아가 모셨다는 데서 유래함하시도록 할 수 있겠습니까?'

이 공은 머리를 숙이고 한참 있다가 말했다.

'그건 어렵사오니, 그다음 방책을 듣고자 하옵니다.'

그러자 허생은 말했다.

'나는 아직껏 차선책이라는 것을 배우지 못했소이다.'

그래도 이 공이 묻자, 허생은 말했다.

'명나라 장병들은 자기네들이 일찍이 조선에 옛 은혜를 베푼 바가 있다 하여 명나라가 망한 후 그의 자손들이 우리나라로 많이 들어왔소이다. 그런데 그들은 모두 떠돌이 생활에 고독한 홀아비로 고생하고 있다니, 조정에 말씀드려 종실의 딸들을 내어 골고루 시집보내고, 김류조선 중기의 문신. 1571~1648. 인조반정 때 공신이 됐으며, 이후 정국을 주도했다. 병자호란 때는 삼전도 맹약에 주도적 구실을 했음와 장유조선 중기의 문신. 1587~1638. 인조반정에 가담해 공신이 됐다. 병자호란 때는 강화론을 주장했음 같은 자들의 집을 징발해서 살림살이를 차려줄 수 있겠소?'

이 공은 또 고개를 숙이고 한참 있다가 말했다.

'그것도 어렵소이다.'

허생은 다시 물었다.

'이것도 어렵고 저것도 못한다 하니 그러고서 무엇을 할 수 있단 말이오. 가장 쉬운 일 하나가 있으니, 이것은 할 수 있겠소이까?'

이 공은 말했다.

'듣고자 원하옵니다.'

허생은 말했다.

'대체로 큰 뜻을 온 천하에 외치고자 한다면 첫째는 천하의 호걸을 먼저 사귀어야 할 것이요. 남의 나라를 치고자 한다면 먼저 간첩을 쓰지 않고는 성공하지 못하는 법이오. 이제 청나라가 갑자기 천하를 맡았으니 아직 중국 사람과는 친해지지 않았다고 생각할 것이오. 이때 조선이 다른 나라보다 솔선해서 항복한다면 저들은 우리를 가장 믿어줄 것이오. 그러니 그들에게 청하기를, 우리 자제들을 귀국에 보내어 학문도 배우려니와 벼슬도 하여 옛날 당나라와 원나라 때처럼 살게 하고, 나아가 장사치들의 출입까지도 금하지 말아달라고 하면, 그들은 반드시 우리의 친절을 달콤하게 여겨서 환영할 것이오. 그러면 국내의 자제를 가려 뽑아서 머리를 깎고 되놈청나라를 세운 만주족의 옷을 입혀서 지식층은 가서 빈공과중국에서 외국인을 상대로 실시한 과거에 응시하고, 일반 백성은 멀리 강남땅에 장사치로 스며들어 그들의 허실을 엿보게 하며, 호걸들과 사귀고 나면 그제야 천하의 일을 꾀할 수 있을 것이며 나라의 치욕도 씻을 수 있을 것이오. 그러고는 임금을 세우되 주씨朱氏, 명나라 황제의 후손를 찾아도 나서지 않으면 천하의 제후들을 거느리고 한 사람을 하늘에 추천하시오. 그럼 우리나라는 잘되면 대국의 스승 노릇을 할 것이요, 안 되더라도 제후 가운데서는 형님 노릇을 할 수 있지 않겠소?'

이 공은 크게 낙심했다.

'요즘 사대부들은 모두들 삼가 예법을 지키는 판인데, 누가 과감하게 머리를 깎고 되놈의 옷을 입겠습니까?'

허생은 목소리를 높였다.

'이른바 사대부란 도대체 어떤 놈들이오? 오랑캐 땅에 태어났으면서 제멋대로 사대부라고 뽐내니 어찌 앙큼하지 않겠는가. 바지나 저고리를 온통 흰 것만 입으니 이는 당연히 상복이요, 머리털을 한데 묶어서 송곳같이 찌르는 것은 곧 남쪽 오랑캐의 방망이상투에 불과하니, 무엇이 예법이니 아니니 하고 뽐낼 게 있겠는가.

옛날 번어기전국시대 연나라의 무장. 원래 진秦 나라에 있다가 가족이 모두 사형당하자 연나라로 도망쳤다. 그 후 자신과 가족의 원통함을 풀기 위하여 자객 형가에게 자신의 목을 가지고 가서 진시황의 신뢰를 얻은 다음 그를 죽여 달라고 부탁하며 스스로 목을 찔러 죽었음는 사사로운 원한을 갚기 위하여 기꺼이 목을 잘

랐고, 무령왕武靈王, 전국시대 조趙 나라의 왕. 진秦나라가 다른 제국을 압박하자 무령왕은 북쪽 오랑캐와 싸워 북방으로 국토를 확대해 나갔다. 오랑캐의 복장을 채택하고 군제 개혁으로 국력을 키웠음은 나라를 강하게 하고자 오랑캐의 복장을 부끄럽게 여기지 않았거늘, 너희들은 대명大明을 위해서 원수를 갚겠다면서 그까짓 상투 하나를 아끼느냐. 또 장차 말달리기, 칼질, 창던지기, 활쏘기, 돌팔매질 등을 실천해야 하는데도 그 넓은 소매 옷을 고치지 않고서 이것을 예법이라 한단 말이냐. 내가 평생 처음으로 세 가지 꾀를 가르쳤으되, 그대는 그중 한 가지도 실천하지 못하면서 딴에 신임을 받는 신하라 하니, 이른바 신임 받는 신하가 겨우 이렇단 말인가. 이런 자는 베어 버려야 하겠군.'

그러고는 허생은 좌우를 돌아보며 칼을 찾아서 찌르려 했다. 깜짝 놀란 이 공은 일어나 뒤창을 뛰어넘어서는 달려 집으로 돌아왔다. 이튿날 다시 찾아갔으나 허생은 벌써 집을 비우고 어디론지 떠나버렸다."

허생 뒷이야기[許生後識] I

누군가는 "그이는 명나라 유민遺民, 망하여 없어진 나라의 백성이야."라고 한
다. 숭정 갑신년1644 뒤로 명나라 사람이 많이들 우리나라로 나와 살았
는데, 허생도 혹시 그중 한 사람이라면 그 성은 반드시 허씨라고 할 수는
없을 것이다. 세상에 다음과 같은 말이 전해온다.

"판서 조계원조선 후기의 문신. 1592~1670. 볼모로 심양에 가 있던 소현세자가
청나라의 요구로 명나라 공격에 참전하게 되자 그를 따랐음이 일찍이 경상감사
가 되어 순행차 청송에 이르렀을 때였다. 길 왼편에 웬 중 둘이 서로 마주
보고 누워 있었다. 말을 끄는 병사가 비켜달라고 고함을 쳤으나 그들은
피하지 않았다. 채찍으로 때려도 일어나지 않기에 여럿이 붙잡아 끌었지
만 움직일 수 없었다. 조계원이 이르러 가마를 멈추고는 물었다.

'어디에 살고 있는 중들이냐?'

그랬더니 두 중은 일어나 앉아 한결 더 뻣뻣한 태도로 눈을 흘기고 한
참 동안 있다가 말했다.

'너는 헛된 소리로 출세를 하여 감사 자리를 얻은 자가 아니냐.'

조계원이 중들을 보니 한 명은 붉은 얼굴이 둥글고, 또 한 명은 검은 얼

굴이 길쭉한데, 말하는 태도가 자못 범상치 않았다. 가마에서 내려 그들과 이야기를 하려고 하니, 중이 말했다.

'따르는 자들을 물리치고 나를 따라오려무나.'

몇 리를 따라가노라니 숨은 가빠지고 땀은 자꾸만 흘러 좀 쉬었다 가기를 청했더니 중은 화를 내며 꾸짖었다.

'네가 평소에 여러 사람들 앞에서는 언제나 큰소리를 치면서 몸에는 갑옷을 입고 창을 잡아 선봉을 맡아서 명나라를 위하여 복수를 하고 치욕을 씻겠다고 떠들지 않았느냐. 그런데 이제 채 몇 리도 못 걸어서 한 발자국에 열 번 헐떡이고 다섯 발자국에 세 번을 쉬려고 하니, 이러고서 어찌 요동과 계주 벌판요동은 만주 일대, 계주는 북경 부근을 맘대로 달릴 수 있겠느냐.'

그런 후 한 바위 밑에 닿으니 나무를 이용해 집을 만들고, 땔나무를 쌓고는 그 위에 가 눕는 것이었다. 조계원은 목이 몹시 말라 물을 청했다. 그러자 중은 말했다.

'에라, 귀한 분이니 배도 고프겠지.'

중은 황정죽대의 뿌리를 한방에서 이르는 말. 몸이 허약하고 기운이 없으며 여위는 데 보약으로 씀으로 만든 떡과 함께 솔잎 가루를 개천 물에 타서 주었다. 조계원은 이마를 찡그리며 마시지 못했다. 중은 또 말했다.

'요동 벌은 물이 귀하므로 목이 마르면 말 오줌까지 마셔야 한다.'

그러더니 두 중은 마주 부둥켜안고 통곡하면서 '손씨 어른, 손씨 어른.' 하고 부르더니 조계원에게 물었다.

'오삼계명나라의 무장. 청나라의 공격을 막기 위해 산해관에서 방어하다 이자성이 주도하는 농민 반란군이 북경을 함락하자 오히려 청나라에 도움을 요청하여 북경

을 공격했음가 운남에서 군사를 일으켜 강소와 절강 지방이 시끄러워진 것을 네가 아느냐?'

조계원이 답했다.

'들은 적 없소이다.'

두 중은 탄식을 했다.

'네가 방백方伯, 조선시대 각 도의 으뜸 벼슬. 관찰사의 몸으로서 천하에 이런 큰일이 있건마는 듣지도 못하고 알지도 못하면서 큰소리만 쳐서 벼슬자리를 얻었을 뿐이구나.'

조계원이 물었다.

'스님은 누구십니까?'

중은 답했다.

'물을 필요도 없어. 그렇지만 세상에는 우리를 아는 이도 있겠지. 너는 여기에 앉아서 조금만 기다려라. 우리 스승님을 모시고 오면 너에게 이야기를 해주실 것이다.'

중은 일어나 깊은 산속으로 들어갔다. 그렇지만 해는 지고 오래 지나도 중은 돌아오지 않았다. 조계원은 중이 돌아오기만을 기다렸으나 밤은 깊어 푸나무에는 우수수 바람 소리가 나면서 범 싸우는 소리마저 들려왔다. 이에 조계원은 기겁을 하고 까무러치기에 이르렀다. 잠시 후 여럿이 횃불을 켜들고 조계원을 찾아왔다. 그렇게 조계원은 낭패를 당한 채 가까스로 골짜기 속을 빠져나왔다.

이 일이 있은 지 오래 지났어도 조계원은 늘 마음이 불안하여 가슴속에는 한을 품게 됐다. 훗날 조계원은 이 일을 우암 송시열조선 숙종 때의 문신·학자. 1607~1689에게 물었다. 그랬더니 선생이 말했다.

'그들은 아마도 명나라 말년의 총병관總兵官, 총사령관인 듯싶네.'

조계원은 또 물었다.

'그들이 언제나 저를 깔보고 네니 너니 하고 부르는 것은 무슨 까닭입니까?'

선생은 답했다.

'그들이 스스로 우리나라 중이 아님을 밝힌 것이겠지. 또 땔나무를 쌓아둔 것은 와신상담臥薪嘗膽, 불편한 땔나무에 몸을 눕히고 쓸개를 맛본다는 뜻으로, 원수를 갚거나 마음먹은 일을 이루기 위하여 온갖 어려움과 괴로움을 참고 견딤을 비유적으로 이르는 말을 의미할 걸세.'

조계원은 또 물었다.

'그들이 손씨 어른을 찾으며 통곡했는데, 이것은 무슨 뜻이겠습니까?'

선생은 말했다.

'태학사 손승종명나라 말기의 군사전략가. 청나라가 공격해오자 이를 막아냈다. 그 후 다시 청나라가 공격해오자 고양을 지키다가 온 가족이 전사했음을 가리키는 듯싶네. 승종이 일찍이 산해관에서 군사를 거느리고 있었으니 두 중은 아마 그의 부하가 아니었을까.'"

허생 뒷이야기[許生後識] II

내 나이 스무 살1756 때 봉원사奉元寺에서 글을 읽었는데, 한 손님이 음식을 조금만 먹으며 밤이 새도록 잠을 자지 않고 신선 되는 법을 익혔다. 그는 정오가 되면 반드시 벽에 기대어 앉아서 약간 눈을 감은 채 용호교龍虎交, 도가에서 물과 물의 교합으로 하는 양생법의 하나를 이르는 말를 시작했다. 그의 나이가 자못 늙었으므로 나는 그를 존경했다.

그는 가끔 나에게 허생의 이야기와 염시도조선시대 소설《염승전》의 주인공. 청지기 신분이지만 충성과 절개를 지녔다. 실존 인물인지는 분명치 않음·배시황조선 후기의 문신 신유의 부장 출신. 조선군이 청나라와 러시아 간 전투에 지원 나갔을 때 화공법으로 적선을 섬멸하고 아군에게 승리를 가져다주는 데 결정적인 공을 세움·완흥군부인完興君夫人, 누구인지 분명치 않음 등에 대한 이야기를 해주었는데, 이야기가 끝도 없이 이어져 며칠 밤에 걸쳐서도 끊이지 않았다. 그 이야기가 황당하면서도 기이하고 변화무쌍하여 참으로 들을 만했다.

그때 그는 스스로 소개하기를 윤영尹映이라 했으니, 병자년1756 겨울이었다. 그 뒤 계사년1773 봄에 서쪽으로 구경을 나갔다가 비류강평안남도 신양군과 은산군을 흐르는 대동강의 지류에서 배를 타고서 십이봉十二峯, 성

봉원사 통일신라의 승려 도선이 창건한 사찰. 서울특별시 서대문구 안산에 있다. 개인 소장 ⓒ이인희

천부 동북 30리에 있는 흘골산. 속칭 무산 12봉이라 함 밑에 이르렀는데, 조그마한 초가 암자 하나가 눈에 띄었다. 그런데 그곳에 윤영이 중 한 사람과 머무르고 있었다. 그는 나를 보고 깜짝 놀라 기뻐하면서 서로 안부의 말을 나누었다. 열여덟 해가 지났건만 그의 얼굴은 변하지 않았다. 나이는 이미 팔십이 넘었는데도 걸음걸이는 나는 듯했다.

나는 그에게 말했다.

"허생 이야기 말입니다. 그중 한두 가지 모순되는 점이 있더군요."

노인은 곧 해설해주는데, 엊그제 겪은 일처럼 또렷한 듯했다. 그리고 그는 또 말했다.

"자네, 지난날 한유당나라의 문인이자 사상가. 768~824. 자는 퇴지의 글을 읽더니 의당글씨가 사라졌음…."

그러고는 또 이어서 말했다.

"자네, 일찍이 허생의 전기를 쓴다고 했으니 글이 완성됐겠지?"

나는 아직 짓지 못했다고 사과했다. 이야기를 할 때 나는 "윤씨 어른." 하고 불렀는데, 노인은 "내 성은 신辛이지, 윤이 아니거든. 자네 아마 잘 못 알고 있군."이라고 했다. 나는 깜짝 놀라서 그의 이름을 물었다.

"내 이름은 색嗇이네."

그래서 나는 따졌다.

"영감님의 옛 성명은 윤영이 아닙니까? 이제 갑자기 고쳐서 신색이라 니 무슨 까닭이십니까?"

그랬더니 노인은 크게 화를 냈다.

"자네가 잘못 알고서 내가 성명을 고쳤다고?"

나는 다시 따지려 했으나 노인은 더욱 노하여 파란 눈동자가 번뜩일 뿐이었다. 나는 그제야 비로소 그 노인이 도술을 지닌 분임을 알았다. 그 는 혹시 폐족廢族, 조상이 큰 죄를 짓고 죽어 그 자손이 벼슬을 할 수 없게 된 집안이 나 또는 좌도左道, 유교의 주류에서 어긋난 부류, 이단으로서 남을 피하여 자 취를 감춘 무리인지도 알 수 없는 일이다. 내가 문을 닫고 떠날 무렵 노인 은 혀를 차며 말했다.

"허생의 아내 말이야, 참 가엾어. 다시 굶주릴 거야."

한편 광주廣州 신일사神一寺에 한 노인이 있었는데, 호를 삿갓 이 생원 이라 했다. 나이는 아흔 살이 넘었으나 힘은 범을 잡을 정도였으며, 바둑 과 장기도 잘 두었다고 했다. 그가 가끔 우리나라의 옛일을 말할 때는 이 야기가 얼마나 풍부한지 세찬 바람이 부는 듯했다고 전했다. 그의 이름 을 아는 이가 없는데, 그의 나이와 얼굴 생김을 듣고 보니 윤영과 흡사하 기에 한번 만나보려 했으나 뜻을 이루지 못했다.

세상에는 이름을 숨기고 깊이 몸을 숨긴 채 속세를 가지고 노는 자가 없지 않은즉, 어찌 허생만 진짜인지 의심하겠는가.

평계平谿, 연암서당 앞에 있는 시내 이름 국화 밑에서 조금 마신 뒤에 붓을 잡아 쓴다.

연암燕巖이 기록하다.